5
2/22

Les cinq quartiers de la Lune

DU MÊME AUTEUR

AUX ÉDITIONS ALBIN MICHEL
Les Silences de Dieu, roman (Grand Prix de littérature policière)
La Reine crucifiée, roman
Moi, Jésus, roman

AUX ÉDITIONS CALMANN-LÉVY
Le Livre des sagesses d'Orient, anthologie
L'Ambassadrice, biographie
Un bateau pour l'Enfer, récit
La Dame à la lampe, biographie

AUX ÉDITIONS DENOËL
Avicienne ou la route d'Ispahan, roman
L'Égyptienne, roman
La Pourpre et l'Olivier, roman
La Fille du Nil, roman
Le Livre de saphir, roman (Prix des libraires)

AUX ÉDITIONS FLAMMARION
Akhenaton, le Dieu maudit, biographie
Erevan, roman (Prix du roman historique de Blois)
Inch' Allah, Le Souffle du jasmin, roman
Inch' Allah, Le Cri des pierres, roman
L'homme qui regardait la nuit, roman
La Nuit de Maritzburg, roman

AUX ÉDITIONS GALLIMARD
L'Enfant de Bruges, roman
À mon fils à l'aube du troisième millénaire, essai
Des jours et des nuits, roman

AUX ÉDITIONS PYGMALION
Le dernier pharaon, biographie

Site officiel de Gilbert Sinoué : *www.sinoue.com*

Gilbert Sinoué

INCH' الله ALLAH

***

Les cinq quartiers de la Lune

Roman

Flammarion

ISBN : 978-2-0812-1912-0

PERSONNAGES DE FICTION

ISRAËL
Avram Bronstein
Joumana Naboulsi, sa compagne
Majda, leur fille adoptive
Rasha Akerman, la nièce d'Avram
Ron Akerman, l'époux de Rasha

ÉGYPTE
Fadel Sadek, le père
Gamil Sadek, son fils

Samia Morcos – Thierry Sarment

IRAK

Famille chrétienne
Jabril Chattar, le père
Salma Chattar, la mère
Mariam Chattar, leur fille
Youssef Chattar, leur fils

Famille sunnite
Soliman El-Safi, le père
Souheil El-Safi, sa fille
Ismaïl El-Safi, son fils

Famille chiite
Zyad Abdel Azim, le père
Naïma Abdel Azim, la mère
Chérif Abdel Azim, leur fils aîné
Akram Abdel Azim, leur fils cadet

GAZA
Ghaleb El-Husseini, le père
Asleya El-Husseini, la mère
Djamel El-Husseini, leur fils aîné
Tarek El-Husseini, leur fils cadet

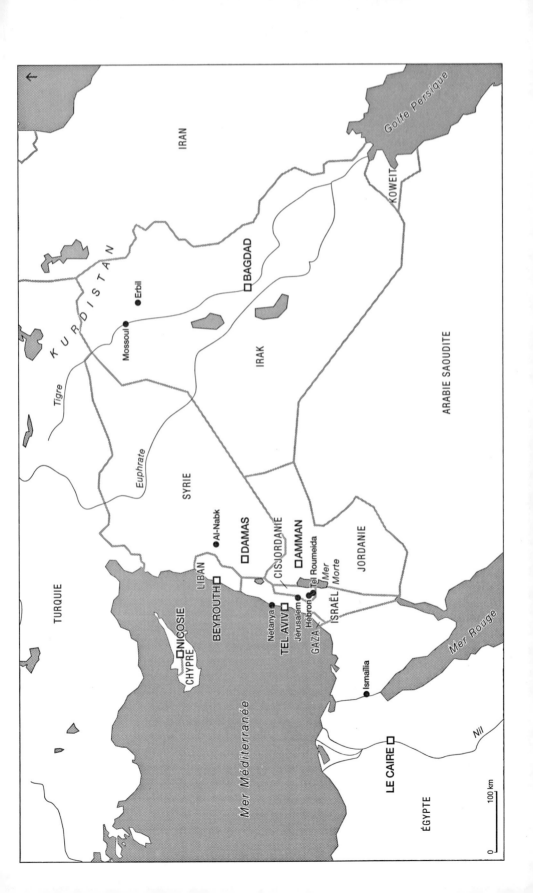

AVANT-PROPOS

L'un de ses amis trouva un jour le sage Shebli sur le toit de sa maison, le visage tourné vers le ciel noir. Il lui demanda ce qu'il contemplait.

— J'attends le cinquième quartier de la Lune, répondit Shebli.

L'ami, interloqué, lui fit observer que la Lune n'a que quatre quartiers et que le prochain ne pourrait jamais être que le premier d'un nouveau cycle.

— Libre à toi de l'ignorer, répondit Shebli, mais tout ce qui existe est la conséquence de ce qui a été. Le prochain quartier de la Lune est le fils des quatre précédents, car il ne pourrait exister sans eux. Il est donc bien le cinquième, celui sous lequel j'appellerai la grâce céleste sur ton visage.

(Attribué à Farid Sadek el Attar,
poète mystique persan, 1150-1230)

I

1

Israël, Jérusalem, secteur ouest, 21 août 1958

— Vous allez vous faire tuer ! Venez !

À contrecœur, elle capitula.

Il la força à s'accroupir derrière les sacs de sable et la maintint dans cette position en emprisonnant sa nuque.

L'échange de tirs se prolongea jusqu'au moment où un peloton de Casques bleus fit irruption. En un éclair, les soldats se dispersèrent à travers les ruelles, prenant position, ici et là. Il y eut pendant encore quelques minutes des tirs sporadiques, puis ce fut le silence et l'on n'entendit plus que le frémissement léger du vent.

Alors, seulement, Avram Bronstein aida la jeune femme à se relever et s'enquit en hébreu :

— *Ma nishma* ? Ça va ?

Elle le dévisagea, interrogative.

Il se souvint que tantôt elle avait parlé en arabe et reposa la question dans cette langue.

— Oui. Ça va.

Elle enchaîna, inquiète :

— *Yahoudi* ? Juif ?

Il confirma.

D'un coup, elle recula comme si Satan en personne s'était incarné.

— Regarde, lui dit-il avec un sourire indulgent, j'ai des mains, des bras, un visage, des jambes et je parle. Je suis aussi un homme.

15

Elle acquiesça timidement. Elle paraissait incroyablement jeune.

— Quel âge as-tu ?

— Vingt-trois ans.

Il lui en donnait cinq de moins.

Son regard était une caresse et ses traits mats d'une douceur incomparable. Détail assez rare pour une Arabe : elle avait les yeux bleus.

— Comment t'appelles-tu ?

— Joumana Naboulsi.

— Moi, c'est Avram Bronstein.

Elle répéta, comme pour se convaincre :

— *Yahoudi* ?

Il s'esclaffa.

— Que t'a-t-on enseigné ? Que les juifs ressemblaient à des ogres ?

— Il faut que je rentre chez moi.

— Je t'accompagne.

Une expression de moineau apeuré crispa son visage.

— Non. Il ne faut pas.

— Pourquoi ? Où habites-tu ?

— Dans la vieille ville. Ce n'est pas loin.

— Je t'accompagne.

— Mes parents... si on nous voit.

— Ne t'inquiète pas.

Il chuchota avec un faux air de comploteur :

— Je m'appelle Mohamed et je suis palestinien.

— C'est impossible ! Tu ne ressembles pas à un Palestinien !

— Pas plus que tu ne ressembles à une Arabe. Allez, viens !

Elle consentit à prendre sa main.

Ils remontèrent le long du Khan Alzit, à la lisière du quartier chrétien, parcoururent une centaine de mètres, jusqu'au moment où la jeune femme désigna une ruelle sur la gauche. L'hospice autrichien apparaissait tout au bout.

— Dis-moi, Joumana, que faisais-tu si près de la ligne verte ?

— Ligne verte, ligne rouge, qu'est-ce que j'en sais ? Elle n'est pas visible, non ? Je suis née ici. Mon père et mon grand-père et mon arrière-arrière-grand-père aussi. Jusqu'à l'âge de treize ans, j'avais le droit de me promener partout. À présent, mes cousins et mes oncles et tantes, qui habitent côté ouest, sont considérés par vous, les Israéliens, comme de simples résidents étrangers dont le statut est révocable. Des résidents étrangers ? C'est quoi cette histoire ? Il suffirait qu'ils s'absentent quelque temps pour n'avoir plus le droit de revenir vivre ici. Nous sommes pourtant chez nous, non[1] ?

Avram ne répondit pas. Comme tous les siens, il gardait gravés dans sa mémoire les propos tenus neuf ans plus tôt par le père de la Nation, David Ben Gourion : « Jérusalem est une part organique et inséparable de l'État d'Israël, tout comme elle est inséparable de l'histoire juive, de la religion d'Israël et de l'âme de notre peuple. Jérusalem est le cœur même de l'État d'Israël. »

À quoi les Arabes avaient immédiatement rétorqué : « Jérusalem est la troisième ville sainte de l'islam ! »

Et les chrétiens de protester : « C'est la ville du Messie ! Jésus-Christ, le fils de Dieu ! »

Une pensée utopique traversa son esprit : « Et si cette ville était promise à devenir un jour, symboliquement, le lieu majeur de la rencontre de tous les enfants d'Abraham ? »

Joumana annonça :

— Nous sommes arrivés.

Elle pointa une maison du doigt. Une maison de pierres d'un beige crayeux que rien ne différenciait vraiment des autres, sinon une lanterne suspendue au-dessus de la porte d'entrée.

— Il vaut mieux que tu me laisses ici.

— D'accord.

---

1. La loi sur les « propriétés abandonnées » promulguée en 1948 permet la saisie des biens de toute personne « absente ». Elle définit comme étant « absente » toute personne qui, pendant la période du 29 novembre 1947 au 1er septembre 1948, se trouvait à l'extérieur du territoire d'Israël (Cisjordanie ou la bande de Gaza) ou dans d'autres États arabes.

Elle le dévisagea avec un sourire d'enfant :

— C'est vrai que tu as des mains, des bras, un visage, des jambes. Merci.

Lui demeura immobile, la suivant du regard, ne parvenant pas à l'abandonner, comme si un fil invisible s'était tendu entre son cœur et celui de la Palestinienne.

2

Israël, Tel Aviv, 11 septembre 2001, 15 h 30

Joumana fixa longuement Avram avant de faire observer :

— Oui. Je me souviens de tout[1]. C'était il y a quarante-trois ans. Nous étions jeunes et inconscients. Un Israélien qui tombe amoureux d'une Palestinienne. Une hérésie.

— Une belle hérésie.

— Nous pensions alors que tout était possible. Que la raison l'emporterait sur la folie. Nous nous sommes trompés. Et ce n'est pas ce boucher d'Ariel Sharon qui me donnera tort. Tout est fini. Après les accords d'Oslo, j'ai vraiment cru que mon peuple aurait enfin son État. Ne fût-ce qu'un débris d'État.

Elle répéta :

— Tout est fini.

— Tu as tort. Rien n'est définitif. Connais-tu la théorie du cygne noir ? Si nous passons notre vie à ne croiser que des cygnes blancs, on aura vite fait de conclure que tous les cygnes sont blancs. C'est ce qu'ont longtemps cru les Européens avant de découvrir un jour l'existence de cygnes noirs en Australie. En réalité, seule l'observation de tous les cygnes existants aurait pu leur apporter la confirmation que ceux-ci étaient tous blancs. Cependant, prendre le temps et les moyens d'observer la totalité des cygnes de la Terre n'était évidemment

---

1. *Cf. Le Souffle du jasmin* et *Le Cri des pierres*.

pas envisageable. Alors, dans l'attente de voir la théorie infirmée par l'observation d'un cygne d'une autre couleur, nous préférons nous fonder sur la supposition qu'ils sont blancs. Ainsi, l'être humain passe son temps à dresser des plans à partir d'informations incomplètes, ce qui le conduit à des certitudes erronées.

Avram conclut :

— C'est pourquoi, lorsqu'un événement imprévisible, voire totalement improbable se réalise, il a des conséquences d'une portée considérable et exceptionnelle. Comme si tout à coup, par un bouleversement interplanétaire, la Lune affichait cinq quartiers.

— Tu n'as pas changé, *habibi,* toujours aussi utopique. Fou !

— Je ne suis pas le seul. Pense à notre Majda. Lorsque nous avons décidé de l'adopter, nous approchions de la soixantaine ; elle, tout juste quatorze ans. Nous sommes devenus parents à l'âge où nos amis jouaient aux grands-parents.

Une lueur mélancolique traversa les prunelles de Joumana.

— C'est vrai. Majda…

3

Cisjordanie, Hébron, 1991

Les flammes jetaient des lueurs brunes vers les étoiles.

Lorsque les secours arrivèrent, il ne restait plus de la maison des Rantissi que des murs calcinés ; deux adultes et un enfant carbonisés, et une gamine de quatorze ans agenouillée à l'extérieur qui fixait le brasier l'air hébété.

Des graffitis en hébreu barraient les pierres : « Vive le messie », « Vengeance ». D'après certains témoins, deux hommes masqués auraient lancé des bouteilles incendiaires avant de s'enfuir en direction d'une colonie voisine.

Profondément commotionnée, Majda, la jeune rescapée, avait été transportée à l'hôpital, mais ses jours n'étaient pas en danger.

C'est par la télévision qu'Avram et Joumana avaient appris la nouvelle. Les Rantissi ? Mon Dieu ! Comment était-ce possible ? Ils connaissaient la famille, ils l'aimaient, la fréquentaient, alors que les deux sociétés, palestinienne et israélienne, vouaient leur couple aux gémonies.

Le jour même, ils s'étaient rendus au chevet de l'adolescente. Prostrée, c'est à peine si elle les avait reconnus. Son visage sans expression et d'une effrayante pâleur se confondait avec la blancheur de l'oreiller. Seuls ses grands yeux noirs respiraient encore la vie.

Le temps d'une nuit, Majda était passée du statut d'enfant aimé et choyé à celui d'orpheline traumatisée. Certes, elle aurait pu trouver refuge chez son vieil oncle célibataire à Ramallah. Mais, en l'accueillant, il aurait eu une bouche de plus à nourrir, lui qui survivait déjà avec peine.

Ni Joumana ni Avram ne s'étaient concertés. Majda viendrait habiter avec eux à Tel Aviv. Elle serait l'enfant qu'ils n'avaient jamais eu.

4

Israël, Tel Aviv, 11 septembre 2001

Avram se leva.

— Je vais faire du thé. Est-ce que...

Il n'acheva pas sa phrase. Un cri venait de retentir de la chambre de leur fille.

Le couple se précipita.

Majda pointait un index tremblant sur les images qui défilaient sur l'écran de télévision.

Une voix commentait :

— Nous interrompons le cours de ce journal pour nous rendre directement à New York où un terrible accident d'avion vient de se produire. Un avion s'est encastré dans l'une des tours du World Trade Center. Nous rejoignons tout de suite notre correspondant permanent, Avner Kriegerman. Avner, avez-vous des précisions sur ce qui se passe ?

— Eh bien, écoutez, le World Trade Center a été secoué par une explosion et une gigantesque flamme jaillit de la tour qui domine New York, au sud de Manhattan. Nous voyons actuellement en direct, sur les images de la télévision américaine, ce spectacle impressionnant et terrifiant en même temps. Et... un avion vient en ce moment même de s'écraser sur la seconde tour !

Majda glissa la main dans ses longs cheveux qui effleuraient ses épaules et, sans quitter l'écran des yeux, interrogea Avram :

— Un attentat ?

Il allait répondre, lorsque le téléphone sonna. Il décrocha, écouta en silence les propos de son correspondant et reposa le combiné.

— C'était ma nièce, Rasha. Il s'agirait en effet d'un attentat. Ron vient de l'appeler.

Majda se mordit la lèvre. Ron Akerman, l'époux de Rasha, faisait partie de l'entourage du Premier ministre, Ariel Sharon. L'information ne pouvait être qu'avérée.

— Une revendication ?

— Non. Pas pour le moment.

De la rue montaient des éclats de voix.

Avram sortit sur le balcon qui surplombait Yehuda ha-Nasi Street.

Des gens couraient dans tous les sens. Le silence supplantait la musique dans les établissements où elle faisait pourtant partie du décor. On eût dit que Tel Aviv était devenu un vaste moulin à angoisse. Chaque image, chaque bribe d'information nouvelle ajoutaient à une anxiété indéfinissable, immémoriale, dérivant sans doute de la terreur antique et universelle de l'Apocalypse. Les images que chacun voyait ne représentaient pas seulement la destruction de deux tours élevées au rang de monuments historiques, non, elles étaient en elles-mêmes destructrices.

Avram songea : le cygne noir.

*

Égypte, Le Caire, le 11 septembre 2001

Lorsque le second avion s'encastra dans le World Trade Center, Gamil Sadek lâcha sa tasse de café, qui se fracassa sur le sol.

Était-ce un film ? Le dernier Bruce Willis ? Une nouvelle version de *La Tour infernale* ?

Du haut de son support mural, le téléviseur vomissait son flot d'images.

« C'est une tragédie qui frappe l'Amérique, touchée en plein cœur après la série d'attentats extraordinairement meurtriers qui ont frappé New York et Washington. Quarante mille personnes travaillaient dans les deux tours du World Trade Center… »

Dans l'irréalité qui envahissait soudain le monde, les clients du Fishaoui se demandaient si ces masses de fumée n'allaient pas déborder de l'écran, déferler dans la salle et les étouffer.

— Ce n'est pas possible, balbutia une voix.

Le commentateur le détrompa.

« Le nombre de victimes est encore inconnu à cette heure-ci, mais on estime qu'il se chiffre par milliers. Les deux tours étaient les gratte-ciel les plus hauts du monde. Les dégâts dans le quartier sont considérables. »

Mais c'est une histoire de fous ! Un attentat ?

Gamil, atterré, éprouva le sentiment vague que rien ne serait jamais plus comme avant. Son regard se détacha un instant du téléviseur et se porta vers un grand miroir accroché non loin du portrait de l'écrivain Naguib Mahfouz, prix Nobel de littérature et familier du lieu. Le reflet qu'il lui renvoya était celui d'un homme d'environ trente-cinq ans, atteint d'une calvitie précoce. Yeux noirs cerclés de lunettes, teint olivâtre à l'instar de la plupart des Égyptiens. Une petite cicatrice, souvenir d'enfance d'une chute de vélo, se dessinait au-dessus de sa lèvre supérieure.

— Et les coupables ? ricana quelqu'un. Ce sera nous, bien entendu ! Comme toujours !

Gamil avait besoin de parler à quelqu'un. Il quitta le café, se fraya difficilement un passage à travers la foule agglutinée et, une fois à l'écart, prit son portable. Il haletait.

— Allô, Samia ?

— Oui, je suis au courant. C'est incroyable.

— Qui a pu faire une chose pareille ?

— Qui veux-tu que ce soit, sinon des Arabes ?

— Je te reconnais bien là ! Toujours cette propension à rendre les Arabes responsables de tous les maux. On voit bien que tu es copte.

Samia poussa un soupir.

— Parce que les Coptes ne sont pas des Arabes ? N'importe quoi ! Je suis plus égyptienne que toi, mon ami ! Je te quitte. Je suis en voiture. Je vais être en retard à la banque.

— Attends ! Ne raccroche pas. On se voit ce soir ? On pourrait aller au Pacha.

— Tu daignerais donc dîner avec une Copte ?

— Arrête ! Tu sais bien que je plaisantais.

— Vingt heures. Appelle quand tu seras en bas.

Gamil reprit son souffle et composa un autre numéro.

— Père...

— Oui, j'allais justement t'appeler. Quelle histoire !

— Samia pense que ce sont des Arabes qui ont fait le coup.

— Ce n'est pas impossible. Encore faudrait-il qu'ils soient capables de mettre au point un tel attentat. Tu ne vas pas au cabinet ce matin ?

— Si... si. Enfin, pas ce matin. Je dois plaider au palais dans une heure.

— Allah t'accompagne, mon fils. Viens me voir quand tu auras le temps. Les journées sont longues.

— Promis, papa. Je tâcherai de passer demain.

Gamil raccrocha. Autour de lui, ce n'était que brouhaha et pagaille ; des gens gesticulaient, s'interpellaient. Il retourna à l'intérieur du café.

Une voix lança : « Ils ne l'ont pas volé ! »

Une autre surenchérit : « Voilà des années que l'Amérique dicte sa volonté au monde ! Je ne vais pas pleurer sur eux ! C'est un pays de merde ! À mille diables ! *Alf dahya !* »

Gamil prit une profonde inspiration.

Des bribes d'idées, des souvenirs imprécis, ces petits détritus de la vie qui emplissent toute cervelle humaine se bousculaient dans sa tête comme des graines qu'on agite sur un tamis. Les propos d'un ami de son père, un gauchisant invétéré, lui revinrent à l'esprit : « Les États-Unis sont les ennemis du monde. N'oublie jamais, ce sont les nouveaux Croisés. »

*

Irak, Mossoul, 11 septembre 2001

À près de mille kilomètres de là, au nord-est de l'Irak, au troisième étage d'un immeuble jadis moderne, Jabril Chattar, armé d'un petit ciseau, s'apprêtait à tailler sa moustache. C'est à ce moment que Youssef, son fils de quinze ans, déboula dans la salle de bains comme si Satan en personne était pendu à ses basques.

— Papa ! On a bombardé New York ! C'est la guerre !

— Quoi ? Qu'est-ce que tu racontes ?

Le gamin saisit son père par le pan de sa robe de chambre.

— Viens voir ! C'est à la télé ! Viens !

— On a bombardé New York ?

Dans le salon, son épouse, Salma, et leur fille, Mariam, avaient les yeux rivés sur le téléviseur. Médusées.

Jabril s'approcha. Pas trop. Presque craintif.

— Qu'est-ce que c'est ?

— New York ! lui répliqua Mariam. Des avions sont entrés dans des immeubles ! Écoute !

— *Bessm el salib*, au nom du Christ, murmura Salma en se signant. Quelle horreur !

« United Airlines, la compagnie américaine, décide d'interrompre tous ses vols dans le monde entier, c'est ce qui vient d'être annoncé. Le FBI a confirmé quelques minutes auparavant que quatre avions ont bien été détournés. »

D'un geste vif, Jabril arracha littéralement la télécommande des mains de son fils et changea de chaîne. Là encore, les mêmes images, des fumées dantesques, des silhouettes fantomatiques, couvertes de cendre et de poussière qui déambulaient, l'œil hagard.

Il passa sur Al-Jazira.

Un journaliste interviewait un homme d'une soixantaine d'années, crâne chauve.

« Est-ce que vous croyez qu'il est possible que des groupes d'extrémistes palestiniens soient d'une part suffisamment organisés, et d'autre part qu'ils aient assez d'argent pour monter des attentats d'une telle ampleur ? »

La réponse fut couverte par des coups répétés frappés à la porte d'entrée.

Comme personne ne paraissait réagir, Jabril ordonna :

— Mariam ! Salma ! Ouvrez !

La mère s'exécuta.

Sur le seuil se tenait un couple en robe de chambre, Naïma et Aziz Gharmaoui, leurs voisins du dessous.

— Savez-vous ce qui se passe ? questionna ce dernier. Nous avons entendu des gens qui criaient dans la rue et parlaient de guerre.

Jabril faillit lui demander quand il se déciderait à acheter un téléviseur, mais grommela :

— Ça pourrait l'être. Vois !

Le couple se glissa dans le salon. Aziz s'arrêta net. Son épouse pria :

— *Bismillah El-rahman El-rahim,* au nom de Dieu, le Clément, le Miséricordieux.

— Ils disent que c'est un attentat, souffla Mariam.

Elle avait eu dix-huit ans la veille. Dans mille ans, elle se souviendrait de ce jour.

— Il doit y avoir des milliers de morts, souffla Jabril.

— Mais qui a fait ça ? demanda Youssef.

— Qui veux-tu que ce soit si ce n'est, nous, les Arabes ? répondit Aziz.

Et il reprit :

— Il était temps. Quelqu'un devait leur faire ravaler leur morgue.

Il s'empressa de citer un verset du Coran :

— Aux hypocrites, hommes et femmes, et aux mécréants, Allah a promis le feu de l'enfer.

Jabril lui lança un regard en coin. Il aimait bien Aziz, mais pourquoi diable cette manie de tout ramener au Prophète !

— Rentrons, implora Naïma. Je ne peux plus voir ces horreurs.

Une fois le couple parti, Jabril s'écroula sur le canapé. Il se sentait vidé.

Sa télévision mentale s'était mise à son tour à distiller des images en boucle. Elles réveillaient il ne savait quelles pensées anciennes, et de l'ensemble émanait une peur indéfinissable.

*

Gaza, 11 septembre 2001

Ici, personne ne partageait l'anxiété de l'Irakien.

C'était plutôt une joie incommensurable qui se lisait sur les visages. On entendait même, ici et là, des youyous qui faisaient danser la mer.

Rue El Sana', assis par terre dans sa quincaillerie, Ghaleb El-Husseini dévorait des yeux le spectacle apocalyptique comme s'il se fut agi d'un de ces films égyptiens ayant fait les délices de sa jeunesse. Voilà des décennies que ces salauds de Yankees soutenaient aveuglément l'occupant sioniste. Des armes, de l'argent, de l'argent, des armes. Rien qu'à l'ONU, ils continuaient de bloquer toutes les résolutions condamnant Israël. Plus de cinquante veto !

Condamnation de l'occupation des territoires palestiniens et manque de coopération israélienne avec l'envoyé spécial du secrétaire des Nations unies. Veto !

Condamnation des violations israéliennes des droits des populations dans la bande de Gaza et appel à l'arrêt des violations israéliennes de la quatrième convention de Genève. Veto !

Arrêt de la construction de la colonie juive de Jabal Abou Ghneim/Har Homa à Jérusalem-Est et autres mesures contre la construction de colonies dans les territoires occupés. Veto !

Ghaleb se tourna vers son vendeur, Hamed, un garçon de dix-neuf ans qui semblait fasciné par ce qu'il voyait.

— Ils n'aiment pas la poussière, hein, les Américains ! Eh bien, ils sont servis !

Il éprouva alors le désir irrépressible d'un verre de raki. Il n'en avait bu que deux fois dans sa vie, mais, au nom d'Allah, qu'est-ce qu'il avait envie, non, besoin d'un raki !

Il fouilla dans sa poche, récupéra un billet, le fourra dans la main du garçon :

— Hamed ! Va vite me chercher une bouteille de Batta.

À quelques centaines de kilomètres de là, dans un camp de réfugiés palestiniens au Liban, des gamins d'à peine dix ans s'étaient emparés de kalachnikovs trouvées Dieu sait où et tiraient des salves en l'air pour célébrer l'humiliation sanglante infligée à l'Amérique.

Lorsque son employé revint, Ghaleb se versa une rasade de raki pur, et leva son verre en direction du poste de télé.
— À l'Oncle Sam !
Ghaleb El-Husseini était vraiment de bonne humeur, ce soir du 11 septembre 2001.

*

Irak, Bagdad, 11 septembre 2001

Torse nu et en caleçon, debout au milieu du salon, Soliman El-Safi, caissier à la Central Bank of Irak, n'arrivait toujours pas à se persuader qu'il ne vivait pas un rêve, à moins que ce fût un cauchemar. Il entendit confusément les voix de son fils Ismaïl et de sa fille, Souheil, qui commentaient les informations venues de New York.
— Saddam ou Ben Laden ? s'interrogea Ismaïl. Ben Laden ferait un coupable idéal. N'est-ce pas lui qui, il y a deux ans, a fait sauter l'ambassade américaine de Nairobi et celle de Dar El-Salam, à dix minutes d'intervalle ? Il fait partie des dix criminels les plus recherchés de la planète.
— Tu oublies Mohammad Khatami, ironisa Souheil, le président iranien, et Kadhafi et Kim Jong-il et les Martiens ! De toute façon, comme à leur habitude, les États-Unis frapperont là où ils trouveront le plus grand intérêt.
— Il suffit ! tonna leur père. J'ai toujours exigé, que dans cette maison, on ne parle pas politique. Aujourd'hui ne fera pas exception. Si votre mère était encore de ce monde, elle m'aurait approuvé.
Contre toute attente, ce fut Souheil qui protesta :

— Je ne comprends pas pourquoi, père. La politique ne gère-t-elle pas nos vies ? Nos destinées ? Pourquoi ?

Petite brune au visage d'enfant, les yeux en amande, un grain de beauté sur la joue droite, Souheil n'avait que vingt-cinq ans, mais elle était incroyablement mûre. Une maturité qui n'avait pas été étrangère à sa réussite au concours national d'entrée dans les universités d'État : dix pour cent d'admis pour plus de dix mille candidats ! Alors qu'Ismaïl, son aîné de deux ans, errait encore à la recherche d'un travail. Pourtant, du travail il en avait trouvé, mais aucun, estimait-il, n'était digne de lui.

— Pourquoi ? rétorqua Soliman El-Safi. Tu veux savoir pourquoi ? C'est simple : sais-tu ce qu'est un politicien ? C'est un type qui passe son temps à vous prédire ce qui va arriver demain, le mois prochain, et l'année prochaine – et qui vous explique ensuite pourquoi cela ne s'est pas passé. Du vent !

— Pardonne-moi, intervint Ismaïl.

Son visage juvénile encadré par des cheveux frisés s'était rembruni et ses prunelles, d'ordinaire marron clair, avaient viré au gris sombre.

— Ne pas exprimer son opinion signifie que l'on accepte de subir la volonté des autres ou que l'on n'a rien dans la tête.

Soliman toisa son fils.

— Quel âge as-tu ?

— Quelle question ! Vingt-sept ans.

— Et tu n'as toujours pas appris qu'il vaut mieux n'avoir rien dans la tête, plutôt que de la perdre d'un coup de sabre. Le monde d'aujourd'hui est noyé sous des flots de bavardage. Si les mots avaient la moindre existence matérielle, le Déluge, en comparaison, serait une fuite d'eau dans la salle de bains. Discutailler ne change rien à rien. Les gens parlent tout simplement pour se persuader qu'ils existent.

Ismaïl et sa sœur restèrent silencieux.

— Et surtout, poursuivit Soliman, rappelez-vous qu'il existe dans notre pays quatre puissances redoutables, les Kurdes, les sunnites dont nous sommes, les chiites et le pouvoir. Tout ce que nous pouvons nous dire, à part « Bonjour » et « Bonsoir », risque d'être interprété de travers par l'une de ces factions.

Exaspéré, Soliman poussa un grognement et quitta la pièce.

Ismaïl nota que son père n'avait pas mentionné les chrétiens, et pourtant ils existaient. Mais les chrétiens ne pouvaient, en Orient, figurer parmi les puissances.

Son regard se reporta vers l'écran.

Le vice-président des États-Unis, un dénommé Dick Cheney, venait d'annoncer : « N'oublions pas que, parmi les associés de Ben Laden, il y a aussi un homme, un infâme dictateur, Saddam Hussein. »

II

5

Égypte, Le Caire, 9 octobre 2001

Dans le jardin de l'hôtel Marriott, à Zamalek, la vision d'une femme niqabée, sœur utérine de Dark Vador, arracha une pensée mélancolique à Thierry Sarment. Qu'il était loin ce jour d'été 1923, où, sur le quai de la gare du Caire, une femme, Hoda Cha'raoui, féministe avant l'heure, avait jeté son voile à terre devant des journalistes interloqués en s'écriant : « Plus jamais ! »

Sarment était né quarante-cinq ans plus tôt à Alexandrie, d'une mère française et d'un père égyptien. Avant d'aller poursuivre ses études à l'ESJ, l'École supérieure de journalisme, à Paris, il avait vécu au Caire, jusqu'à l'âge de dix-neuf ans. À cette époque, nul voile sinon celui que le vent du désert, le « souffle des cinquante jours », tissait parfois sur le ciel. Depuis quarante-huit heures qu'il était de retour, sa stupéfaction allait grandissant. Où donc étaient passées ces belles Égyptiennes qui marchaient le long de l'avenue Kasr-El-Nil, les Champs-Élysées du Caire, vêtues à la dernière mode de Paris, pomponnées, visage à découvert, bras nus ? Quel monstre avait dévoré les nageuses qui, en maillot deux pièces, se prélassaient sur les plages de Sidi Bishr, entre le Mex et le palais de Montazah où feu le roi Farouk passa ses étés ?

Visage à découvert, et néanmoins de fières musulmanes, dignes filles du Prophète. Alors ? Pourquoi ?

Nasser ironisa un jour à propos des Frères musulmans[1] qui lui réclamaient un décret obligeant les Égyptiennes à se voiler : « Ils veulent nous renvoyer à l'âge de pierre ! »

À voir cette femme enténébrée, les Frères auraient réussi.

Thierry chaussa ses lunettes, alluma son ordinateur portable et retourna à l'examen de ses mails. Les informations affichées dans le dernier étaient pour le moins inquiétantes.

Mardi 11 septembre : Donald Rumsfeld a transmis une note au général Richard B. Myers (USAF) pour avoir le plus d'informations le plus rapidement possible. La note indiquait que le général devait envisager une multitude de possibilités et d'options et ne pas se limiter qu'à Ben Laden.

Mercredi 12 septembre 2001 : George W. Bush a convoqué Richard A. Clarke et d'autres membres de son administration afin d'explorer « les possibilités de liens entre les attentats du 11 septembre et l'Irak ». George W. Bush a demandé « de regarder si Saddam n'y avait pas participé de quelque manière que ce soit ».

Vendredi 14 septembre 2001 : Des spéculations font état de la possibilité que l'Irak ait contribué à l'entraînement des pirates de l'air. James Woolsey (ancien directeur de la CIA) a évoqué l'éventualité d'un « mariage très fructueux entre Saddam Hussein et Ben Laden ».

Mardi 18 septembre 2001 : En réponse à la demande de George W. Bush, le bureau de Richard A. Clarke a envoyé un mémo à Condoleezza Rice, conseillère à la Sécurité nationale. Le chef du staff de Condoleezza Rice en Afghanistan a conclu que seules des preuves anecdotiques liaient l'Irak à Al-Qaida. Le mémo ne relève aucune preuve concrète d'une intervention irakienne dans la préparation ou la mise en œuvre des attaques du

---

1. La confrérie des Frères musulmans a été fondée en 1928, par Hassan El-Banna, simple instituteur affecté par la domination anglaise sur son pays et les influences, jugées corruptrices, de l'Occident matérialiste. Les Frères entendent instaurer le règne de la Loi de Dieu (*chari'à*), avec pour mot d'ordre fondamental : « Le Coran est notre Constitution. » En matière économique, ils prônent l'interdiction de l'usure et le remplacement de l'impôt sur le revenu par l'aumône légale (*zakat*). Le puritanisme qu'ils revendiquent rejette la mixité, l'alcool et les jeux de hasard. De nos jours, ils sont considérés en Égypte comme étant un mouvement terroriste.

11 septembre et affirme qu'il n'y a pas de lien entre l'Irak et Al-Qaida, notamment parce que Ben Laden n'aime pas la sécularisation de Saddam Hussein.

Un sourire indicible éclaira les traits de Sarment.

Jamais il ne trouverait les mots pour exprimer sa gratitude à l'égard de son vieux copain Arthur Risch. Journaliste d'investigation au *Washington Post*, digne successeur de Woodward et Bernstein, révélateurs du Watergate, Arthur aurait bien mérité le Pulitzer. Embauché depuis peu par l'administration Bush, avec le titre de « conseiller en communication », il s'était montré d'une efficacité redoutable. Comment se débrouillait-il pour obtenir des informations aussi précieuses que celles qu'il transmettait à Sarment ? Les deux hommes s'étaient connus dix ans plus tôt à New York, alors que tous deux travaillaient dans un hebdomadaire spécialisé en géopolitique au tirage plus que discret. À cause d'une rupture amoureuse, Arthur avait sombré dans le monde glauque de la drogue. Il s'en était fallu de peu qu'il ne soit emporté, un soir, par une overdose. Heureusement, Sarment était à ses côtés.

Il commanda une bière Stella, la meilleure au monde selon lui.

En prenant la décision d'écrire un livre sur les transformations qui bouleversaient le Moyen-Orient depuis près d'un siècle, il n'aurait jamais soupçonné que les tempêtes passées se révéleraient presque anodines en comparaison du tsunami qui s'apprêtait à fondre sur la région. Car, il en était convaincu, le 11 septembre 2001 représentait la phase initiale d'une éruption gigantesque. Loin de se réduire à un accident local de l'Histoire, cette date figurait le point d'orgue de la haine et donc du rejet d'une partie orientale de l'humanité par une partie occidentale, et inversement. Les nuages toxiques qu'elle répandrait seraient chargés de vapeurs beaucoup plus malfaisantes que ne l'imaginait la vaste cohorte de ceux qui se prenaient pour les Sages et les Augures des nations. Ces nuages avaient d'ailleurs commencé à se diffuser trois jours auparavant, en Afghanistan. Une pluie de bombes s'était abattue sur les infrastructures stratégiques et les positions militaires des talibans à Kaboul et Kandahar, après leur refus de livrer Oussama ben Laden.

La tournée entreprise par Sarment, de Bagdad à Beyrouth en passant par Istanbul et Amman, n'avait fait que conforter ses prémonitions et cette certitude immuable résumée par un homme, Rudyard Kipling : « *East is East and West is West, and never the twain shall meet...* » Un soir, dans un bar de New York, passablement éméché, Arthur s'était lancé dans une grande tirade sur la bêtise incommensurable de ses compatriotes, leur difficulté congénitale à saisir la complexité de cette région, concluant par cette boutade : « Si on vous explique le Moyen-Orient et que vous avez compris, ne vous réjouissez pas. On vous l'aura mal expliqué. »

Thierry avait pour discipline de s'intéresser aux entrefilets autant qu'aux manchettes ; lecteur de la presse anglo-saxonne, il en avait relevé un dans le *New York Times* qui méritait attention : dans l'après-midi du 11, alors que l'Amérique était encore sous le choc, le secrétaire d'État aux Affaires étrangères, Donald Rumsfeld, avait adressé une note au général Richard B. Myers, de l'US Air Force, le priant de collecter le plus rapidement possible des informations sur les événements et d'étendre son enquête à toutes les zones susceptibles d'avoir joué un rôle dans les attentats ; il l'invitait également à ne pas se limiter au principal suspect, Ben Laden. Curieux : dans un pareil cas, c'est auprès de la CIA et du FBI qu'il eût fallu en premier lieu demander des informations. Sarment en déduisit que la diffusion de ce communiqué et sa teneur étaient visiblement destinées à orienter l'opinion publique vers un pays coupable. Lequel serait-ce ? Certainement pas une monarchie du Golfe. Les poussahs septuagénaires qui régnaient là-bas représentaient une manne financière bien trop précieuse. On ne mord pas la main qui vous nourrit.

Sarment s'avisa tout à coup d'un détail : le 11 septembre, la lune était à son premier quartier. La Lune, symbole de l'islam.

6

Égypte, Le Caire, octobre 2001

Gamil Sadek avait enfilé son costume gris perle, une chemise fraîche et fait cirer ses chaussures. Il jeta un coup d'œil à sa montre : sept heures déjà. Avec la circulation dantesque qui l'attendait, il ne lui faudrait pas moins d'une heure pour parcourir la distance, pourtant minime, qui le séparait de la rue Chawarbi. S'il était une chose que Samia détestait, c'était que l'on soit en retard. Une aversion totalement inepte dans un pays où arriver à l'heure tenait du prodige. Il mit un peu d'ordre dans ses cheveux noirs clairsemés, ajusta ses lunettes sur son nez, dévala quatre à quatre l'escalier et s'engouffra dans sa voiture.

Samia… au fond que savait-il d'elle ? Pas plus tard qu'hier, son père lui avait posé la question. Il s'était empressé de répondre qu'elle était la fille de Samir Morcos, avocat décédé aujourd'hui. Qu'elle avait un frère aîné, Anouar, et que la famille possédait deux immeubles de rapport à Héliopolis. Elle travaillait à la banque Misr et vivait avec les siens. « Je sais qu'elle est vierge », avait cru bon de préciser Gamil à mi-voix. Et son père s'était bien gardé de lui demander comment il le savait. Vingt-six ans, ancienne élève du Sacré-Cœur, elle parlait couramment le français – bien mieux que Gamil – et continuait de se perfectionner grâce à la lecture des grands classiques. Ils s'étaient rencontrés de la façon la plus banale

39

qui soit : un soir à dîner chez des amis communs. Ce qui avait tout de suite frappé Gamil, c'était la ressemblance de Samia avec la grande actrice égyptienne, Faten Hamama : l'archétype même de la beauté orientale. Cheveux couleur de jais ; de magnifiques yeux noirs naturellement fardés de khôl, tellement expressifs que la parole n'était pas nécessaire ; une bouche qu'il n'était pas besoin de farder ; des attaches si fines qu'elles défiaient la physiologie. Et enfin ces lèvres, ces lèvres au sourire ingénu, presque enfantin !

Avant de se séparer, ils avaient échangé leurs numéros de téléphone. Ce fut lui qui appela le premier. D'abord un café, puis un dîner. Voilà maintenant quarante-six jours qu'ils se fréquentaient et ils n'avaient toujours pas fait l'amour. Un acte impensable dans un pays où prendre la main d'une femme imposait le mariage. Le mariage ? Gamil était disposé à l'épouser, il le lui avait même proposé. « J'ai besoin de réfléchir », avait-elle répondu. Et pour cause : il était musulman, elle était chrétienne.

Le Pacha 1901 était un bateau de deux étages, amarré à la rive droite du Nil, qui regroupait une dizaine de restaurants de diverses nationalités. L'un des endroits les plus courus de la capitale égyptienne. Aux touristes de passage on débitait cette légende : « Il était une fois un pacha qui vivait en Haute-Égypte et qui rêvait de bâtir un palais flottant sur le Nil où il vivrait ses derniers jours. Il traça les plans lui-même, et, à partir de 1887, en ordonna la construction. Hélas, en 1901, le pacha s'éteignit laissant son œuvre inachevée. Près d'un siècle plus tard, un voyageur inconnu qui explorait les rives du Nil trouva le bateau abandonné et partiellement submergé. Il réussit, on ne sait comment, à récupérer les plans originaux, les modifia par l'ajout de deux ponts et, une fois l'esquif terminé, il le baptisa tout naturellement : Le Pacha 1901. »

La réalité s'avérait nettement plus prosaïque. Le bateau avait été construit de toutes pièces par un brillant homme d'affaires, un Alexandrin, Johnny Zahra, d'origine libanaise, qui bénéficiait de la double nationalité italo-égyptienne. Italien, mais uniquement par la grâce du dernier roi des Deux-Siciles, lequel témoigna ainsi sa gratitude au grand-père de Johnny pour service rendu à l'Italie.

D'entre les dix restaurants de nationalités différentes que proposait le Pacha, Gamil avait opté pour le Tarbouch, spécialisé dans la nourriture locale. Il n'aimait ni l'italien ni l'indien et encore moins l'asiatique : son estomac ne parlait que l'arabe.

Il effleura discrètement la joue de Samia et fit remarquer :

— Tu as l'air fatigué.

— Journée éprouvante. Trop de pression, trop de râleurs, trop de tout. Peux-tu nous commander du vin ?

Devant sa réticence, elle le rassura :

— Pour moi. Uniquement.

Il acquiesça mollement et chercha le garçon du regard.

Veux-tu m'épouser ?

Depuis que Gamil lui avait posé la question, celle-ci, tel un papillon de nuit, n'avait cessé de voleter dans sa tête avant de se fracasser contre les évidences. Elle avait encore dans l'oreille l'injure, « apostate », que son frère Anouar avait proférée à l'adresse d'une femme qui s'était convertie à l'islam pour épouser son second mari. Si elle épousait Gamil, les relations avec sa famille et son milieu se distendraient sensiblement. Et si elle n'était pas purement et simplement déshéritée, ce qui était interdit par la loi, elle se verrait attribuer la portion la plus congrue de l'héritage quand Mme Morcos mère rendrait l'âme. Sans compter que, dans le milieu de Gamil, elle ne serait jamais qu'une pièce rapportée, tolérée par égard pour lui. Un statut, en somme, comparable à celui d'une esclave affranchie. Le jour où les séductions des premières heures se seraient envolées, elle devrait sans doute s'attendre à voir arriver une nouvelle et plus fraîche épouse, du moins si les moyens de Gamil le lui permettaient. Alors quel choix lui restait-il ? Rompre et espérer rencontrer un chevalier blanc qui serait de la même religion qu'elle ? Ou devenir Mme Sadek, avec tout ce que cela comportait de tourments ?

Un éclat de voix la tira de ses pensées. Elle leva les yeux. Le maître d'hôtel accompagnait un homme à la table voisine.

— Il a l'air d'un Américain, chuchota Gamil. Il ne devait pas être à New York le mois passé. Il l'a échappé belle !

— Je ne comprends toujours pas comment une pareille chose a pu se produire. Où se trouvaient donc la CIA et le FBI et toute cette machinerie dont on disait qu'avec le Mossad elle représentait les services secrets les plus performants de la planète ?

— Je n'en sais rien. C'est incompréhensible, en effet.

Ils entendirent soudain leur voisin de table commander, et en arabe, du vin et de l'eau pétillante. Leur stupeur le fit rire.

Gamil ne put s'empêcher de demander, en anglais :

— Vous n'êtes donc pas américain ?

— Non, français.

— C'est étonnant. Vous parlez l'arabe comme…

— *Zay wahed mawloud fi' Skandariyeh.* Comme quelqu'un qui est né à Alexandrie.

Son accent fit pouffer de rire Samia.

— Vous êtes *vraiment* né ici ? interrogea-t-elle.

— Oui. Mais trente ans sans pratique ne pardonnent pas. D'ailleurs, chez nous, la langue française dominait.

— Vous attendez quelqu'un ? demanda soudain Gamil.

— Non.

— Dans ce cas, voudriez-vous vous joindre à nous ?

Thierry accepta. Retrouver des gens d'ici n'était pas pour lui déplaire.

— Je vous remercie. Je me présente, Thierry Sarment.

— Gamil Sadek. Samia Morcos.

— En revanche, dit Sarment en s'adressant à la jeune femme, si mon accent laisse à désirer, je dois reconnaître que le vôtre est presque parfait.

— Presque ?

— N'y voyez pas une critique. Vous n'êtes pas sans savoir qu'un petit roulement des « r » est le propre des Orientaux ; ce qui au demeurant fait leur charme. Où avez-vous appris le français ?

— Au Sacré-Cœur. Chez les bonnes sœurs.

— Une école pour jeune fille de bonne famille…

Elle confirma.

— Et vous ?

— Au collège Saint-Marc.

— Pour jeunes gens de bonne famille...

— Exact. Néanmoins je devais être l'exception. On m'a viré. Je suis passé chez les jésuites du Caire. Un moment difficile.

Quelque chose d'étrange était en train de se produire : Gamil semblait évincé de la discussion, comme si c'était lui l'étranger qu'on avait invité à la table.

Sarment leva son verre.

— Goûtons la douceur de l'instant en cette veille de fin du monde.

— La fin du monde ? se récria Samia. Vous n'y allez pas un peu fort, monsieur Sarment.

— Alors, je rectifie : la fin d'un monde. Celui que nous connaissons.

— À cause de l'attentat à New York ? questionna Gamil.

— Je le crains. Jamais, depuis Pearl Harbor, l'Amérique n'a subi une telle humiliation. Elle considère désormais que le monde musulman, ou du moins une partie de celui-ci, lui a déclaré la guerre. Elle va réagir. Nul ne sait comment, mais elle le fera. À mon avis, l'aigle va fondre sur un pays de la région et ce sera comme donner un gigantesque coup de pied dans une fourmilière. La boîte de Pandore, vous connaissez ?

Samia répondit sur un ton récitatif :

— Zeus remit à Pandore une jarre dans laquelle se trouvaient tous les maux de l'humanité. Il lui interdit de l'ouvrir sachant par avance qu'elle désobéirait. En effet, elle souleva le couvercle de la jarre et tous les maux s'évadèrent pour se répandre sur la Terre.

Elle conclut avec un sourire désarmant :

— J'ai toujours adoré les mythes grecs.

Décidément, songea Thierry, cette femme était surprenante.

Gamil se mit à agiter l'avant-bras dans un grand geste qui semblait destiné à chasser la menace comme des mouches importunes.

— Je ne crois pas à votre théorie, monsieur Sarment. Les Arabes sont trop liés aux Américains. Regardez l'Arabie saoudite... Et l'Égypte... Et tous les autres...

43

— Ne confondez pas gouvernements et peuples, monsieur Sadek. Les uns et les autres ne partagent pas la même vision et ne réagissent pas de la même manière face aux événements. Rappelez-vous qu'en 1952, les Frères musulmans incendièrent plusieurs quartiers du Caire portant un coup fatal à la monarchie. Des Européens furent massacrés et des Anglais tirés du Turf Club et brûlés sur la chaussée. Vous n'étiez sans doute pas né et vous l'avez oublié ou voulu l'oublier. En 1997, des islamistes ont tué soixante-deux touristes devant le temple de Hatchepsout. Pourtant, les rapports entre l'Égypte et les États-Unis étaient alors excellents.

Tout en parlant, Sarment constata que Samia le dévisageait avec un intérêt à peine dissimulé. À quand remontait la dernière fois où un regard de femme lui avait fait cet effet ? Cinq ans ? Dix ans ? L'Iranienne croisée à Istanbul ? Cette consœur anglaise ? Longtemps en tout cas. Non qu'il ne s'intéressât plus aux femmes ; c'eût été plutôt l'inverse. Mais voilà un moment que la gent féminine traversait sa vie sans le voir. Pourtant, il se trouvait encore jeune. À quarante-cinq ans, on n'est pas fini. Loin de là. Physiquement, certes, son visage était un peu trop fin, comme aiguisé, et son nez, exagérément avancé, lui donnait un profil de renard. Néanmoins, il y avait pire.

— Que faites-vous dans la vie, monsieur Sadek ? questionna-t-il pour la forme.

— Je suis avocat. Avocat d'affaires. Et vous-même ?

— Hier, journaliste d'investigation et aujourd'hui écrivain.

— Écrivain ? s'émerveilla Samia. Et qu'écrivez-vous donc ?

— Des mots…

— Allons, insista la jeune femme, dites-nous !

— Une fresque orientale… je vous en dirai plus un jour.

— J'imagine que votre épouse est votre première lectrice ?

Il secoua la tête.

— Je ne suis pas marié.

Pourquoi Sarment eut-il la nette sensation qu'elle paraissait soulagée ? La réponse s'imposa : il était effroyablement attiré par cette femme, et cherchait à tout prix à détecter un signe de réciprocité.

— De toute façon, enchaîna-t-il pour retrouver une certaine contenance, même si je l'étais, je n'emmènerais pas une femme dans ces voyages. C'est fatigant et parfois risqué.

— Vous avez raison, approuva Gamil, la place d'une femme est au foyer, auprès des enfants.

Samia lui décocha un coup d'œil désabusé, qui n'échappa pas à Sarment, et elle vida d'un seul coup son verre de vin.

— Combien de temps restez-vous au Caire ? s'informa Gamil.

— Une semaine, peut-être deux. Rien de précis pour l'instant.

— Alors, suggéra Samia, avec une nonchalance feinte, peut-être aurons-nous le plaisir de vous revoir ?

Rêvait-il ? Cherchait-il encore à se convaincre qu'il ne lui était pas indifférent ? Il eût juré qu'elle venait d'entrebâiller une porte. Il se hâta de l'ouvrir.

— Avec joie. Que diriez-vous de venir dîner après-demain dans mon hôtel ? Je suis descendu à quelques pas d'ici. Au Marriott.

— Parfait, approuva Gamil.

Lorsque deux heures plus tard, au moment de se séparer, Samia lui tendit la main, il adora le contact de sa peau.

III

7

Irak, Mossoul, octobre 2001

En arrivant à son bureau de l'Irak Petroleum, Jabril Chattar fut effaré de constater que les téléviseurs étaient toujours allumés. Et, bien qu'ils reprissent une grande partie des images diffusées un mois auparavant, les employés continuaient de les dévorer des yeux. En revanche, ce qui avait changé, c'était les commentaires des journalistes irakiens : sur recommandation évidente des services du gouvernement, on les percevait résolument hostiles à l'Oncle Sam : « Un pays qui s'arroge le droit d'intervenir dans les destins des pays arabes ne peut s'étonner de se voir châtié » ; « New York n'est pas le sanctuaire du monde ! L'Amérique n'est pas la régente de l'Orient. » Jabril soupira, traversa la salle et marcha vers son bureau. Au moment où il s'asseyait, il entendit l'un de ses collègues qui assurait avec emphase : « Oussama ben Laden est le sauveur de la fierté arabe. »

Chattar, lui, ne savait trop que penser de cette tragédie. L'attentat lui paraissait monstrueux. On parlait de trois mille morts ! Mais ce Ben Laden était un Saoudien ; cela signifiait-il que l'Arabie saoudite déclarait la guerre aux États-Unis ? Il n'y comprenait rien, sinon que la prudence s'imposait. Il regrettait à présent d'avoir inscrit Mariam et Youssef dans une école bilingue. La veille, au dîner, il leur avait recommandé de ne jamais parler anglais entre eux : « Il y va de votre sécurité. Je ne veux pas qu'on vous accuse d'être les enfants d'un espion

occidental. » Ce genre de ragot pouvait apparaître spontanément comme les moustiques après la pluie.

Brusquement, un cri le fit sursauter :

— Regardez !

Jabril leva les yeux vers l'écran. Un homme, au visage
émacié, les joues noircies d'une longue barbe, la quarantaine,
venait d'apparaître sur les écrans. Tous le reconnurent. Même
Jabril. Et son nom courut sur toutes les lèvres : Ben Laden,
Ben Laden, Ben Laden. Et Jabril se dit qu'il avait rarement vu
un regard aussi doux, presque un regard d'enfant.

8

Israël, Tel Aviv, le lendemain soir

On avait allumé les bougies du shabbat pour la forme et pour faire plaisir à Ron, le mari de Rasha, très à cheval sur la tradition. Aux yeux d'Avram, ces réunions du vendredi représentaient seulement une occasion de se retrouver en famille. Il profita de ce que Ron récitait le kiddouch, pour promener son regard sur la petite assemblée. Il y avait sa nièce, Rasha, bien sûr, l'épouse de Ron. L'approche de la quarantaine n'avait en rien apaisé son caractère autoritaire et rebelle. Pendant longtemps, Avram fut persuadé qu'en raison de sa petite taille, 1 m 56, sa nièce souffrait du syndrome de Napoléon. Mais il dut réviser son jugement le jour où il découvrit que l'empereur des Français était en réalité de taille moyenne pour son époque. À sa droite, Majda. Depuis quelques jours, il sentait sa fille adoptive ailleurs. En fait, depuis cette date tragique du 11 septembre. À quoi pouvait-elle penser ? Il n'osait l'interroger. Ce serait à elle de venir vers lui, ou vers sa mère, lorsqu'elle le déciderait.

Avram acheva son tour de table sur Joumana. Dans une semaine, elle fêterait ses soixante-six ans. Seul le bleu de ses prunelles avait perdu un peu de leur éclat, mais Dieu qu'elle était encore belle ! Au nom de leur amour, il avait tout accepté, tout subi. Les critiques des siens, les injures. Les remarques désobligeantes de sa famille. Un Israélien et une Palestinienne ; un juif et une musulmane. Existait-il au monde pire hérésie ?

Et, de son côté, Joumana avait connu le même opprobre. Aux yeux de sa communauté, elle ne fut plus qu'une traîtresse. Pareille liaison était l'équivalent d'une maladie honteuse ou d'une condamnation judiciaire dissimulée.

— Amen ! clama Ron.

— Amen, reprit en chœur la tablée, même Joumana et Majda. Cette formule d'assentiment ne concluait-elle pas aussi la *dou'a,* l'invocation à Dieu, dans l'islam ?

Au moment où les femmes se levaient pour servir, Avram lança :

— Vous connaissez la nouvelle, j'imagine ? Ben Laden s'est adressé à la « nation islamique ». Dans un message préenregistré diffusé par la chaîne satellitaire arabe Al-Jazira, il reconnaît son implication dans l'attentat. Et, selon la Maison-Blanche, il semble que ce soit en Irak, avec la complicité du gouvernement de Saddam Hussein, que les pirates de l'air se sont entraînés. James Woolsey, un ancien dirigeant de la CIA, a même évoqué la possibilité d'« un mariage fructueux entre Saddam Hussein et Ben Laden ».

Il se pencha vers Ron :

— Toi qui sais tout, qu'en pense ton ami Sharon ?

— Je l'ignore.

— Allons. Nous sommes en famille. Il n'y a pas de micros ici !

— Si c'est mon opinion que tu souhaites, je te la livre. Ce n'est ni plus ni moins qu'une déclaration de guerre de l'islam.

Après un silence destiné à laisser l'écho de ses mots se propager dans l'esprit de ses auditeurs, il poursuivit :

— Reste à répliquer. Sévèrement.

— En rayant Saddam de la carte ? s'informa Majda.

— Pourquoi pas ? Ainsi nous serions débarrassés de ce fils de pute.

— Même s'il n'est pour rien dans l'attaque ?

Un rictus anima les lèvres de Ron.

— Tu connais le proverbe arabe, n'est-ce pas ? *Bats ta femme. Si tu ne sais pas pourquoi, elle le sait.*

Majda serra les poings. Elle n'avait jamais apprécié cet homme et ce soir elle le détestait.

— Je ne crois pas un instant à cette fable, dit Rasha qui revenait avec un grand plat de boulettes. Ben Laden exècre Saddam Hussein, qui le lui rend bien. Et la CIA le sait mieux que personne, ou devrait le savoir.

— Mais alors, s'étonna Joumana, pourquoi cette déclaration de James Woolsey ?

Rasha posa le plat au centre de la table en pestant :

— Ces cow-boys n'ont jamais rien compris à l'Orient ! Ils s'imaginent avoir affaire à des Peaux-Rouges ! Ils vont foutre la merde !

— Ma chère femme, protesta Ron, je ne suis pas de ton avis. Les Américains savent parfaitement ce qu'ils font et la disparition du maître de Bagdad sera un bienfait pour Israël. Si l'embargo ne l'a pas fait plier, c'est qu'il n'était pas assez sévère.

— Pas assez sévère ? le coupa brusquement Majda.

Ron la dévisagea, surpris comme tout le monde par la rudesse du ton.

— Pas assez sévère, répéta la jeune fille. Sais-tu comment vit la population irakienne depuis le maintien de l'embargo en 1991 ? Sais-tu que plus de trois cent mille enfants de moins de cinq ans sont morts par manque de nourriture ou de médicaments.

— Mais… protesta Ron.

— Des enfants qui ont été simplement jugés coupables d'être nés Irakiens. Plus de manuels scolaires, plus de jouets. Tout ce qui participe à la normalité du quotidien leur a été enlevé. Et je ne te parlerai pas des autres souffrances vécues par le petit peuple.

Elle reprit son souffle avant de faire remarquer :

— Tu affirmes que la disparition de Saddam sera un bienfait pour Israël, mais que je sache, jusqu'à preuve du contraire, Saddam n'a jamais attaqué ton pays !

— Tu perds ton sang-froid, répliqua sèchement Ron, et tu as la mémoire courte ! Tu as apparemment oublié que, pendant la guerre du Golfe, le cher Saddam nous a balancé une centaine de Scud qui ont causé la mort de deux personnes et fait plus de trois cents blessés. Par ailleurs, permets-moi de te rappeler que *mon* pays est aussi le tien.

La jeune fille le toisa avec une expression que ni Avram ni Joumana ne lui avaient connue et lança :

— Mon pays, c'est la Palestine !

Un courant glacial traversa la salle à manger.

9

États-Unis, Washington, octobre 2001

Dans la *Situation Room,* la salle de crise de la Maison-Blanche, l'ombre de Ben Laden semblait danser.

Autour de l'immense table rectangulaire étaient réunis le président George W. Bush, son vice-président Dick Cheney, le secrétaire d'État à la Défense, Donald Rumsfeld, le secrétaire adjoint à la Défense, Paul Wolfowitz, et le secrétaire d'État aux Affaires étrangères, le général Colin Luther Powell. Aucun d'entre eux ne brillait par sa connaissance de l'Orient. Tant s'en faut. Ainsi, M. Bush avait beaucoup surpris ses auditeurs le jour où il avait désigné les Grecs, *Greeks* en anglais, par ce terme curieux : les *Grecians.* Seul Wolfowitz pouvait éventuellement prétendre à quelques notions géographiques et politiques, et surtout financières de la région. N'était-ce pas lui qui avait organisé le financement de la guerre du Golfe en 1991 et adjuré Israël de ne pas intervenir contre le dictateur ? Dans le cas contraire, les pays arabes se seraient retirés et les États-Unis auraient dû supporter tout le poids de l'addition. C'est ainsi que, sur les 61 milliards de dollars de dépenses militaires, 43 furent remboursés par des pays alliés, essentiellement par l'Arabie saoudite et le Koweït.

Profitant d'un moment de silence, Colin Powell lâcha :

— Nous ne pouvons nier, cependant, qu'il existe depuis quelque temps dans le monde arabe un « désir d'islam ».

D'origine afro-caribéenne, né dans une famille d'immigrants jamaïcains, élevé dans le quartier de South Bronx, Powell possédait autant de points en communs avec ses collègues qu'il en existe entre Khomeiny et Madonna. Il fut repris presque aussitôt par Wolfowitz, qui se lança dans un long exposé sur le « danger islamiste » et la nécessité de l'éradiquer.

— Je ne comprends pas, marmonna Bush. Islam, islamiste… n'est-ce pas la même chose ?

Powell se permit de rectifier avec tact.

— Non, monsieur le Président. L'islam est une religion pratiquée par plus d'un milliard d'êtres humains à travers la planète et…

— Autant que ça ? Un milliard ?

— Heu… oui, monsieur le Président.

— Poursuivez…

— Alors que l'islamisme, lui, est un courant de l'islam qui fait de la Chari'ā…

— La quoi ?

— La loi coranique régissant la vie religieuse, politique, sociale et individuelle.

— Ok. Donc l'islamisme est un courant… Un peu comme les baptistes ou les témoins de Jéhovah.

Quoiqu'un peu surpris par la comparaison, Colin ne releva pas et enchaîna :

— L'islamisme fait de la Chari'ā la source unique du fonctionnement de la société avec pour objectif d'instaurer un État musulman régi par les religieux.

— *Got it !* Il y a donc les bons et les gentils. Les bons, ce sont les musulmans. Les méchants sont ces types, les *Charistes*.

— Pardon ?

— Oui, les gars qui sont pour la Chari'ā…

Wolfowitz dut estimer qu'il était temps d'interrompre cet échange avant que le ridicule ne fasse imploser la salle.

— Monsieur le Président, après ce qui s'est passé le 11 septembre, si nous voulons préserver la sécurité des États-Unis, une alternative s'offre à nous : instaurer au Moyen-Orient des régimes islamistes modérés. Des gouvernements que nous pourrons contrôler. Maîtriser. Des leaders fiables.

Le terme « fiable » arracha à Powell un sourire intérieur. Dans la bouche de Wolfowitz, elle signifiait : « à notre botte ».

— Je vous suis, Paul, approuva Bush, mais quand vous parlez « d'islamistes modérés », à qui pensez-vous ?

— Aux Frères musulmans. Nous les connaissons bien. Ils sont pour la libre entreprise, le profit, la privatisation et...

— Des businessmen, donc.

— Oui, monsieur le Président. Businessmen et pacifiques. Aucun acte de violence depuis des décennies. D'ailleurs, ce sont de vieilles connaissances. Au début des années 1950, nous avions songé à en faire des alliés potentiels contre Nasser et contre l'établissement de régimes communistes ou socialistes au Moyen-Orient. Hélas, le projet a fait long feu.

Bush prit à témoin son vice-président.

— Qu'en penses-tu, Dick ?

— J'approuve sans réserve. J'ajouterais que nous devrions commencer par la première pièce du domino, l'Irak. Les autres pays suivront.

Un silence feutré enveloppa la pièce.

Colin faillit demander : « Pourquoi l'Irak ? », mais il se retint. En tant que directeur du groupe chargé du développement de la politique énergétique américaine, le vice-président ne pouvait que se réjouir à l'idée de mettre la main sur les réserves pétrolières de l'Irak, et il ne doutait pas du chaleureux soutien que ses amis texans apporteraient à Dick. Mais, malgré sa prescience, Powell ne lisait pas l'avenir. Comment eût-il pu imaginer qu'une fois l'Irak conquise, Dick Cheney accorderait, sans appel d'offres, un contrat de sept milliards de dollars à la filiale de la société Halliburton, avec laquelle il entretenait des liens étroits. Comment concevoir à cet instant précis que ses bons offices lui rapporteraient 1 350 000 stock-options de cette même Halliburton, d'une valeur de quarante-trois millions de dollars. Par conséquent, il eût fallu beaucoup de hargne pour lui tenir rigueur d'avoir rendu service à une société nationale. Allait-on également reprocher à Rumsfeld, alors qu'en 1977 il était secrétaire général de la Maison-Blanche, d'avoir œuvré à la vente des laboratoires Searle à la firme Monsanto et reçu, à titre de remerciements, douze millions de dollars ? Ce même laboratoire qui, grâce à Rumsfeld, avait reçu l'agrément de la *Food and Drug Administration* pour l'exploitation commerciale de l'aspartame, édulcorant fortement controversé. Il convenait au contraire de témoigner du respect et de la gratitude à des hommes aussi avisés et les remercier de se dévouer pour la défense du pays.

D'ailleurs, ce fut Rumsfeld qui prit à son tour la parole.
— J'adhère aussi sans restrictions au projet irakien.
Colin Powell se racla la gorge.
— Permettez-moi de vous rappeler que nous sommes une nation démocratique, les leaders du monde libre, et que nous avons des alliés à convaincre. Nous devrons ménager les susceptibilités et trouver des raisons solides d'envahir un pays.
Dick Cheney éclata de rire.
— Des raisons solides, dites-vous ? Ce type, Saddam, est un tyran. Il a tué, torturé, violé et terrorisé le peuple irakien et ses voisins pendant plus de deux décennies ! En 1987, au cours de l'opération « Anfal », il a exterminé cent quatre-vingts mille Kurdes en recourant à des armes chimiques. Et, en 1991, il a écrasé dans le sang un soulèvement chiite faisant, là encore, des milliers de victimes. Voulez-vous que je poursuive ?
Colin Powell resta silencieux. Si l'on se référait aux principes du monde démocratique que l'Amérique se targuait de défendre, virer Saddam lui parut une idée aussi extravagante que celle d'imaginer le chef d'une tribu du Nigeria ordonnant à la reine d'Angleterre d'abdiquer, ou le maire de Hyderabad sommant l'empereur du Japon de faire ses valises. Il conclut qu'il vivait là une version moderne d'un vieux conte oriental, l'histoire d'un favori du sultan qui avait voulu déplacer la Lune parce qu'elle l'empêchait de dormir et qui, l'ayant fait, ne savait plus où la mettre.

10

Égypte, Le Caire, 11 octobre 2001

Le restaurant de l'hôtel Marriott grouillait de monde. Les lustres jetaient leurs feux le long des boiseries comme pour tenter de ranimer les fastes d'antan. Car, en réalité, le lieu était mythique. Il s'agissait à l'origine d'un palais d'une vingtaine de chambres, érigé sur trois étages, entouré d'un magnifique parc. L'édifice, digne des *Mille et Une Nuits*, avait été conçu pour accueillir, en 1869, à l'occasion de l'inauguration du canal de Suez, une invitée prestigieuse : l'impératrice Eugénie. La construction terminée, le khédive Ismaïl, qui régnait alors sur l'Égypte, ordonna que l'on meublât toutes les pièces de meubles manufacturés en France, dont certains n'étaient pas sans rappeler ceux qui ornaient les appartements parisiens de l'impératrice.

— Cet ayam...

— Cet ayam blanc est excellent, fit observer Sarment en présentant sa coupe dans la lumière.

— Vous pensiez le contraire ? dit Samia.

— Mettons que je me méfiais.

— Évidemment. Vous êtes né en Égypte, mais vous avez oublié que la vigne est cultivée dans ce pays depuis trois mille ans avant notre ère, soit plus de deux mille ans avant l'apparition de sa culture en France ! Les vignobles Gianaclis, dont le ayam est issu, sont très réputés.

— Ma chère Samia, vous venez de balayer mes réticences !

C'était la première fois qu'il l'appelait par son prénom ; ce qui ne fut pas pour lui déplaire. Quelque chose d'indicible l'attirait chez cet homme. Quand il avait serré sa main, ce soir-là au Pacha 1901, une onde de chaleur avait parcouru le corps de Samia. La pensée que Thierry Sarment représentait l'ange libérateur, le chevalier blanc qui l'enlèverait au destin que Gamil lui réservait, cette pensée l'avait même effleurée. Folie ! Peut-être pas. Les mauvais génies ont pour habitude de tendre une draperie entre les humains et leurs rêves donnant l'impression que ces rêves sont inaccessibles. Cependant, à l'instar des humains, les génies ne sont ni omniscients ni omnipotents, sans quoi ils auraient triomphé de longue date. Heureusement, il advient qu'un accroc déchire la draperie et que l'homme ou la femme, jusqu'alors aveuglé, prenne conscience que le rêve est à portée de main.

Thierry – mais comment Samia aurait-elle pu l'imaginer – partageait exactement les mêmes réflexions, et, tandis que Gamil discourait sur la situation politique de l'Égypte et la corruption qui, tel un ogre, rongeait l'administration, le couple poursuivait son dialogue muet.

— Je suppose que vous êtes de mon avis, monsieur Sarment ?

La question posée par Gamil le fit sursauter. Il bredouilla :

— Je vous demande pardon…

— Je parlais du délabrement dans lequel se trouve le monde arabe.

— Ah oui ! Vaste question. Je crains hélas qu'il ne se poursuive longtemps encore. Tant que les Arabes ne placeront pas l'homme et non Dieu au centre de la société, la chute ne fera que s'accélérer. Les nations évoluées n'ont pas besoin de croyants, mais de citoyens.

Gamil hésitait à prendre position. Il fit remarquer néanmoins :

— Le Coran suffirait pourtant pour gouverner. Tout y est dit. Sur le mariage, le divorce, l'argent, les moindres détails de la vie quotidienne y sont inscrits.

— Tu oublies de citer la condition de la femme, ironisa Samia. Elle compte pour rien ou bien peu de chose. De toute façon, on ne gouverne pas un pays avec un livre, aussi sacré soit-il ! C'est totalement inepte !

Surpris par la violence de l'intervention, Gamil eut un mouvement de recul.

— Nul besoin de t'emporter, ma chère !

Il prit Thierry à témoin :

— Les femmes ! Créatures difficiles ne trouvez-vous pas ?

Le Français éluda la question par une pirouette.

— Je vous conseille la *mahalabiya* comme dessert. Elle est excellente !

— Volontiers, approuva Samia avec un grand sourire.

— Et vous, Gamil ?

— Je me contenterai d'un café.

Manifestement, cette séquence à trois commençait à lui taper sur les nerfs. Il demanda avec soudaineté :

— Quand repartez-vous ?

Thierry loucha vers Samia et se jeta à l'eau :

— J'attends un appel important, dit-il sur un ton sibyllin. Entre ce soir et demain.

Il précisa :

— S'il ne venait pas, plus rien ne me retiendrait ici.

Elle releva négligemment ses cheveux tout en soutenant son regard. Le message était on ne peut plus clair. Le saisirait-elle ?

Bien après que Thierry les eut raccompagnés à la porte de l'hôtel, bien après qu'il la vit monter dans la voiture de Gamil, il était encore tendu de désir et douloureusement conscient de son parfum.

11

Gaza, au même moment

Même les plus insensibles à ce qu'il est coutume d'appeler l'humeur du temps en eussent convenu : depuis les événements du 11 septembre, il régnait une étrange atmosphère. En rangeant sa quincaillerie, Ghaleb El-Husseini se disait que l'homme n'était qu'un jouet dans les griffes de son destin. La plus grande puissance du monde venait de recevoir la claque la plus formidable de son histoire et cela ne changeait pas la place d'un seul cheveu sur la tête des Palestiniens. Les jeunes, inspirés par les va-t-en-guerre du Hamas, proclamaient qu'il fallait poursuivre l'action de Ben Laden et s'attaquer à cet État complice des oppresseurs, Israël ! Ce qui voulait dire se lancer dans une nouvelle *intifada* dont les militaires israéliens sortiraient, une fois de plus, vainqueurs. Celle de 1987 avait sans doute brisé le *statu quo* qui régnait dans les territoires occupés depuis vingt ans, mais à quel prix ! Un millier de Palestiniens tués, des centaines et des centaines de blessés. Sept mille personnes emprisonnées. Cent soixante morts Israéliens. Pour quel résultat ? Néant. La seconde, commencée fin septembre 2000, à la suite de la visite d'Ariel Sharon sur l'esplanade des Mosquées, avait causé à ce jour la mort de deux mille huit cents Palestiniens et de neuf cents Israéliens. Et la tragédie était loin d'être terminée. À quoi bon ? Rien ne changerait, sinon que, devant l'impéritie de l'autorité palestinienne, l'influence des barbus ne ferait que croître.

Ces jeunes enragés, Ghaleb les avait bien entendus, la veille au café. Il s'était abstenu d'intervenir : inutile et dangereux. Chacun attendait une initiative de Yasser Arafat. Mais qu'est-ce que le roi des souris pourrait bien raconter au roi des chats ? Les négociations de paix engagées dans l'urgence, en janvier 2001 – alors que les violences sur le terrain se multipliaient – avaient tourné court. L'arrivée au pouvoir d'Ariel Sharon barrait définitivement toute espérance. Le bourreau de Sabra et Chatila refusait catégoriquement de poursuivre des négociations avec Arafat, estimant qu'il ne représentait pas un interlocuteur valable. De toute façon, le seul interlocuteur valable aux yeux de Sharon ne pouvait être que Sharon lui-même.

Ghaleb baissa le rideau de fer de sa boutique et se força à penser aux plaisirs de la soirée qui l'attendait. Sa femme Asleya avait préparé des courgettes farcies.

IV

12

Égypte, Le Caire, 12 octobre 2001

Le café Greco était presque désert. Thierry Sarment choisit une table au hasard, commanda un jus de *karkadé*[1], et parut s'absorber dans la contemplation des ibis perchés dans les sycomores. Quelques tables, des chaises en rotin poussiéreuses, des fumeurs de chicha, des chats mendiants, et le Nil qui coulait à quelques pas. À peu de chose près, on retrouvait ce décor un peu partout le long des berges ; lieux d'évasion privilégiés des joueurs de dominos ou de trictrac et des âmes esseulées.

Samia Morcos avait appelé la veille, trente-cinq minutes exactement après avoir quitté le Marriott ; preuve s'il en fallait qu'elle et Gamil ne vivaient pas sous le même toit. D'ailleurs, même au Liban où la libéralité des mœurs rivalisait avec celle de Sodome et Gomorrhe, il eût été impensable pour un couple non marié de partager le même lit.

Le premier moment d'euphorie passé, après que son cœur eut retrouvé un rythme normal, les premières interrogations avaient jailli. Il désirait cette femme plus que tout, oui. Pourtant, au lieu de ravir son ego, ce coup de fil l'avait déstabilisé. Il avait quarante-cinq ans, elle vingt de moins. Or, de toute sa vie, jamais il n'avait éprouvé la moindre attirance pour les

---

1. Infusion de fleurs d'hibiscus.

Lolita ; trop immatures, trop légères et surtout trop inexpérimentées dans un lit. Jouer le rôle du père, celui de l'oncle pervers, ou pire encore, celui du professeur, voilà des rôles qu'il abhorrait. Alors quoi ? Il est vrai que depuis quelque temps la solitude lui pesait. Et s'il s'était jusqu'alors satisfait de liaisons de circonstance, elles ne le nourrissaient plus. Elles évoquaient désormais ces froissements d'ailes sur les toits des immeubles : un pigeon rencontre une pigeonne. Et survient l'ennui. Mais de là à combler ce manque avec une jouvencelle !

Soudain, elle fut devant lui. Il se leva et lui tendit la main.
— Vous êtes bien songeur ? dit-elle en guise de préambule.
Il répondit par un sourire.
Elle commanda un *mazbout*[1] et elle décida de rompre par une banalité le silence qui s'était figé quelques instants entre eux.
— Vous avez bien dormi ?
— J'ignore ce qu'est dormir. Je suis insomniaque depuis le jour de ma naissance. Ma mère me shootait au Valium alors que j'étais encore dans son ventre.
Le silence encore.
Lequel des deux se sentait le plus embarrassé maintenant que le virtuel cédait la place à la réalité ? Il s'entendit bredouiller un peu gauche :
— J'espère que je ne vous ai pas...
Il chercha le mot.
— Choquée ? Croyez-vous que je serais venue si c'était le cas ?
— Alors pourquoi ?
— Parce que vous m'attirez, monsieur Sarment.
Dans le même temps qu'elle prononçait la phrase, elle se demanda dans quels mystères de son esprit elle puisait pareille audace. Elle, une fille de bonne famille, élevée chez les sœurs. Mais les mots avaient fusé, irraisonnés, spontanés.
Sarment, lui, semblait frappé de mutisme. Il ne faisait, il ne pouvait que la regarder, presque sans ciller.

---

1. Café turc modérément sucré.

— Et Gamil ? finit-il par articuler.

— Souhaitiez-vous me voir pour que nous parlions de lui ?

Il secoua la tête. Dieu qu'il était maladroit.

Il se reprit :

— Alors, parlez-moi de vous.

— Que vous dire ? J'ai vingt-six ans. J'appartiens aux dix pour cent de chrétiens d'Égypte qui résistent tant bien que mal, un peu comme le village gaulois d'Astérix. Après des études à l'université américaine du Caire, une banque m'a embauchée où je travaille actuellement. Une vie on ne peut plus banale ; certainement moins passionnante que la vôtre.

— Une vie, quelle qu'elle soit, n'est jamais banale. C'est la manière dont nous la vivons qui compte.

— Dans ce cas, je confirme, la mienne est banale.

— Alors, qu'attendez-vous pour la transformer ?

— Je ne sais. Un miracle peut-être. Ou quelqu'un.

Il reçut l'allusion en plein cœur. Elle le déstabilisa. D'où venait le magnétisme qui se dégageait d'elle ?

Quelques secondes s'égrenèrent.

— S'il s'agit d'un homme, il me semble que vous l'avez trouvé, non ?

— Vous reparlez de Gamil…

Il confirma.

Question abrupte. Elle chercha longuement sa réponse :

— Pour une chrétienne, aimer un musulman en pays islamique, c'est se mettre sciemment en condition d'esclave. Il existe aussi un détail qui complique beaucoup les choses : je ne veux pas d'un mari. Je n'en ai pas besoin.

Il plongea sa main dans la poche de sa veste tout en demandant :

— La fumée vous dérange ?

— Pas en plein air.

Au moment où il allait allumer sa cigarette, elle emprisonna sa main, et désigna les ibis qui les observaient dans les sycomores.

— Ils sont devenus extrêmement rares en Égypte. Vous allez les faire fuir.

Il ne protesta pas, priant pour qu'elle ne relâchât pas l'étreinte de ses doigts. Sa prière dut être entendue. Ils restèrent ainsi, peau contre peau, laissant un flot invisible pénétrer leurs pores, s'insinuer dans leurs veines. Ils étaient en public et en Orient, c'était être sur scène. Elle s'adossa à son siège.

— Je pars dans quarante-huit heures pour Damas, annonça Sarment.

— Je m'en doutais. Combien de temps resterez-vous absent ?

— Deux ou trois jours. J'ai obtenu un rendez-vous avec le nouveau roi de Syrie, Bachar. Vous allez me manquer.

Elle répliqua :

— Vous me manquez déjà.

Ajoutant dans un murmure :

— Et il nous reste quarante-huit heures. Une vie…

13

Israël, Tel Aviv, octobre 2001

Remuant ses pieds nus dans le sable, dans un geste machinal évoquant bien plus le prisonnier enchaîné ou le dormeur agité que le citadin goûtant la liberté reconquise de son corps, Ron Akerman, conseiller occulte et rarement écouté d'Ariel Sharon, poussa un soupir, jeta de côté le *Jérusalem Post* du jour et croisa les bras. Le spectacle de ses concitoyens et de quelques touristes sur la plage n'était pas de nature à restaurer sa sérénité. À chaque fois qu'il se trouvait au bord de la mer, il se faisait la même réflexion : Pourquoi l'être humain s'expose-t-il résolument au soleil dans l'espoir de ressembler à l'un de ces métis avec lesquels il répugne à partager une banquette dans un autobus ? Pourquoi certains, à l'exemple de cette créature affalée à quelques mètres de lui, s'attifent-ils d'une manière défiant le bon sens ? Cette femme n'aurait-elle pas pu choisir un maillot qui conviendrait mieux à ses cent vingt kilos, au lieu d'exhiber ses chairs dans un bikini à peine tolérable sur une ravissante nymphette ? Pis, elle s'était peint les ongles des orteils en bleu turquoise. Pourquoi pas noir à pois blancs ?

— Tu n'as pas vraiment l'air détendu, observa sa femme Rasha, allongée près de lui.

— Pas vraiment, admit-il.

Elle en savait les raisons. La veille, grâce à quelques accointances au sein du cabinet de Sharon, il avait eu accès à la fiche secrète d'Oussama ben Laden. Pas de quoi pavoiser ! Si, jusque-là, il n'ignorait rien de la légèreté avec laquelle la Maison-Blanche gérait sa politique étrangère, certaines informations contenues dans la fiche avaient de quoi démoraliser Dieu en personne.

En 1979, alors qu'il était un jeune ingénieur de vingt-trois ans basé à Istanbul, l'homme le plus recherché de la planète fut approché par la CIA. Dans quel but ? Recruter des personnes, dans le Maghreb, chargées d'aller combattre les Soviétiques en Afghanistan et en finir avec l'« empire du mal », selon l'expression de Ronald Reagan. La lutte contre le communisme valait bien quelques alliances contre-nature. Dans les années quatre-vingt, on retrouvait Ben Laden à la frontière pakistano-afghane fournissant, en grand argentier qu'il était, armes et entraînements aux combattants antisoviétiques, toujours et grâce à l'appui de la CIA à qui il ne coûtait rien. Au contraire, c'est sa fortune personnelle qu'il avait mise au service de ce combat. En octobre 1984, il avait créé au Pakistan, le *Maktab El-Khadamat*, un bureau qui avait pour mission d'enrôler, d'entraîner et d'envoyer en Afghanistan des milliers de combattants : c'est ce modèle d'organisation qui avait servi à la création d'Al-Qaida. Tout au long de ces années de collaboration avec les Américains, précisait la fiche, Ben Laden et les gens autour de lui ne cessaient de clamer leur haine de l'Occident et des incroyants, appelant à une guerre globale contre les juifs. Mais personne ne semblait s'en être alors alarmé.

Lorsqu'il avait confié sa stupéfaction à son ami du Mossad, Menahem Gorwitz, ce dernier avait souri.

— En fait, les services secrets américains fonctionnent, croient-ils, en conformité avec les règles enseignées dans les années quarante par les Britanniques quand, pendant la Seconde Guerre mondiale, les futurs officiers supérieurs de l'agence se formaient auprès des services de sa Gracieuse Majesté. Le procédé est des plus simples. Lorsque vous avez deux ennemis, eux-mêmes adversaires entre eux, vous envenimez leur conflit et aidez le plus faible contre le plus fort. Si le rapport de force s'inverse, vous changez de poulain. Ainsi, vos adversaires, trop occupés à s'entre-déchirer, ne s'occupent-ils pas de vous et gaspillent leurs énergies. En Europe, les Britanniques ont plusieurs fois dans l'Histoire agi de cette manière, venant en renfort de l'Allemagne, quand elle était la moins forte, pour affaiblir la France, et appuyant la France, lorsque le sort lui était moins favorable face à sa voisine germanique. Du temps où ils occupaient l'Égypte, les Britanniques ont appliqué la même stratégie en 1929, favorisant l'émergence des Frères musulmans pour les opposer aux indépendantistes égyptiens.

Ron avait explosé :

— Pourquoi ces analphabètes de la CIA n'ont-ils pas tenu leurs créatures à l'œil ?

Menahem avait haussé les épaules.

— Il existe tant de questions sans réponse ! Comment expliques-tu que, peu de temps après les attentats, treize membres de la famille Ben Laden aient quitté les États-Unis à bord d'un appareil de la marque Lear, fourni par l'entreprise d'armement Raytheon ? Comment expliques-tu que cet avion fut autorisé à décoller de Tampa, le 13 septembre, avec la bénédiction de la Maison-Blanche ? Comment expliques-tu que, dans la foulée, l'ensemble des membres ou des proches de la famille royale saoudienne, soit au total cent quarante Saoudiens, aient pu quitter le sol des États-Unis sans subir le moindre interrogatoire de la part du FBI ou d'une autre agence !

Menahem avait conclu :

— Tu connais la phrase d'Einstein : « Il n'existe que deux choses infinies, l'univers et la bêtise humaine... mais pour l'univers, je n'ai pas de certitude absolue. »

Ron secoua la tête avec gravité.

— Là, il ne s'agit pas de bêtise, mon cher, mais de démence.

*

« Mon pays, c'est la Palestine ! »

Cette affirmation lancée par Majda ce soir de shabbat ne cessait de voleter dans l'esprit d'Avram Bronstein. Et elle l'inquiétait. Dix ans que lui et Joumana en avaient fait leur enfant, s'efforçant de l'élever dans un esprit de tolérance, offrant l'exemple de leur propre histoire : lui, Avram, juif ; elle, Joumana, musulmane ; lui Israélien, elle Palestinienne. Et ils avaient réussi à aplanir leurs différences pour ne voir en chacun d'entre eux qu'un homme et une femme portés par une même espérance : la paix.

Avram n'ignorait rien des souffrances du peuple palestinien et il les faisait siennes. Mais, parallèlement, il s'était toujours efforcé de convaincre Majda que tous les juifs n'étaient pas des haïsseurs organiques et forcenés de tout ce qui n'était pas juif. Tâche ô combien difficile après le drame qu'elle avait vécu. Un drame auquel étaient venues se greffer, le 30 septembre 2000, les images atroces d'un petit Palestinien de douze ans, Mohammed al-Dura, abattu par des balles israéliennes sous les yeux de son père.

Le plus triste, c'est qu'Avram ne doutait pas un instant que la politique menée par le Likoud était suicidaire, et la récente arrivée au pouvoir de Sharon à ses yeux n'arrangerait rien. Au contraire. Majda connaissait parfaitement le point de vue d'Avram, alors pourquoi cette soudaine rigidité face à Ron ? Il est vrai qu'avec ses constantes allusions aux territoires promis par Dieu au Peuple juif et qui, selon la tradition, devraient s'étendre « du Nil à l'Euphrate », Ron Akerman avait le don d'exaspérer plus d'un pacifiste. À se demander comment son épouse, Rasha, pouvait le supporter.

14

Irak, Mossoul, novembre 2001

À l'annonce du déploiement de forces américaines dans le Golfe et après la diffusion des nouvelles par les radios, l'humeur publique en Irak s'était sensiblement altérée. Si la radio nationale filtrait prudemment les informations, les radios arabes étrangères ne témoignaient pas des mêmes scrupules et tout indiquait qu'une bonne partie de l'Occident considérait le pays d'un œil hargneux. Ne voyait-on pas le ministre italien de la Défense, un certain Antonio Martino, déclarer qu'Oussama ben Laden n'était qu'un second rôle et qu'un État était le véritable organisateur des attentats du 11 septembre ? Des fonctionnaires américains affirmaient aussi que Mohammed Atta, l'un des pirates de l'air, avait rencontré des émissaires irakiens en Tchécoslovaquie, précisant que lui et ses camarades se seraient entraînés dans la base de Salman Pak, en Irak. Mais le pire, c'était cette hallucinante déclaration lancée par l'Einstein de la Maison-Blanche lors d'un entretien à la chaîne de télévision ABC. Depuis qu'il avait remplacé sa dépendance à l'alcool par une dépendance plus incondi-tionnelle à la religion, George Bush disait à qui voulait l'entendre qu'il était inspiré par Dieu. Ce qui expliquait que, ce jour-là, le Président avait affirmé que la « croisade commen-çait contre le terrorisme ». La croisade ? L'emploi du terme avait soulevé un vif émoi dans les deux communautés, chrétienne et musulmane, qui se côtoyaient en Irak depuis des lustres.

Jabril Chattar flaira qu'un mauvais vent commençait à se lever. Pour preuve, la brève conversation qu'il avait eue avec Aziz, son voisin musulman, celui qui était monté regarder la télévision le soir des attentats. L'ayant croisé à la porte de l'immeuble, il s'était quasiment fait interpeller :

— Dis-moi, tes amis américains vont continuer longtemps à raconter des imbécillités sur l'Irak ?

Pris de court, Jabril avait écarquillé les yeux.

— Mes *amis* ?

— Vous n'êtes pas en rapport avec eux dans ta boîte ?

— Pas du tout ! Voilà belle lurette que l'Irak Petroleum ne traite plus avec les États-Unis. Depuis la guerre du Koweït.

— Si tu le dis... En tout cas, sache que s'ils osent nous attaquer, moi je n'aurai aucune difficulté à choisir mon camp. Je déteste Saddam. Mais, par-dessus tout, j'aime mon pays.

— Nous sommes dans la même galère, Aziz, s'était hâté de rassurer Jabril. Et je partage ton opinion. Tu n'en doutes pas, j'espère ?

En guise de réponse, son voisin l'avait scruté longuement comme s'il cherchait à décrypter une menace occulte. Et il avait pivoté sur ses talons.

Incident négligeable, sauf qu'il reflétait le soupçon diffus que les chrétiens étaient, d'une manière ou d'une autre, complices des Américains. La désagréable trace qu'il laissa sur Jabril se trouva renforcée le soir même, lors du dîner. Son jeune fils, Youssef, rapporta qu'il avait entendu à l'école qu'une « croisade se préparait contre l'Irak ».

— J'espère que tu n'as fait aucun commentaire ? s'affola Jabril.

— Non, tu m'as recommandé de ne rien dire.

— Tu as eu raison. Et n'emploie plus jamais ce mot. C'était dans le passé, les croisades. C'est fini.

— Alors, pourquoi ils ont envoyé des avions dans le Golfe ?

Cette fois, la question avait été posée par Mariam.

— Pour nous faire peur, ma fille. C'est tout.

Mais le lendemain, dans la rue, un agité s'était mis à crier que les mangeurs de porc allaient fondre sur le pays.

15

Cisjordanie, Tel Roumeida, novembre 2001

Voilà un moment que Majda écoutait attentivement les propos que lui tenait son cousin, Salah, et bien qu'ils lui parussent indiscutablement sensés, elle n'arrivait toujours pas à les faire siens. Elle les trouvait trop excessifs, trop chargés de haine. Il devait bien y avoir un autre moyen de lutter contre l'occupation que ceux qu'il lui proposait. Elle fit remarquer :

— Gandhi est bien parvenu à se débarrasser des Anglais. Sans armes. Sans actions terroristes. Il...

— Tu délires ! Les Anglais ne sont pas les sionistes et nous ne sommes pas les Indiens. Il existe aussi une différence fondamentale : le monde entier éprouvait de la sympathie pour la lutte de l'Inde vers son indépendance. Personne n'en a pour les Palestiniens. Nous sommes considérés comme la lie de l'humanité. L'Occident ne nous voit pas. Et s'il nous voit, l'Amérique s'empresse de poser un bandeau sur ses yeux. Quant aux Arabes, s'ils pouvaient nous rayer de la carte, ils n'hésiteraient pas un seul instant. Non. Je te le répète, nous n'avons pas d'autre choix que de prendre les armes.

— Des attentats donc... Sais-tu combien il y en a eu au cours de ces dernières années ? Je les ai recensés, figure-toi, lorsque tu as commencé à me parler de tes projets.

Elle énuméra :

— En 1990, attentat contre un car de touristes israéliens près d'Ismaïlia, en Égypte. Neuf morts. En 1992, attentat contre l'ambassade d'Israël à Buenos Aires, vingt-neuf morts et plus de deux cents blessés. Attentat-suicide à la ceinture piégée, ici, à Hadera…

Son cousin l'arrêta d'un geste sec de la main.

— Stop, Majda ! Inutile de poursuivre.

Salah effleura nerveusement sa barbe. Il avait six ans de plus que sa cousine, mais ses traits reflétaient des expressions de vieil homme. Était-ce à cause de la sécheresse de son visage ou de sa peau brûlée par le soleil ?

Il reprit :

— Il est un acte terroriste que tu aurais dû citer en premier. Un soir, il y a dix ans. Une maison palestinienne dévastée par le feu. Une seule survivante. Une gamine de quatorze ans. As-tu oublié ?

Il lui tendit la main.

— Viens, suis-moi. Je veux te montrer quelque chose.

Elle lui emboîta le pas tandis qu'il la conduisait à l'extérieur.

— Regarde, dit-il désignant une modeste bâtisse de pierres. Ici, c'est notre ferme. Celle que mes grands-parents, mes arrière-grands-parents et mes arrière-arrière-grands-parents ont bâtie il y a des siècles. Celle où je vis aujourd'hui et où j'ai grandi.

Il pointa son index vers une colline.

— Là, que vois-tu ?

Elle dirigea son attention vers l'endroit qu'il désignait.

— Des maisons…

— Exact. Des maisons. Or, il y a trois ans à peine, à leur place se dressait une ferme comme la nôtre. Celle de la famille Shahid. En mai 1998, la famille a reçu une note de l'administration civile israélienne de Jénine l'informant que deux des bâtiments de la ferme familiale avaient été construits sans autorisation – ce qui était faux – et devraient donc être démolis. Une semaine plus tard, des fonctionnaires sont arrivés avec des militaires et des bulldozers pour mettre la décision à exécution. À la nuit tombée, il ne restait plus rien de la ferme des Shahid.

Il ironisa :

— C'était une action pacifique, bien entendu. Un jour, demain, dans un mois, notre tour viendra. Sous je ne sais quel prétexte, un courrier nous sommera de plier bagage.

Elle poussa un cri malgré elle.

— Non ! C'est impossible, cela n'arrivera pas ! Dans le cas contraire, j'en parlerai à mon père, Avram. Il connaît beaucoup de personnes influentes. Il interviendra !

Salah haussa les épaules.

— Qu'Allah t'entende. Mais j'en doute. Ça fait cinquante ans qu'Il vit en Occident.

16

À Mossoul, il faisait nuit depuis longtemps, mais Jabril Chattar ne dormait toujours pas. Il avait constaté depuis sa jeunesse que la cervelle n'est pas du tout ce que l'on pense communément, c'est-à-dire un organe au service de la personne, mais qu'elle est comparable à un domestique capricieux impossible de renvoyer à l'office. Sa cervelle s'était ainsi mise à décortiquer un incident quasiment insignifiant advenu dans l'après-midi et le tenait éveillé. Une fois de plus, il avait croisé son cher voisin, Aziz Gharmaoui, à l'entrée de la maison et celui-ci lui avait demandé :

— Puis-je monter regarder chez toi les informations ?

Quelque peu agacé, Jabril lui avait rétorqué :

— Je veux bien, mais pourquoi ne t'achètes-tu pas un téléviseur ? Tu en as largement les moyens, non ?

Gharmaoui était resté silencieux un moment, avant de faire cette réponse pour le moins hallucinante :

— Je ne veux pas de cet engin chez moi. Ma femme non plus. Ni mon fils. C'est un objet maléfique. Tu te rends compte ? Tu tournes un bouton et des étrangers débarquent dans ton foyer ? Ils se mettent à raconter ce qu'ils veulent et tu ne peux pas les interrompre, à moins d'éteindre cette boîte ! Elle te répand des saletés, des films occidentaux où l'on voit des putes qui tortillent du cul, des sodomites, des hommes en bas résille et des infidèles en train de forniquer ! Tu crois que je vais installer un objet pareil chez moi ?

Totalement dépassé, Jabril n'avait rien trouvé à dire.

Mais dans son lit, lui était revenu que, lors de l'une de leurs victoires en Afghanistan, les talibans avaient pendu les téléviseurs aux arbres.

Son voisin Aziz Gharmaoui appartenait vraiment à une autre planète. Et pourtant, ils vivaient dans le même pays, dans la même rue, dans le même immeuble...

V

17

Égypte, Le Caire, hôtel Marriott, 12 octobre 2001

Samia Morcos poussa un cri au moment où Thierry la pénétra. Un cri indéfinissable, tant il se situait entre le plaisir et la douleur. À moins que ce fût les deux. Il souleva les cuisses de la jeune femme. Dans l'embrasement, elle avait conservé sa jupe relevée. Il continua de voyager en elle, s'arrêtant par moments pour savourer la vision de ce visage transfiguré. Les lèvres de Sarment descendirent sur le renflement de ses seins sans s'y poser, puis remontèrent jusqu'aux lèvres de Samia, avides, brûlantes. Elle se cambra, vibrante comme une corde sur le point de rompre.

Était-ce possible ? Dans la déraison la plus totale, elle venait d'offrir à cet homme, presque un inconnu, ce qu'elle croyait être son bien le plus sacré : sa virginité. En Orient, le trésor que l'on ne réserve qu'à son mari et qu'elle avait toujours refusé à Gamil qui la considérait pourtant comme l'élue de son cœur. Étrangement, quand elle sentit que Thierry jouissait en elle, elle poussa un nouveau cri, mais cette fois de triomphe. Une constatation jamais imaginée traversa son esprit : elle le possédait autant qu'il l'avait possédée et elle comprit que les discours dont on l'avait tant abreuvée sur l'amour physique étaient faux : le pénétrant qui se croit conquérant est en fait le possédé. Triomphante aussi, puisqu'elle avait remporté une victoire sur les préjudices, les tabous millénaires, pour ne laisser place qu'à son désir, sa volonté, l'appel de la chair. Jamais elle ne se serait crue capable d'une telle prouesse car, au regard de son éducation, c'en était une.

Thierry acheva de la déshabiller entièrement et s'allongea près d'elle. C'est à ce moment seulement qu'il vit le drap légèrement maculé de taches pourpres. Dans un premier temps, il se dit que c'était l'un de ces mauvais jours dont la femme était tributaire, puis il comprit.

Il se redressa vivement sur un coude, presque affolé.

— Samia... tu étais...

— Vierge ? Oui.

Il chercha ses mots. À quarante-cinq ans, il vivait une première expérience. Il lui caressa spontanément la joue, comme on caresse celle d'une enfant, comme s'il cherchait à la rassurer de peurs ancestrales. Il la prit entre ses bras et la serra avec une tendresse dont il ignorait – jusqu'à cet instant – qu'elle sommeillait en lui. La tendresse, c'est de l'amour. Cette évidence nouvelle lui fit prendre conscience qu'il n'avait jamais vraiment aimé.

Il dit, avec une maladresse touchante :

— Merci.

Samia se prit à rire devant son air éperdu, chercha ses lèvres, parsema son front, ses joues d'une pluie de baisers.

— Où étais-tu tout ce temps ?

— Sans doute pas très loin. Mais je ne le savais pas.

18

La rémanence des événements qualifiés d'importants, ceux qui défraient la chronique et alimentent le brouhaha planétaire, est généralement courte. Même si le nombre des victimes éventuelles est élevé, les traces de ces turbulences dans les mémoires se dissolvent dans le flux ininterrompu, non de l'information, qui est laborieuse, mais de l'« info ». Un mariage princier chasse une catastrophe aérienne et la foucade d'un chef d'État, le naufrage d'un paquebot.

Il en allait autrement depuis ce fameux 11 septembre 2001. De semaine en semaine, le poids de l'événement s'alourdissait dans les consciences. Pareil à des éclats de métal en fusion, il s'enfonçait dans les mémoires, y suscitant des terreurs paranoïaques, et des haines bestiales. La perspective en révélait à la fois la nature monstrueuse et la portée. Certes, une vaste part de la planète mesurait l'infamie de la mise à mort de milliers d'innocents qui n'avaient même pas connaissance de la fureur de l'islam radical contre l'Occident, cependant qu'une autre se félicitait plus ou moins secrètement de l'humiliation de cette entité quasi fantastique : *América*. Même si personne encore ne pouvait prévoir que les attaques de quatre avions pilotés par des kamikazes pris de folie suicidaire n'étaient qu'un prélude, le sentiment, diffus ou confus, était que le destin des nations – et partant, des individus – allait changer.

Seule l'Amérique, blessée au plus vif de son orgueil, mesurait l'outrage qui lui avait été infligé : la plus puissante nation de la planète avait été souffletée comme une barboteuse des rues par un gueux pris de folie.

Un mois et demi après les attentats, la chaîne satellitaire Al-Jazira diffusa de Doha, au Qatar, le message suivant de Soliman Abou Ghaith, porte-parole d'Al-Qaida, et gendre de Ben Laden : « La tempête des avions ne s'arrêtera pas, avec la volonté d'Allah, parce que des milliers de jeunes de notre nation veulent autant mourir que les Américains veulent vivre... Ces jeunes qui ont frappé l'Amérique en faisant exploser des avions à New York et à Washington, ils ont fait le bien en portant le combat au cœur des États-Unis. Et cette guerre durera jusqu'à ce que l'Amérique cesse de soutenir les juifs et mette fin à l'embargo injuste contre le peuple irakien, qui a coûté la vie à plus d'un million d'enfants. »
Les médias occidentaux s'empressèrent d'observer que le million de petits Irakiens morts par manque de lait en poudre, à la suite de l'embargo des exportations à destination de l'Irak, était le produit de l'imagination enfiévrée des délirants d'Al-Qaida. Le soutien de l'Amérique à Israël était une vieille antienne qui ne justifiait absolument pas le 11 septembre. La seule information implicite du message était que les terroristes préparaient de nouveaux attentats et, bien évidemment, les autorités et les médias américains accentuèrent lourdement les soupçons à l'égard du maître de Bagdad.

Bien des grands esprits au cours des siècles se sont attachés à conseiller les autres sur les façons de se faire des amis. Aucun d'eux ne s'est pourtant intéressé à la manière dont on se fait des ennemis. Et pourtant se faire un ennemi est simple : il suffit de chercher à tout prix à lui imposer notre culture.

19

Irak, Bagdad, 21 novembre 2001

Sujet depuis toujours aux migraines, Soliman El-Safi avait avalé son dernier cachet d'aspirine plus de deux mois auparavant, derrière son guichet de la *Central Bank of Irak*. L'aspirine était devenue introuvable en Irak depuis l'embargo. Il avait donc recouru aux préparations artisanales d'un apothicaire du bazar de Nasra, un nommé Razzi, des boulettes noirâtres et molles à partir d'opium et d'on ne savait quelles plantes. Elles étaient efficaces contre les douleurs, mais présentaient l'inconvénient de rendre l'intestin paresseux, ce qui contraignait Soliman à ingurgiter d'autres préparations du même Razzi, laxatives celles-là. Ah, l'aspirine ! Chère aspirine qui ne posait pas tant de problèmes...

Puis, un jour récent, sa fille Souheil lui avait, d'un air à la fois malicieux et triomphal, présenté avant le dîner une boîte d'aspirine toute neuve : il n'y manquait qu'un seul cachet.

— Où as-tu trouvé ça ?

Elle avait fait des mines et des mystères avant de révéler le secret.

— Chez le coiffeur.

— Chez le coiffeur ? Les coiffeurs vendent de l'aspirine, maintenant ?

— Ils n'en vendent pas. Je me trouvais assise près d'une cliente étrangère, qui avait apporté sa propre teinture et qui demandait qu'on la lui applique. À un certain moment, elle a réclamé un verre d'eau et a sorti une boîte d'aspirine de son sac. Je me suis tournée vers elle et je l'ai suppliée de me vendre le reste de la boîte. Elle avait l'air estomaqué. Je lui ai expliqué que mon père avait un besoin impérieux de ce médicament et elle m'a répondu : « Mais mademoiselle, il n'est pas question que je vous vende quoi que ce soit ! Voyons, je vous le donne, nous en avons des réserves à l'ambassade ! » Et elle s'est présentée comme étant Francine Berthelot, l'épouse du conseiller culturel.

— Conseiller culturel. Quel pays ?

— La France. Et figure-toi que cette dame m'a assuré que je passais lui demander de l'aspirine chaque fois que j'en aurais besoin.

— Excellente nouvelle, admit Soliman El-Safi, mais non sans perplexité.

— Il y a mieux encore : elle m'a invitée à l'ambassade.

L'Irakien écarquilla les yeux.

— Oui, reprit Souheil, il existe une association, Amitiés franco-irakiennes, qui donne une fois par mois une réception au cours de laquelle ils invitent des jeunes gens de mon âge.

— On ne peut pas dire que tu maîtrises la langue française !

— Détrompe-toi. Je me débrouille assez bien et ce sera justement l'occasion de me perfectionner.

— Ma fille, tu as vingt-cinq ans. Tu n'es plus une gamine. Si tu te fais repérer par la police, tu seras traitée comme une femme. C'est-à-dire mal.

— Mais non, papa. En quoi accepter une invitation pourrait me causer du tort ? Et si de surcroît cela te permet d'avoir de l'aspirine…

Elle éclata d'un petit rire espiègle.

Partagé entre le souci de voir sa fille repérée par la police et l'espoir d'être régulièrement approvisionné en aspirine, Soliman El-Safi poussa un soupir et résolut d'examiner ce dilemme dans un proche avenir. Et, pendant ce temps, les nuages s'amoncelaient sur le Moyen-Orient sans se décider à éclater.

20

Égypte, Le Caire, hôtel Marriott, 26 novembre 2001

— Mon amour, voilà plus d'un mois que je repousse mon départ pour Damas. J'ai miraculeusement pu obtenir une seconde entrevue. Je ne peux plus reculer.

Elle alla récupérer le peignoir de la salle de bains, et revint s'asseoir au bord du lit. Après un temps de silence, elle demanda :

— M'aimes-tu ?

— Éperdument.

— Tu ne me l'as jamais dit.

— Parce que je ne l'ai jamais dit à personne. Parce que je n'ai jamais aimé personne avant toi.

— Alors, dis-le-moi.

— Je t'aime, Samia. La preuve : j'ai annulé un rendez-vous avec un président pour rester à tes côtés.

Elle fit mine de le gifler.

— Je suis flattée !

Puis, redevenant sérieuse :

— Quand pars-tu ?

— Dans quatre jours.

Elle quitta le lit, arpenta un moment la chambre, et pivota vers Thierry.

— Serais-tu prêt à m'emmener en Syrie avec toi ?

Il afficha sa surprise.

— Et Gamil ?

— Je vais rompre. Ce soir. Pas à cause de toi, pas à cause de nous. Par respect pour lui et parce que je crois qu'on ne peut pas tricher éternellement. De plus, il n'est pas dupe. Il sent bien que je ne suis plus la même, que je le fuis.

Il se redressa, tâtonna pour récupérer son paquet de cigarettes et son briquet sur la table de chevet. Elle tendit la main.

— Puis-je en avoir une ?

— Tu n'as jamais fumé !

— Si, une fois, et j'ai trouvé ça dégueulasse. Mais là, je crois qu'une bouffée me ferait du bien.

Il s'exécuta.

— Allons dehors, proposa-t-il. C'est une chambre non-fumeur.

Il enfila le second peignoir et ils allèrent s'asseoir sur le balcon qui surplombait le Nil.

— J'aime ce fleuve, dit Thierry, il m'apaise. Quand je mourrai, souviens-toi, c'est là que mes cendres devront être dispersées.

Elle le dévisagea, partagée entre émotion et scepticisme.

— Parce que tu crois que je serai à tes côtés ce jour-là ?

— Tu le seras. Je t'ai trouvée. Tu n'as pas d'autre choix que de me garder.

— Ce qui signifie…

— Que nous partons en Syrie.

Elle balança la cigarette par-dessus la rambarde et se jeta dans ses bras.

21

Israël, Tel Aviv, 30 novembre 2001

Sous le regard amusé de son ami, Menahem Gorwitz, Ron Akerman acheva sa lecture du rapport et le posa sur ses cuisses.

Ce qu'il venait de découvrir dépassait, et de loin, ses plus funestes prémonitions.

Il apparaissait que, de janvier à mai 2000, des agents de la CIA avaient surveillé le futur chef des terroristes du 11 septembre, Mohammed Atta, qui résidait alors en Allemagne, à Francfort. La surveillance avait ensuite été déléguée au FBI, Atta étant allé aux États-Unis et s'étant inscrit à une école de pilotage de Floride. Fin mai 2001, Steven Emerson, journaliste, écrivait dans le *Wall Street Journal* que le groupe terroriste d'Oussama ben Laden « projetait des attaques contre les États-Unis ». Le 23 juin 2001, le bulletin professionnel *Airline World News* alertait ses lecteurs : « Les compagnies aériennes US pourraient être menacées par un acte terroriste dans les trois jours. » Le 5 juillet, la chaîne américaine en langue arabe MBC annonçait : « Une mobilisation maximale règne dans les rangs des forces de Ben Laden. » Le 31 juillet, lors d'une réunion de responsables du FBI et de la DGSE française, celle-ci avait prévenu le FBI que Zakaria Moussaoui, l'un des étranges postulants qui apprenaient à piloter dans une école américaine, avait des liens étroits avec les réseaux islamistes et avait été entraîné en Afghanistan. Cependant, les représentants du FBI avaient répondu qu'ils savaient déjà que Moussaoui faisait partie du réseau de Ben Laden, mais qu'ils ne pouvaient l'arrêter, car il avait, à leur connaissance, seulement fait l'objet d'une brève arrestation pour infraction à la réglementation américaine sur les passeports… L'un des membres présents de la DGSE avait alors quitté la réunion en claquant la porte.

Le Mossad s'interrogeait par ailleurs sur le fait que quinze des dix-neuf pirates de l'air avaient été des citoyens de l'Arabie saoudite.

— Tu me le rends ?

Ron leva les yeux vers son ami qui tendait la main pour récupérer le document. Ils s'étaient connus au collège et Menahem avait toujours fasciné Ron par sa capacité machiavélique à obtenir des informations réservées ; ce qui expliquait, d'ailleurs, l'empressement du Mossad à l'engager.

— C'est insensé ! Ou bien les deux grandes agences de renseignements FBI et CIA ont été coupables de carences répétées, quasiment inimaginables, ou bien elles étaient informées à l'avance des préparatifs des attentats !

Menahem réagit par un haussement d'épaules.

— Tu as bien lu.

— Ce qui signifierait…

— …qu'ils étaient au courant à un très haut niveau de l'imminence et peut-être même de la date de l'attaque.

— Et ils ont laissé faire ?

— Quel meilleur prétexte pour une opération militaire de grande ampleur qu'un nouveau Pearl Harbor.

Ron soupira.

— Tu penses donc qu'ils vont attaquer ?

— C'est une évidence. Pour le moment, ils mobilisent leurs alliés politiques et l'opinion américaine, puis l'internationale. L'Anglais Blair est un partisan inconditionnel. Il rêve de rétablir la mainmise coloniale d'antan sur l'Irak. Les Allemands sont beaucoup moins enthousiastes et les Français, pas du tout.

Menahem se pencha en avant.

— Ouvre grand tes oreilles. Quelques jours après l'attentat, une réunion top secrète s'est déroulée à la Maison-Blanche, avec toute l'équipe au complet. Ils sont tombés d'accord sur la nécessité d'instaurer dans tout le Moyen-Orient des régimes musulmans dits « modérés », c'est-à-dire enclins à collaborer avec les États-Unis. Tu me suis ? Tous ces gens sont des marchands, Ron. Pour eux, le pouvoir c'est l'occasion de faire du fric, du gros, très gros fric. *Business is business.* Des régimes prétendument modérés, ce sont des régimes avec lesquels on signe des contrats. Sharon est au courant. Il applaudit, mais pour des raisons militaires. Un Moyen-Orient fracassé signifie que plus aucun pays arabe ne pourra mettre en péril l'existence de notre pays.

De plus en plus consterné, Ron Akerman gardait le silence.

— Et les Russes dans tout ça ? finit-il par demander.

L'autre haussa les épaules.

— Les Russes ne se sont pas encore remis de la chute de leur empire. Il est douteux que leur réaction soit décisive.

— Tu crois que Saddam a la capacité militaire pour résister ?

— Tu veux rire ? Ils vont le balayer comme un fétu de paille. Le plus ennuyeux, c'est l'après-Irak. Rien ne nous dit que les Kurdes et les chiites ne vont pas profiter de la situation de chaos pour se jeter dans la mêlée et récupérer une part du gâteau. Et à ce moment...

Ron croisa les bras.

— À ce moment ?

— *Har M'giddo*, lâcha Menahem en hébreu.

Il récupéra son rapport et quitta la pièce.

Ron se prit la tête entre les mains.

Har M'giddo... Armageddon. Le lieu symbolique mentionné dans la Thora, le combat final entre le bien et le mal.

22

Irak, Bagdad, 1ᵉʳ décembre 2001

La consommation d'aspirine de Soliman El-Safi aurait augmenté de façon considérable, voire périlleuse, s'il avait été informé de la teneur de la première réunion à l'ambassade de France où s'était rendue sa fille. Certes, on n'y servait pas d'alcool et l'on n'y dansait pas, mais c'était pis : on y ouvrait des aperçus sur le monde extérieur.

Des projections de films documentaires sur les régions de France, par exemple, donnaient à penser que la vie dans ce pays inconnu pouvait être gracieuse et que les habitants y étaient heureux. Ces images suscitaient au moins la curiosité, elles dissipaient surtout le sentiment ordinaire que l'Irak était le centre du monde. La jeunesse qui assistait à ces séances était mixte : on y voyait des garçons aussi bien que des filles et l'attention de Souheil avait fini par dériver sur un jeune homme, apparemment de son âge, qui parlait un peu le français et qui, malice ou grâce du destin, se distinguait par sa prestance, une crinière de soie noire et des yeux naturellement fardés. Il s'appelait Chérif Abdel Azim. Ils avaient échangé quelques propos devant le buffet, elle un gobelet de thé à la main, lui, un soda. Propos évidemment anodins autant que prudents : la vertu de la parole est de transmettre le non-dit. L'inconscient orchestre la phrase à l'instar d'une partition, et, dans les meilleurs cas, la conversation tourne à la sonate pour deux instruments.

À la troisième réunion, Souheil et Chérif s'étaient retrouvés assis côte à côte à une projection des *Enfants du paradis*, sous-titré en arabe. Souheil avait été captivée par le visage d'Arletty et l'insolence de Marcel Herrand dans le rôle de Lacenaire autant qu'elle avait humé le souffle de son voisin. Et pour Chérif ce fut pareil. Ces petits riens pèsent parfois plus dans les destinées qu'on ne le soupçonne, et les deux jeunes gens convinrent de se revoir. Ailleurs.

Au fil de leurs rencontres, Souheil en vint à contester intérieurement le choix familial du parti auquel on la destinait : Ibrahim Abdallah, un brave garçon qui souffrait d'un embonpoint précoce et d'une nature ennuyeuse autant que débonnaire. Sans parler d'une cervelle torpide : les deux fois où il l'avait invitée au Khayyam Cinéma, le plus luxueux de la capitale, célèbre pour ses fauteuils à bascule, il s'était endormi au bout d'une demi-heure et elle avait rattrapé de justesse le Coca qu'il sirotait avant de fermer les yeux. Le principal atout de ce pauvre Ibrahim était d'avoir une famille aisée et surtout, d'être sunnite.

Or, celui qui, depuis quelque temps, faisait battre le cœur de Souheil était chiite.

VI

23

Égypte, Le Caire, décembre 2001

Au fur et à mesure que Gamil Sadek écoutait son père, on pouvait lire sur ses traits l'expression des vaincus.

— Tu as peut-être raison, finit-il par admettre, je n'aurais pas dû m'embarquer dans une liaison avec une non-musulmane.

Mais le ton de sa voix traduisait qu'il avait lancé cette phrase plus par lassitude que par conviction.

— Bien sûr que j'ai raison, mon fils ! Souviens-toi de la mise en garde du Prophète : « Ô les croyants ! Ne prenez pas pour alliés les juifs et les chrétiens ; ils sont alliés les uns des autres. Et celui d'entre vous qui les prend pour alliés devient un des leurs. »

Fadel fit observer d'un air docte :

— D'ailleurs, si tu veux mon avis : elle n'était pas vierge. Une vierge ne se comporte pas comme une *charmouta* ! Une putain.

Gamil fut à deux doigts de lui rétorquer que la grande majorité de filles orientales estampillées « vierges » avait une vie sexuelle « hors hymen » à faire se signer un imam. Libérée oui, *charmouta* non.

— En tout cas, reprit Fadel, ta rupture ouvre de nouvelles perspectives. Figure-toi que, la semaine prochaine, nous sommes invités à manger la *molokheya*[1] chez les Madkour.

---

1. Soupe à base de bouillon de poulet et de corète potagère. Il n'est pas un pays du Moyen-Orient qui n'en revendique la paternité.

Une lueur espiègle éclaira les prunelles du vieil homme tandis qu'il précisait :

— Leur fille, Amal, n'est toujours pas mariée.

— C'est bien, fit Gamil en se levant. Nous en reparlerons.

Il se sentait si las, si découragé, et ces discussions ne faisaient qu'ajouter à son état dépressif. Il déposa un baiser respectueux sur le front de son père et se retira.

Une fois dans la rue, il faillit être renversé par un jeune homme échevelé qui criait comme un poulet qu'on égorge :

— À bas Moubarak ! Marre de la corruption ! À bas Moubarak !

Gamil s'éloigna rapidement. Ce malheureux n'en avait plus pour longtemps : les *moukhabarat*, les renseignements généraux, n'allaient pas tarder à l'expédier sur Mars ou Pluton. Il eut un mal fou à remonter la rue Emad El-Dine, noire de monde. On trouvait désormais plus de piétons sur la chaussée que sur les trottoirs, et comme les feux rouges n'étaient guère plus respectés qu'une résolution de l'ONU, marcher dans une rue du Caire devenait plus risqué que de faire du saut à l'élastique... sans élastique.

24

Syrie, Damas, 8 décembre 2001

Situé au sommet du mont Mazzeh, le palais présidentiel, tout en marbre blanc de Carrare, bénéficiait d'une vue imprenable. Selon un rituel parfaitement rodé, sans doute destiné à impressionner les visiteurs, Thierry avait été conduit en voiture le long d'une route sinueuse jusqu'à l'entrée du bâtiment principal d'où partait une allée de plusieurs kilomètres. De là, se dessinaient deux routes qui formaient un étrange arc de cercle et menaient vers une sorte de construction de forme phallique. En passant devant, Thierry se demanda s'il ne s'agissait pas plutôt d'un bras d'honneur de l'architecte japonais, Kenzō Tange, lequel, sans doute exaspéré par les demandes de Bachar el-Assad, avait fini par claquer la porte laissant à d'autres le soin d'achever les travaux.

Après avoir gravi une vingtaine de marches menant à une porte monumentale, traversé un portail blanc orné d'une voûte dentelée de *muqarnas*, une série de terrasses, dépassé une gigantesque fontaine en forme d'étoile, Thierry dut encore parcourir des dizaines de mètres avant qu'on l'introduise dans le bureau présidentiel.

Après les salutations d'usage, dans un anglais assez fluide, Bachar el-Assad invita Sarment à prendre place.

— Monsieur le Président, voici un peu plus d'un an que, par référendum, vous avez remplacé votre père à la tête de la

Syrie. Il semble que le peuple syrien a vu en vous un réformateur qui démocratiserait le pays. Qu'en est-il aujourd'hui ?

— C'est simple. Six cents prisonniers politiques ont été libérés, geste sans équivalent dans l'histoire moderne de la Syrie. Nous avons vu éclore dans tout le pays des dizaines de « *muntadayat* », des forums où tout citoyen a le droit de s'exprimer librement. J'ai même entendu un homme oser demander que la Constitution soit révisée parce qu'elle était fondée sur une seule personne, c'est-à-dire mon père, Hafez el-Assad, et que celui-ci n'était plus là. Quelqu'un d'autre est allé jusqu'à critiquer l'article 8 de la Constitution qui établit pour l'éternité le rôle dominant du parti Baas dans la vie syrienne. Oui, monsieur Sarment, la démocratie est bien en marche et toute une société que l'on croyait morte ou amnésique s'est remise à vivre.

Thierry fit mine d'approuver. L'homme de trente-six ans qui lui faisait face n'était finalement qu'un président par forfait. Si son frère, Bassel, ne s'était pas tué en janvier 1994 dans un accident de voiture, il est probable que Bachar serait toujours à Londres, en train de pratiquer l'ophtalmologie. Après la mort de son frère, il avait été rapatrié de toute urgence en Syrie. Ce retour au bercail indiquait clairement et sans ambiguïté que Hafez el-Assad avait décidé d'instaurer une république héréditaire que les humoristes arabes s'étaient empressés de qualifier malicieusement de *joumloukia,* contraction des mots arabes *joumhouria*, « république » et *mouloukia*, « monarchie ».

Thierry observa :

— Vous n'êtes pas sans savoir qu'il y a quelques jours, votre vice-président a prononcé un discours très dur à l'université. Il s'en est pris aux intellectuels qui, selon lui, manquaient d'objectivité dans leur analyse de la situation en Syrie, et affirmait que le pays ne deviendrait pas l'Algérie ou la Yougoslavie. On dit que vous-même aviez demandé aux forums de « ne pas aller trop loin » et de ne pas dépasser les lignes rouges, notamment ne pas porter atteinte à l'unité nationale et ne pas critiquer le règne de votre père, l'armée ou le Baas. Ce que d'aucuns ont appelé le « printemps de Damas » semble avoir vécu.

— C'est faux ! Ce qui a commencé se poursuivra. Un homme politique ne doit pas vaciller. Sinon, qu'il démissionne.

— Précisément, et – pardonnez-moi cette expression – vous n'étiez pas « programmé » pour faire de la politique.

— Sans doute. Mais puisque le destin en a jugé autrement, j'ai accepté l'honneur qu'il m'a accordé. Je vous ferais remarquer au passage que mon frère est mort en 1994, c'est-à-dire il y a plus de sept ans, et qu'entre-temps, j'ai intégré l'académie militaire de Homs, hérité du dossier libanais, dans lequel je suis parvenu à m'imposer démontrant à cette occasion que j'étais parfaitement capable de succéder à mon père.

Il disait vrai.

Officiellement reconnu comme le dauphin, Bachar s'était vu confier l'épineuse question du Liban où l'armée syrienne entretenait quelque trente mille hommes et où le Hezbollah, soutenu par la Syrie, menait une guérilla contre l'armée israélienne toujours présente dans le sud du pays. Dès le mois de mars 1995, et bien que n'ayant aucun titre officiel, il avait rendu visite au président libanais de l'époque, Elias Hraoui dans son palais de Baabda, accompagné des deux généraux alaouites. Trois ans plus tard, il faisait élire à la présidence du pays des Cèdres l'ancien commandant de l'armée libanaise Émile Lahoud, tout acquis aux intérêts syriens. Ensuite, il avait obtenu le départ du Premier ministre Rafic Hariri, lequel critiquait les méthodes policières d'Émile Lahoud, pour le remplacer par Selim Hoss, un autre proche de la Syrie.

Thierry fixa le président syrien un bref instant, puis :

— En février 1982, les troupes de votre père, Hafez el-Assad, encerclèrent la ville de Hama, dans l'ouest du pays. L'insurrection, orchestrée par les Frères musulmans, fut écrasée dans le sang. Au moins vingt mille personnes furent tuées. Seriez-vous capable aujourd'hui de commettre une telle action si une faction se révoltait contre votre pouvoir ?

Le Syrien effleura pensivement le duvet qui ourlait sa lèvre supérieure.

— Si cette faction a pour but de déstabiliser l'État et de conduire le pays à l'anarchie, la réponse est oui. Certainement. Vous l'avez dit : à Hama, il s'agissait des Frères musulmans. Des islamistes qui rêvent de diriger les nations arabes à l'aide du Coran. Il n'est pas question que je laisse une telle utopie s'insinuer en Syrie. Nous avons des minorités chrétiennes qui vivent ici depuis des siècles. Elles représentent plus de dix pour cent de la population. C'est l'une des plus anciennes communautés chrétiennes du Moyen-Orient avec les Coptes d'Égypte. Je les protégerai comme s'il s'agissait de mes propres enfants.

Il caressa à nouveau sa moustache avant de reprendre avec une pointe d'ironie :

— Si je me souviens bien, il ne me semble pas que le président François Mitterrand, alors fraîchement élu, ait condamné ce qui s'est passé à Hama. Savez-vous pourquoi ? Parce que la France considérait alors qu'il valait mieux fermer les yeux plutôt que de soutenir les Frères musulmans. Croyez-moi, monsieur Sarment : les islamistes sont des gens dangereux. Mon père a parfaitement agi.

Il quitta brusquement son fauteuil, signe qu'il mettait fin à l'entrevue.

Après avoir raccompagné Sarment jusqu'à la porte du bureau présidentiel, ses derniers mots furent :

— Mes hommages à madame Morcos. Je me suis laissé dire qu'elle était d'une grande beauté.

Le souffle coupé, Thierry ne sut que répondre. S'il doutait de la fin du « printemps de Damas », ses doutes venaient d'être balayés : les services secrets syriens revenaient sur l'échiquier, mais l'avaient-ils jamais quitté ? Et tandis qu'il montait dans le taxi, en route pour le Cham Palace, où Samia et lui logeaient, lui revint cette anecdote confiée par un ami à l'époque du défunt père de Bachar : « Un jour, les services secrets de Hafez el-Assad arrêtèrent une gazelle accusée d'appartenir à la famille des ânes. Après avoir subi plusieurs jours de tortures, la gazelle a fini par reconnaître qu'elle était effectivement un âne. Aussi, ne soyez pas étonné si demain, ramené dans les sous-sols des renseignements syriens, cet âne reconnaissait être responsable du trou dans la couche d'ozone. »

*

Samia regarda l'hôtesse venue lui proposer un rafraîchissement comme si elle voyait une apparition.

— Rien, répondit pour elle Thierry.

Il posa sa main sur la sienne, crispée sur l'accoudoir. Elle la retourna pour offrir sa paume. Elle était encore plus morte de peur qu'à l'aller.

— Je ne comprends pas comment ces engins arrivent à flotter dans le ciel, articula-t-elle péniblement.

Il essaya de se lancer dans une explication physico-mathématique, mais elle l'adjura d'arrêter.

— Par pitié. Ne dis rien. J'ai peur, c'est tout. Et la peur ne se raisonne pas ! Plus un mot.

Elle ferma les yeux.

L'instant d'après, curieusement, elle s'était endormie.

Sarment, lui, n'éprouvait aucune somnolence : les journaux occidentaux trouvés à bord de l'avion n'y incitaient pas. L'Amérique avait trouvé une phrase magique pour fondre sur l'Irak : « Les armes de destruction massive ! » Washington affirmait que l'abominable maître de Bagdad en possédait à en revendre et qu'il menaçait l'avenir du monde – occidental bien entendu. Heureusement, en dépit de leurs hostilités internes, les dirigeants arabes manifestaient – pour l'instant – quelques réticences à partager cette théorie.

Songeant au livre qu'il était en train d'écrire, Thierry se trouva soudain en peine d'une ligne directrice. Les Kadhafi, Moubarak, Assad, les ayatollahs et les roitelets du Golfe ne lui inspiraient guère de sympathie, tant s'en fallait, mais l'administration républicaine de George W. Bush suscitait en lui les plus vives méfiances. Après le 11 septembre, le président américain n'avait eu aucun mal à arracher l'accord de son Congrès pour attaquer l'Afghanistan. Un jeu d'enfant. En revanche, pour l'invasion de l'Irak qui se préparait, l'équipe présiden-tielle soignait sa rhétorique. Comment contrer les arguments des opposants à ce qui serait la première guerre préventive de l'histoire récente ? Mais Sarment se dit qu'après le trauma-tisme des attentats, Bush – investi avec moins de voix que son adversaire au niveau national (cas unique dans l'histoire du pays) – n'aurait pas de difficulté à convaincre la majorité des Américains de le suivre dans cette entreprise. Déjà il avait su adopter le ton prophétique qui sied, et parler à ses concitoyens le même langage qu'une grande partie d'entre eux entendent depuis toujours dans leurs églises, voire dans leurs écoles. Cette intervention serait bien une « croisade » des « forces du bien » contre celles « du mal », c'est-à-dire du christianisme contre l'islam. Et l'Amérique profonde, celle de l'anti-avorte-ment, et des grenouilles de bénitier, adorait cette idée. Le plus intéressant, c'était l'information que son cher Arthur avait transmise à Thierry la veille de son départ pour la Syrie. Selon Arthur, l'un des rédacteurs des discours de Bush, David Frum, lui aurait confié qu'il avait cherché une expression susceptible de qualifier les pays du Proche et du Moyen-Orient dont l'isla-misme militant traduisait la haine de l'Occident. À court d'inspiration, il avait pris un livre de discours de F. D. Roose-velt, et était tombé sur le mot « axe » qui, à l'époque, désignait l'Allemagne, l'Italie et le Japon. Enchanté par sa découverte, il y apposa le mot « mal ». Le discours revint annoté de la main de Bush, qui en acceptait toutes les implications. C'est ainsi qu'en évoquant l'Iran, l'Irak et la Corée du Nord, le patron de la Maison-Blanche put répéter, bondissant à pieds joints dans le bureau ovale : « l'axe du mal », « l'axe du mal » !

Sarment en était là de ses réflexions, quand il se surprit à penser que, inconsciemment, il suivait, à quelques nuances près, la ligne idéologique de Ben Laden ! C'était trop fort ! Il devrait veiller à la formulation de ses arguments, car certains lecteurs malveillants ne manqueraient pas de le taxer d'ara-bisme ou de laisser entendre qu'il s'était peut-être fait graisser la patte par Kim Jong-il.

Il coula un regard vers Samia, toujours endormie. Quelle femme ! Pas plus tard qu'hier, alors qu'ils sortaient d'une étreinte, elle lui avait livré cet incroyable aveu : « À un moment donné, je me suis demandé si tu n'avais pas succombé à l'un des aspects du mirage oriental. Un peu comme Pierre Loti, par exemple, qui, bien que porté sur les hommes plus que les femmes, avait créé l'image mythique d'Aziyadé, l'Ottomane dans l'attente du héros libérateur ! » Et comme il s'était amusé devant sa connaissance des Lettres françaises, elle avait levé son index en guise de mise en garde : « Je suis sérieuse. Il n'est pas impossible que, durant ta jeunesse à Alexandrie, tu te sois fabriqué dans ta tête le mythe de l'Égyptienne, mi-Cléopâtre mi-Arsinoé, vase des voluptés exotiques et millénaire objet du rêve ! Avec combien d'Égyptiennes as-tu couché ? »

Il avait fait mine de réfléchir, alors qu'il connaissait parfaitement la réponse : « Aucune. Que des Occidentales. — Tu vois ! Que des Occidentales. Et là, ô prodige, ô bienfait du ciel, tu m'as rencontrée. Tu as rencontré ton mythe ! »

Elle se trompait. Il l'aimait. Vraiment. Totalement. S'il avait été roi, jadis, l'enlèvement de cette femme aurait peut-être déclenché une guerre. Il en sourit : il n'était pas roi, Gamil Sadet n'était pas Ménélas, elle ne s'appelait pas Hélène et, dans quarante-huit heures, Samia et lui ne seraient pas à Troie, mais à Paris.

25

Israël, Tel Aviv, 6 février 2002

Comme à l'accoutumée, le quartier résidentiel de Ramat Aviv vibrait sous les coups de boutoir d'une jeunesse exaltée. Et pour cause, ici était située la prestigieuse université de Tel Aviv, parmi les cinquante meilleures universités du monde, la quatrième d'Israël. Joumana remonta le col de son manteau. Elle ne se souvenait pas avoir eu si froid depuis longtemps. Deux degrés ! Quarante ans plus tôt, elle eut parfaitement résisté. Mais ne venait-elle pas de fêter ses soixante-sept ans ? Elle traversa le campus, et se dirigea vers l'entrée de la faculté de droit Buchmann. Les premiers étudiants commençaient à sortir. Majda n'allait pas tarder. Elle se laissa choir sur un banc.

Heureusement, le lieu avait retrouvé le calme qu'il avait perdu lorsqu'une semaine auparavant des juristes et des groupes de défense des droits de l'homme avaient manifesté contre les mesures prises en faveur des étudiants juifs au détriment de leurs condisciples arabes israéliens. La question avait atteint son paroxysme, quand l'université décréta qu'elle réserverait un grand nombre de chambres dans les résidences universitaires aux soldats démobilisés, laissant ainsi les étudiants arabes confrontés à une grave pénurie de logements universitaires.

Rien ne changeait. Rien ne changerait jamais, songea Joumana. Ce conflit s'éterniserait jusqu'à la fin des temps, excluant toute solution militaire pour la simple raison que l'une des parties était beaucoup trop forte et l'autre beaucoup trop faible.

Majda venait d'apparaître. Joumana marcha aussitôt vers sa fille, mais, une fois devant elle, elle se garda bien de la prendre dans ses bras ou même de l'embrasser. À l'instar de la plupart des jeunes, Majda supportait mal les effusions parentales en présence de ses camarades.

— Joumana ? Quelle surprise ! Comment se fait-il...

— Tu me manquais. Tu rentres, tu sors... On ne se voit plus. As-tu le temps de déjeuner ?

— Non, malheureusement. Je suis débordée.

— Un café ?

— Je regrette. J'ai rendez-vous avec une amie pour réviser nos cours.

Joumana montra le banc qu'elle venait de quitter.

— Il faut quand même que je te parle, Majda.

Sans attendre sa réaction, elle prit sa fille par le bras et la força à la suivre. Arrivée à hauteur du banc, elle ordonna :

— Assieds-toi et écoute-moi sans m'interrompre. Je sais que tu es allée rendre visite à ton cousin Salah, à Tel Roumeida. Peu importe comment je l'ai su ni ce que vous vous êtes raconté. Je connais Salah. Il se prend pour Abdel Kader[1] ! Il s'imagine qu'il va pouvoir à lui seul récupérer la Palestine perdue. *Majnoun* ! Il est fou !

— S'il est fou, il n'est pas le seul. Ils sont des milliers, des millions de Palestiniens qui pensent comme lui.

Une saute de vent souffla dans la chevelure de Joumana.

— Tu fais erreur, ma fille. Tu te fourvoies. Celui qui vit par l'épée mourra par l'épée.

Un sourire ironique déforma les lèvres de Majda.

— Donc tous les sionistes mourront.

— Arrête !

---

1. Abdel Kader El-Husseini, héros palestinien. En 1948, lors de l'éclatement de la révolte arabe, il avait pris la tête de « l'armée du djihad sacré », une organisation de résistants à l'occupation juive. Il fut tué en avril 1948, lors d'une bataille pour la prise de la colline de Qastel.

Le cri de Joumana leur attira des coups d'œil circonspects.

— Arrête, répéta-t-elle. Par pitié, ne te laisse pas prendre au piège de la violence. Ce n'est pas en versant le sang que nous ferons triompher notre cause. Ce n'est pas…

— Tu te souviens des propos de Ben Gourion ? Je te les rappelle. Il a dit : « Si j'étais un leader palestinien, je ne signerais jamais un accord avec Israël. C'est normal, nous avons pris leur terre. Il est vrai que Dieu nous l'a promise, mais comment cela pourrait-il les concerner ? Notre dieu n'est pas le leur. » C'est clair, non ?

La voix de Joumana se fit suppliante :

— Je t'en conjure. Nous ne t'avons pas élevée dans l'intransigeance. Avram, je le sens, est profondément malheureux. Au moins, parle-lui. Il t'aime par-dessus tout. Parle-lui. Peut-être t'aidera-t-il à voir plus clair. Et promets-moi de ne plus voir Salah.

Majda acquiesça en silence.

— D'accord. Je parlerai à Avram. Mais ne me demande pas de ne plus voir mon cousin. Il est ce qu'il me reste des débris de ma famille.

26

Égypte, Le Caire, février 2002

Dans la voiture qui roulait vers le Guezireh Sporting Club, Gamil Sadek lorgna discrètement sur sa passagère : Amal Madkour. Elle portait une jupe moulante qui, en position assise, offrait un spectacle magnifique : des cuisses grasses, comme il les aimait. Il ne s'en lasserait jamais. Lors du déjeuner familial qu'ils avaient partagé quelque temps auparavant, il avait pu contempler à loisir la silhouette de la jeune femme tandis qu'elle servait le repas. La rondeur parfaite de ses seins était un appel. Des seins lourds, comme il en avait toujours rêvé. Gonflés et ronds. De vraies mamelles. Rien à voir avec ceux de Samia Morcos, bien trop modestes pour une main d'homme. Quant à ses fesses, un paradis. Une terre d'accueil. Finalement, Allah s'était montré généreux qui lui avait enlevé une chrétienne pour une bonne musulmane. L'ordre des choses était rétabli.

27

Irak, Bagdad, février 2002

Voilà quelque temps que Souheil et Chérif se voyaient en cachette, dérobant à la surveillance de leurs parents respectifs de tendres parenthèses. En se renforçant, les liens ténus de l'amitié s'étaient, comme il se doit, enrichis d'une forte attraction physique. Elle les consumait. Le café proche du bazar où ils se rencontraient n'était guère propice à l'intimité et moins encore aux privautés, car un essaim de regards bourdonnait autour d'eux et, en pays islamique, le moindre geste déplacé eût attiré des commentaires et l'intervention rapide de la police des mœurs. Ce jour-là, alors qu'elle l'attendait devant un thé, Souheil vit une rutilante Mercedes noire s'arrêter à deux pas. Au volant : Chérif Abdel Azim.

Il la héla.

— Monte.

Sur quoi, il appela le cafetier, lui tendit un billet et démarra. Confondue d'admiration, secrètement ravie de cette version moderne du tapis volant, Souheil se demanda où il l'emmenait. Sans doute chez Rachid, manger une glace, comme il l'avait déjà fait ?

— Non, respirer un peu d'air frais.

— Mais d'où sors-tu cette voiture ?

— Ma famille en possède plusieurs. J'ai piqué l'une d'entre elles. Mais rassure-toi, avec la complicité du gardien.

— Je suppose que tu as ton permis ?

Il mentit.

Ils roulèrent pendant une quarantaine de minutes, jusqu'à ce qu'ils soient parvenus à l'entrée de la bourgade de Hosseina, sur les rives du Tigre. La brise soufflait, gonflant les voiles d'un boutre sur le fleuve. Le paysage était d'un vert dense, à perte de vue, qui défiait le désert. Chérif rangea la Mercedes à l'abri d'un bouquet de palmiers.

— Magnifique ! s'émerveilla la jeune fille.

Une main se posa sur son épaule.

Elle sourit et tourna la tête vers Chérif. Il avait un air grave qu'elle ne lui avait jamais connu. Il balbutia :

— *Ya albi*, mon cœur, je t'en prie. Permets-moi de t'embrasser. Tes lèvres m'obsèdent.

Elle avait souvent imaginé cet instant et fit mine de protester.

— Mais nous ne sommes même pas fiancés !

— Par ce baiser nous le serons, dit-il en se penchant vers elle.

Ce fut seulement alors qu'elle s'avisa du risque qu'ils prenaient tous les deux. Trop tard, il l'étreignait déjà et, quand ses lèvres se posèrent sur les siennes, elle n'eut pas la force de résister. Elle ferma les yeux. Elle rendit le baiser et même, avec fougue. Tout son corps tremblait. Elle sentit une main qui se frayait un passage sous sa blouse. Les lèvres de Chérif étouffèrent son cri. Les doigts conquérants lui caressaient la pointe des seins. Le feu avait pris.

— Non, haleta-t-elle.

La main poursuivait pourtant son exploration et à chaque mouvement embrasait la peau de Souheil. Il releva sa jupe, remonta vers l'entrecuisse.

— Non, répéta-t-elle.

Mais à l'intention de qui, sinon d'elle-même ?

La main avait atteint la culotte et franchit la dérisoire barrière. Il ne servait plus à rien de résister et, d'ailleurs, le voulait-elle ? Il saisit la main de la jeune fille et la plaqua sur son propre sexe. Elle fut prise de vertige. Toutes ces émotions étaient si nouvelles pour elle, et si violentes.

Ils n'avaient ni l'un ni l'autre entendu le coup de frein et le crissement de pneus sur la chaussée. Des ombres parurent à la portière. Deux policiers les fixaient. Souheil poussa un cri. Pas de terreur, mais de honte.

VII

28

Les chanteurs de rap sortaient leurs tubes et les construc-
teurs d'autos leurs nouveaux modèles, la chronique des frivoles
s'emballait pour on ne savait plus quelle incartade princière,
cependant qu'à Wall Street, à la City, à Paris, à Rome, à Hong
Kong ou à Buenos Aires, un scandale ou bien sa rumeur
menaçait de mettre un terme à la carrière d'un banquier ou
d'un financier. Toutefois, les oreilles aiguisées percevaient les
coups sourds de la machine de guerre qui se mettait en branle.
Il n'était, d'ailleurs, pas besoin d'avoir l'ouïe fine pour
entendre les éclats de la fureur meurtrière d'un Orient musulman contre un Occident qui ne l'était pas.

29

Israël, Tel Aviv, février 2002

— C'est insensé ! pesta Ron Akerman en fixant son épouse avec exaspération. Puisque je te dis que ce n'est pas encore fait !

— Oui, répliqua Rasha. Mais ça va l'être, c'est évident. Les États-Unis vont supprimer le seul contrepoids à l'Iran. Le pays qui a juré de faire disparaître Israël de la carte. Fameux ! Il n'y a pas quelqu'un chez vous qui puisse faire entendre raison à ce cow-boy plein de bourbon ?

— Tu plaisantes ? Tu serais assez naïve pour croire qu'Israël pourrait influer sur la politique américaine ? D'ailleurs, au risque de te faire hurler, Ariel Sharon est ravi, je suis ravi, et tous mes copains du Likoud le sont. Ce cow-boy, comme tu dis, va livrer une guerre à notre place. Et c'est parfait !

Rasha fusilla son mari du regard.

— Vous êtes fous !

— Tu ne vas quand même pas prendre la défense de Saddam Hussein ?

— Non, mais cette attaque américaine va fouetter la haine d'Israël et l'antisémitisme dans le monde arabe et dans les territoires occupés.

Ron haussa les épaules.

— Israël en a vu d'autres. Si on parlait d'autre chose ?

— Bien sûr. Comme ça, nous pourrons continuer à penser en silence à la même chose.

30

France, Paris, février 2002

Le tapis roulant rapprocha de Samia une valise qu'elle connaissait bien, mais ce fut Thierry qui la saisit, la posa sur un chariot. Tous deux se dirigèrent vers l'une des sorties de la salle. Quelques instants plus tard, ils prenaient place dans la file des voyageurs en attente d'un taxi.

— Tu te remets ? s'enquit-il tendrement.

À leur retour de Syrie, ils avaient décidé de séjourner deux mois dans une petite maison que leur avait généreusement prêtée une amie de Samia, à Marsa Matrouh, sur la Méditerranée, à environ trois cents kilomètres d'Alexandrie. Thierry en avait profité pour rassembler sa documentation et commencer l'écriture des premiers chapitres. Durant tout ce temps, Samia avait vécu dans la crainte – absurde – que Gamil ne découvre sa présence en Égypte. Elle n'était pas peu soulagée d'arriver en France.

Elle posa sa tête sur la poitrine de Thierry. La voix d'un chauffeur les rappela à la réalité. Ils montèrent dans le véhicule.

— Paris, rue du Cardinal-Lemoine.

Une main nouée à celle du Français, Samia n'arrêta pas de tourner la tête dans tous les sens, et, quand ils longèrent Notre-Dame, la stupeur lui arracha un petit cri.

— J'ai tellement vu de photos, s'exclama-t-elle, mais de la découvrir en vrai !

Quand ils furent rendus à son domicile, leur premier geste, à peine la porte refermée, fut de s'élancer l'un vers l'autre et de s'étreindre comme s'ils venaient de se retrouver après mille ans. Et tous ils s'emparèrent de la nuit.

31

Irak, Bagdad, mars 2002

Soliman El-Safi avait fait son deuil de l'aspirine. Il en aurait pourtant eu le plus grand besoin après la visite de la police qui avait ramené sa fille Souheil à la maison, assortissant son rapport de détails graveleux.

Pour la énième fois, il asséna :

— Tu vas épouser Ibrahim Abdallah !

— Ce gros lard ! Cette boule infâme ! Mais je ne l'aime pas !

— Depuis quand se marie-t-on par amour ? D'où sors-tu cette ineptie ?

Ismaïl, le frère de la jeune fille, fit un pas en avant et gifla sa sœur à toute volée.

— Espèce de dévergondée Vas-tu écouter ce qu'on te dit ? Nous avons réussi à étouffer le scandale en mettant l'incident sur le compte de l'affabulation des policiers. Tu peux imaginer ce que cela a coûté à papa ! Maintenant, plus de demi-tour possible : tu vas épouser Ibrahim et dès la semaine prochaine !

— Mais...

Une seconde gifle vola.

La tête de Souheil fut rejetée en arrière.

— D'accord, bredouilla-t-elle entre deux sanglots. D'accord. Je ferais ce que vous voudrez. J'épouserai Ibrahim.

*

Lorsque Chérif Abdel Azim apprit la nouvelle, il éclata dans une rage indescriptible. La pruderie affectée de la police de Saddam Hussein, l'une des plus corrompues au monde, lui avait enlevé la première fille dont il s'était épris. L'amour de sa vie. Cette même police se montrait-elle aussi empressée à protéger la vertu alors que Oudaï, le fils de Saddam, faisait parader des femmes dans son palais avant de jeter son dévolu sur l'une d'entre elles, n'hésitant pas à violer celles qui lui résistaient ? Où donc était cette police lorsque ce même Oudaï ordonnait que l'on bastonne ses collaborateurs rétifs ? Et quand ce salopard ne pouvait assister au supplice, il savourait les hurlements de sa victime au téléphone. Les chiites, majoritaires dans ce pays ne portaient déjà pas Saddam et les siens dans leur cœur, bientôt, songea Chérif, ce rejet se transformerait en une exécration fanatique.

32

Israël, Netanya, 27 mars 2002

Une brise tiède venue de la mer filait le long de la plage. Depuis un moment déjà, le soleil avait disparu, avalé par l'horizon, et les palmiers alignés le long de la corniche fleurie faisaient tout à coup penser à des sentinelles. En cette nuit, la plus sainte de l'année, celle de Pessah, la cité balnéaire fêtait l'exode hors d'Égypte, *zémane hérouténou*, le temps de la libération. À une centaine de mètres du numéro 7 de la rue David-Hametekh, Salah, le cousin de Majda, chuchota au jeune homme qui avançait à ses côtés :

— Redresse-toi. Tu vas nous faire remarquer.

— Pas simple de marcher sur des talons.

— Je comprends. On est bientôt arrivé.

Ils parcoururent encore quelques mètres. Les six étages du Park Hotel se dressèrent au bout de la rue, presque accolés à la mer.

— Le moment est venu de nous séparer, annonça Salah en marquant le pas. Tu es toujours décidé ?

Son camarade inclina la tête à plusieurs reprises.

— Plus que jamais.

Il vérifia que sa perruque était bien en place et commenta avec un petit rire nerveux :

— Je suis pas mal foutu, non ?

— Je t'aurais dragué, si je ne savais pas…

Il est vrai que, derrière cette silhouette juvénile, ce visage imberbe aux traits fins mais subtilement maquillé, ces faux seins, on aurait eu du mal à imaginer un jeune homme de dix-neuf ans.

— *Allah ma'ak*, que Dieu t'accompagne, dit encore Salah. Ce soir, la Palestine honorera la mémoire d'un nouveau martyr.

— Adieu, mon ami. Protège les miens.

— Ils sont déjà ma famille.

*

Dans la salle des fêtes du Park Hotel, plus de deux cents personnes étaient en train de célébrer le seder et des voix récitaient la bénédiction du kiddouch. Personne ne prêta attention à la jeune femme qui traversait le lobby ; personne non plus ne nota sa présence lorsqu'elle se glissa parmi les invités. Elle fit encore quelques pas, puis, soudain, glissa sa main droite dans l'échancrure de son chemisier et tira sur une cordelette.

L'explosion, terrible, énorme, fit vibrer l'air. Le sol trembla. Les baies vitrées qui ouvraient sur la mer éclatèrent d'un seul coup, versant des milliers d'éclats de verre sur l'assistance. Des tables, des chaises furent projetées en l'air. Des cris, des pleurs, des hurlements. Des dizaines de corps atrocement mutilés se vidèrent de leur sang, comme lacérés à coups de cutter. Shoula Abramovitch, soixante-trois ans, de Holon, David Anihovitch, soixante-dix ans, de Netanya et l'adjudant-chef Beckerman, vingt-cinq ans, d'Ashdod, furent les premiers à rendre leur âme à Dieu.

À l'aube, on dénombra trente morts, cent quarante blessés dont vingt grièvement.

*

Deux jours plus tard, en réponse à cette boucherie, Tsahal lança l'opération « Rempart ». Les forces militaires se concentrèrent sur les villes de Cisjordanie, en particulier Naplouse,

Ramallah, Jénine et Bethléem. L'assaut contre le camp de réfugiés de Jénine, considéré comme une pépinière de kamikazes, se révéla être une autre boucherie, provoquant la mort d'une soixantaine de Palestiniens. Environ cent soixante habitations furent totalement détruites dans le camp, de nombreuses autres endommagées et plus de quatre mille personnes se retrouvèrent sans abri.

*

En apprenant cette succession d'atrocités, Avram Bronstein et Joumana ne savaient plus s'ils devaient pleurer les morts du Park Hotel ou ceux de Jénine. Majda, elle, enfermée dans sa chambre, ressassait les propos que son cousin Salah lui avait tenus une semaine avant l'attentat : « Ceux qui vivent par le feu, doivent périr par le feu. »

33

France, Paris, avril 2002

La voix du maire était quelque peu vacillante et Samia se dit qu'il partageait peut-être la même émotion qu'elle et en fut troublée. Aussi, lorsqu'il lui demanda : « Mademoiselle Morcos Samia, consentez-vous à prendre pour époux Monsieur Sarment Thierry, ici présent ? », elle ne l'entendit pas, et ce fut seulement lorsqu'il répéta la question qu'elle s'écria – avec un empressement qui fit s'attendrir les quelques personnes présentes : « Oui, oui. »

Après la réponse de Thierry, le maire déclara selon la formule consacrée : « Au nom de la loi, je déclare Monsieur Sarment Thierry et Mademoiselle Morcos Samia unis par le mariage. »

Elle leva des yeux débordants d'amour vers celui qui était devenu son mari et, dans un élan tout oriental, se blottit entre ses bras. C'est sûr, elle vivait un conte de fées. Le bonheur existait donc ?

Ils ressortirent de la mairie du Ve arrondissement accompagnés par leurs trois témoins. Deux d'entre eux, Philippe Germain, patron d'une ONG, et Khaled Amer, l'attaché militaire de l'ambassade d'Égypte à Paris, faisaient partie des amis de Sarment ; le troisième n'était autre qu'Anouar, le frère aîné de Samia qui avait fait le déplacement du Caire avec leur mère. Une vingtaine de minutes plus tard, ils étaient attablés dans un restaurant libanais de Saint-Germain. À peine avaient-ils passé la commande que Philippe Germain, visage sanguin, sourcils broussailleux, apostropha le frère de Samia :

— Alors, vous arrivez tout juste d'Égypte…

Anouar confirma.

— Quelles sont les nouvelles de là-bas ? Le président Moubarak est-il toujours aussi populaire ?

Anouar plissa le front, posa rapidement la main sur sa barbe taillée en pointe.

— Vous voulez parler de la vache, monsieur Germain ?

Avant même que son interlocuteur eût le temps de répondre, Sarment et Samia éclatèrent de rire, mais pas l'attaché militaire égyptien qui se pinça les lèvres pour garder le sérieux que lui imposait sa fonction.

— La vache ? fit Philippe Germain, yeux ronds. Aurais-je manqué une réplique ?

Ce fut la mère de Samia qui lui expliqua :

— C'est comme ça que nous avons surnommé notre président. Vous n'avez pas remarqué qu'il avait une tête de vache ?

Sarment en rajouta :

— Certains même l'appellent « La vache qui rit ».

Il posa la main sur l'épaule de l'attaché militaire.

— *Yalla*, détends-toi ! Je te jure qu'aucun de nous ici n'appartient aux *moukhabarat* !

Khaled fit la moue.

Je n'ai rien entendu. Je n'entends rien.

Alors, Philippe revint à la charge.

— Vous ne m'avez pas répondu, monsieur Morcos, quelle est la situation ?

— Catastrophique. C'est toujours l'état d'urgence, la police continue de bénéficier de pouvoirs particuliers dont elle abuse allègrement. Le triplement des loyers réglementés des terres paysannes a plongé des millions de paysans dans la pauvreté. La vie est de plus en plus chère. Le chômage augmente à vue d'œil, presque aussi rapidement que la démographie.

— C'est étonnant, car j'avais lu quelque part que la libéralisation de l'économie avait valu à l'Égypte le prix de « meilleur réformateur mondial » de *Doing Business*.

Anouar Morcos ricana :

— Bien sûr. Avec pour conséquence un nouveau patronat, une bourgeoisie parasite de « nouveaux pharaons » favorisée par la fiscalité, enrichie par les privatisations, et qui soutient le régime.

— Allons, protesta Samia. Je trouve ton tableau bien pessimiste.

— Ta sœur a raison, s'empressa d'approuver leur mère.

— Je ne le crois pas, persista Anouar. Mais soyez rassurés. Le peuple égyptien ne se révoltera jamais. Il est trop doux, et surtout trop las. Il semble même prêt à accepter que Gamal, le fils de Moubarak, lui succède en 2011. C'est vous dire !

L'arrivée de la ribambelle polychrome de mezze mit un terme momentané à la conversation, jusqu'au moment où l'attaché militaire, jugeant sans doute plus séant de changer de sujet, fit observer :

— Vous connaissez les dernières nouvelles ? Saddam a réagi aux accusations américaines par un coup de génie. Il a accepté sans condition le retour à Bagdad d'El-Baradei, le directeur général de l'AIEA[1], et de Hans Blix, le président de l'Unscom.

— L'Unscom ? s'étonna Samia. Qu'est-ce que c'est ?

— Un organisme chargé de contrôler, conjointement avec l'AIEA, le démantèlement des armes de destruction massive irakiennes.

Sarment leva les bras au ciel.

— Quelles armes ? C'est du n'importe quoi !

— Nous le savons tous, répliqua le frère de Samia. L'administration américaine le sait, mais feint de ne pas le savoir. D'ailleurs, pourquoi veiller au désarmement de l'Irak ? Pourquoi l'Irak seul ? Et pas l'Inde ? Et le Pakistan ? Et Israël ? Israël qui possède l'arme nucléaire et refuse la visite des inspecteurs, comme elle se fout éperdument des résolutions de l'ONU depuis quarante ans ! Croyez-moi, cette politique des deux poids deux mesures finira mal. Comment voulez-vous

_____

1. Agence internationale de l'énergie atomique.

que les Arabes n'éprouvent pas de ressentiment à l'égard des États-Unis en particulier et de l'Occident en général ?

Un ange passa et s'envola tout aussi vite à la recherche d'un Valium.

34

Tel Aviv, avril 2002

Deux semaines après ce déjeuner, le secrétaire d'État américain Colin Powell déclarait que son pays souhaitait une nouvelle résolution de l'ONU « pour garantir que l'Irak respecterait ses engagements de désarmement », tandis que George W. Bush demandait au Congrès l'autorisation de faire intervenir, « si nécessaire », l'armée américaine contre l'Irak. Son administration renchérissait en présentant sa stratégie pour la sécurité nationale, comportant notamment des attaques préventives contre les « États voyous ».

— Il se propose d'attaquer les États-Unis ? demanda Rasha Akerman, à la fausse indignation amusée son époux, Ron.

Le mot fut répété à Avram qui le trouva savoureux.

35

Arabie saoudite, Riyad, avril 2002

Le personnage masqué de lunettes noires, auquel deux serviteurs s'empressèrent d'ouvrir la porte d'une résidence cossue de la banlieue de Riyad, n'était certainement pas du commun. La voiture dans laquelle il était arrivé, une Bentley blindée, suffisait à l'indiquer. Un troisième jeune homme, obséquieux à souhait, apparut pour le prier de bien vouloir le suivre. Ils entrèrent dans un patio au centre duquel chuintait une fontaine et là, un quinquagénaire vêtu d'un *thawb*, une chemise longue d'une blancheur immaculée, le crâne couvert d'un keffieh à damiers, s'avança à la rencontre du visiteur. Les deux hommes s'étreignirent chaleureusement et entrèrent dans un vaste salon dont les portes furent aussitôt refermées.

— Que me vaut le plaisir de ta visite, demanda le quinquagénaire.

Le visiteur regarda son hôte d'un air grave.

— Ayman, il faut que tu quittes Riyad au plus vite.

— Quitter Riyad ? Pourquoi ?

— Cette ville pullule de renégats prêts à vendre n'importe quoi à n'importe qui. Trop de gens sont au courant de ta présence ici. Les Américains nous ont déjà assaillis de demandes concernant la famille Ben Laden. Le ministre des Affaires étrangères leur a répondu qu'il ne pouvait pas mettre une tribu entière sous surveillance. Ils ont ensuite essayé d'enlever son fils préféré, Hamza, et, sur la foi de leurs préten-dus informateurs, se sont plantés et ont capturé son cousin. Ils ne se doutaient pas que Hamza se trouve en Iran, sous la protection des Pasdarans. À mon avis, tu devrais partir ce soir ou demain au plus tard. S'il le faut, je mets un avion à ta disposition.

Le dénommé Ayman réfléchit.

— Tu es sûr ?

— Sûr et certain. Les Américains sont déchaînés. Ils ont durci le ton même avec nous. Pas plus tard que la semaine dernière, un sénateur démocrate a déclaré que l'administration Bush savait pertinemment que certains des dix-neuf kamikazes avaient reçu le soutien financier de plusieurs entités saou-diennes, y compris du gouvernement et que, pour des raisons de sécurité nationale, cette information avait été cachée au peuple américain. Toujours selon ce sénateur, la vraie question était de savoir si ce financement avait été approuvé au niveau de la famille royale.

Le visiteur marqua une pause avant de reprendre :

— Je pense que tu seras tranquille à Bahreïn. Fais-moi savoir ta décision avant ce soir. Mais envoie-moi un émissaire plutôt que de téléphoner. On ne sait jamais avec leurs saletés de satellites.

Le visiteur se leva. Ayman fit de même et déclara :

— Je te remercie pour tes conseils. Je vais très certainement les suivre. Mais écoute-moi bien : les Américains et leurs alliés sont de stupides gamins. On ne joue pas aux échecs sur le sable. Les pions deviennent alors innombrables et les joueurs, aussi nombreux que les grains. Crois-moi, la partie engagée durera longtemps. Très longtemps.

L'autre le regarda un moment sans mot dire, puis ils s'étrei-gnirent de nouveau.

Une fois seul, le quinquagénaire se rassit derrière son bureau, ouvrit un tiroir d'où il récupéra deux passeports. L'un de nationalité égyptienne dans lequel étaient inscrits son vrai nom et sa date et lieu de naissance : Ayman El-Zawahiri,

19 juin 1951, né au Caire ; l'autre de nationalité jordanienne, établi sous un nom d'emprunt : Mohammed Zyad.

« Trop de gens sont au courant de ta présence ici », avait affirmé son visiteur.

Il disait sûrement la vérité. Mais peu d'entre eux devaient savoir que lui, Ayman, était le principal idéologue de Oussama ben Laden et son médecin personnel. Peu importe. La sagesse imposait qu'il plie bagage.

36

Irak, Bagdad, au même moment

C'est une idée commune que les affaires de cœur n'ont rien
à voir avec les opinions politiques. Voire ! La plus illustre histoire d'amour de l'Occident montre que le cœur est soumis
aux intérêts de clans ; si les Capulet n'avaient pas été à couteaux tirés avec les Montaigu, on ne parlerait même pas de
Roméo ni de Juliette. Chacun rêve d'un monde où il serait
heureux, et parfois les rêves unis à d'autres rêves engendrent
les révolutions.

Le rêve de Chérif Abdel Azim eût surpris les esprits blasés :
un monde où le pouvoir ne persécuterait pas les amoureux,
surtout quand ceux qui le détiennent sont des hommes sans
morale et sans cœur. Les policiers de ce régime pourri avaient
blessé en lui l'amour qu'on se porte à soi-même et qu'on quali-
fie d'un terme ambigu, « propre », autant que celui qu'il portait à Souheil. Les deux sentiments avaient fini par se
confondre dans la même humiliation et partant, s'étaient ren-
forcés : Souheil était sienne. Elle ne pouvait qu'être sienne, à
lui et seulement à lui !

La blessure s'était envenimée au fil des semaines, jusqu'à le
transformer en une plaie vive. Un verbe tournait dans sa tête :
se venger, se venger. Ce matin même, au sortir de la prière du
vendredi, des amis chiites lui avaient fait part de la situation
critique où se trouvait le tyran du pays. Les Américains,

disaient-ils, s'apprêtaient à le démettre. Et les chiites n'y seraient pas vraiment hostiles.

À cent mille diables ! Chérif serait le premier à porter les armes ! Mais quand ?

VIII

37

Gaza, août 2002

Ghaleb El-Husseini écouta avec effarement l'information que venait de lui livrer son vendeur et finit par balbutier :

— Tu es certain ? Un *mur* ? Les Israéliens vont construire un mur ?

— Oui. Ils disent que c'est pour protéger la population israélienne.

— De quoi ? De qui ?

— Des terroristes palestiniens.

— Mais où vont-ils le construire ce mur ?

— Autour de la Cisjordanie.

Ghaleb ricana.

— Vu du ciel, Satan lui-même serait incapable de savoir qui enferme qui ! C'est de la pure folie.

Hamed haussa les épaules.

— On raconte aussi qu'Arafat est assiégé dans la Mouqata'a de Ramallah. Sharon ne veut plus avoir affaire à lui.

— Avec qui, alors, vont-ils discuter ? Les barbus du Hamas ? Avec leur chef, ce tétraplégique d'Ahmed Yassine qui est presque aveugle et qui se déplace en fauteuil roulant ?

Le Palestinien poussa un énorme soupir.

— En tout cas, ce mur, ils ne risqueront pas de le bâtir autour de Gaza. Nous sommes déjà emmurés !

*

Sous le regard éploré de ses parents, Majda faisait ses valises. Avram essaya une dernière fois de la raisonner.

— Je t'en supplie, au nom de Dieu, reviens à la raison.

— N'insiste pas.

— Mais pourquoi Hébron ? Pourquoi ?

— Parce que j'y ai mes racines. Parce que je ne serai pas loin de Tel Roumeida où vit mon cousin...

Joumana protesta :

— Je t'avais prévenue ! Ton cousin...

— S'il te plaît, ne dis plus rien.

Majda fixa le couple.

— Essayez de me comprendre. Je vous aime, vous m'avez protégée, aimée, mais c'est précisément cette protection et cet amour dont je ne veux plus. J'ai besoin de retrouver mes frères, partager leurs souffrances. Je n'ai plus le cœur à vivre ici, dans cette version hébraïque de la *dolce vita*, alors qu'à quelques kilomètres, des gens de mon sang sont en train de crever. J'ai fermé les yeux, j'ai voulu oublier que j'étais palestinienne.

Elle s'approcha de sa mère et poursuivit avec une pointe d'émotion :

— Toi, tu as oublié maman. Par amour. Mais ma mémoire à moi n'est bâillonnée par personne. Je vous aime. Mais je ne peux plus « faire comme si ».

Avram essaya de maîtriser le tremblement de ses lèvres.

— Pourtant voilà plus de dix ans que...

— Oui. Dix ans. Le cœur est comme un fleuve. Quand les pluies s'amoncellent, il déborde.

Joumana s'écria :

— De quelles pluies parles-tu ? Tout à coup, comme ça, sans raison, tu décides...

— Ils vont bâtir un mur ! Tu ne comprends donc pas ? Un mur entre nous et ceux qu'ils appellent des « terroristes ». Le tracé va dévaster des fermes, des champs d'oliviers, séparer des familles, interdire l'accès à des écoles ! Et vous voulez que je continue de vivre ici, détachée, indifférente ?

— Ce *sont* des terroristes ! asséna Avram. Comment appelles-tu ces gens qui, à Haïfa, ont fait sauter un bus, tuant quinze passagers : des civils, des femmes, des enfants ! Et ce tireur palestinien près de Ramallah qui a descendu dix personnes ? Et ce type qui, il y a deux mois, s'est fait exploser dans une discothèque, provoquant la mort d'une vingtaine de gamins innocents ? Et cet individu qui a provoqué le massacre de Netanya ? Comment les appelles-tu ces gens ?

Majda s'avança vers Avram et le toisa.

— Ils portent le même nom que les salauds qui ont massacré ma famille et brûlé ma maison.

Elle boucla sa valise, murmura quelque chose.

Ils crurent entendre : « Pardonnez-moi. »

Quand elle marcha vers la porte, ils n'essayèrent plus de la retenir.

38

Une version inédite d'un match de boxe classique captivait le monde dit « civilisé ». Sur le ring, George W. Bush et Saddam Hussein, avec un arbitre s'efforçant de prévenir le combat : Kofi Annan, secrétaire général des Nations unies. Chaque fois que Bush fonçait, Annan s'interposait, tandis que Hussein retournait s'asseoir sur son tabouret.

Ainsi, le 16 octobre 2002, lors d'un débat public au Conseil de sécurité, Annan demanda qu'une ultime porte de sortie fût accordée à l'Irak. Le 18, Washington accepta que le Conseil fût saisi avant un éventuel recours à la force. Le 8 novembre, la résolution 1441, votée à l'unanimité par le Conseil de sécurité, donnait sept jours à Bagdad pour accepter « cette dernière chance de se conformer au règlement ». Le 13, l'Irak accepta sans réserve la résolution 1441, bien que celle-ci durcît considérablement les inspections. Douze jours plus tard, dix-sept experts arrivaient dans le pays, décidés à fouiller partout. Le 3 décembre, reconnaissant l'absence de bellicosité de l'Irak, sinon sa bonne volonté, l'ONU renouvelait pour six mois le programme « pétrole contre nourriture ».

Incidemment, Soliman El-Safi retrouva de l'aspirine dans les pharmacies de Bagdad.

Quatre jours plus tard, l'Irak faisait un autre geste d'apaisement : il remettait à l'ONU un rapport sur ses programmes militaires. Près de onze mille huit cents pages ! Parallèlement, Saddam Hussein présentait au Koweït ses excuses pour avoir envahi l'émirat en 1990. Il ne lui restait plus qu'à danser en tutu dans l'enceinte du Capitole.

Pourtant, malgré toutes ces concessions, George W. Bush, lui, continuait de piaffer : ces préliminaires traînaient en longueur. À Londres, l'opposition irakienne, évidemment soutenue par Washington, appelait l'Irak d'après Saddam Hussein à se transformer en « État fédéral démocratique ». Car, c'était évident, Saddam devait quitter l'Irak. Quant aux « armes de destruction massive », à part un grotesque supercanon de cinquante-deux mètres de long qui n'était jamais parvenu à destination, personne ne savait trop ce qu'elles pouvaient bien être. On supposait, sur la foi de quelques journalistes mal informés, qu'il s'agissait d'engins capables de disperser des germes de maladies infectieuses dangereuses, botulisme, anthrax, variole…

Le secrétaire d'État américain, Colin Powell, brandit alors un argument inédit dans les annales diplomatiques : l'Irak utilisait bien le langage de la résolution 1441, mais ne répondait pas à ses exigences. Or, celles-ci portaient sur le désarmement et les dix-sept experts qui fouillaient le pays n'avaient toujours pas trouvé l'ombre d'une arme de destruction massive.

Le chef de ces inspecteurs, Hans Blix, manifesta son exaspération. En langage clair, il déclara devant le Conseil de sécurité : « Depuis que nous sommes arrivés en Irak, nous avons mené plus de quatre cents inspections couvrant plus de trois cents sites. Toutes les inspections ont été effectuées sans préavis, et l'accès a été presque toujours fourni rapidement. Nous n'avons rien trouvé. »

Manifestement, Bush et son majordome anglais, Tony Blair, devaient être frappés d'une soudaine sénilité précoce car ils échangèrent un regard consterné en répétant : « Qu'est-ce qu'il a dit ? »

39

Irak, Bagdad, septembre 2002

Dans une maison d'un quartier sunnite de Bagdad, Souheil se morfondait. Depuis que la police l'avait ramenée à son domicile, sa vie n'avait été qu'une succession de souffrances. D'abord, elle avait dû subir les éclats de la colère familiale, chacun s'essayant à surpasser l'autre, la fureur du père, la raclée administrée par son frère aîné, les injures de sa mère, les sarcasmes de sa sœur cadette et l'enfermement intégral. Avait suivi l'épreuve majeure : l'examen gynécologique par une sage-femme amie de la famille, dont l'issue la fit trembler de peur, car ce pouvait même être la mise à mort. Mais la sage-femme avait annoncé d'un ton solennel qu'elle était vierge. Alors le mariage avait été organisé dans les plus brefs délais. Mariage forcé, bien sûr, célébré par le cadi[1], à la maison, portes closes, avec le parti convenu depuis maintes Lunes, le déplorable Ibrahim Abdallah, boudiné dans un costume noir et des chaussures vernies qui lui faisaient visiblement mal.

Mais l'affaire ne s'était pas arrêtée là : on exigea d'elle qu'elle révèle l'identité du mécréant qui avait cherché à la dévergonder.

— Son nom ? avait tonné le père.

— Dis-nous son nom ? avait répété le frère.

Elle avait alors menti :

---

1. Magistrat qui remplit des fonctions civiles judiciaires et religieuses.

— Il s'appelle Taher... Je ne connais pas son nom de famille. Je ne sais même pas où il habite...

Elle ne doutait pas, en effet, que si jamais sa famille retrouvait Chérif, elle lui ferait la peau.

Et le mariage avait eu lieu.

Souheil se rappellerait longtemps les mines faussement réjouies de l'assistance et les vœux hypocrites de ceux qu'on appelait une famille, au moment de quitter la maison pour monter dans la voiture de son époux.

Celui-ci appliquait fidèlement les consignes de sa belle-famille : Souheil était une pécheresse qui devait être étroitement surveillée. Elle n'était autorisée à téléphoner qu'à ses parents, mais à condition que le numéro eût été composé par l'une des femmes de la maisonnée. Quant à téléphoner clandestinement, c'eût été un exploit, l'appareil se trouvant dans la salle où les mêmes matrones siégeaient quasiment en permanence, écoutant la radio ou regardant la télé. Et d'ailleurs, à part ses parents, qui eût-elle appelé ?

Elle était donc quasiment incarcérée, ne sortant que voilée et sous la surveillance de deux femmes, généralement sa belle-sœur et la bonne. Le premier jeudi, la question se posa : pouvait-on l'emmener à la mosquée le lendemain ? Elle n'y allait guère auparavant que dans les grandes occasions, comme le *Eïd El-Fitr*[1]. Il était, argua sa belle-sœur, impératif d'imposer des prières à cette créature immorale. Cela l'obligerait au respect de la loi du Tout-Puissant. On l'y contraignit donc, revêtue d'un immonde *hidjab*.

Le plus humiliant était l'inspection mensuelle de son intimité. Dans les premières semaines qui suivirent les noces, ce fut la mère qui assura cette surveillance-là. Trente-cinq jours après la nuit présumée de la défloration, Souheil fut tenue de s'allonger, jambes écartées. Les cris d'indignation fusèrent : un tampon hygiénique ! Comment, cette pécore n'était pas enceinte ? Le mépris s'installa dans les attitudes des geôlières.

_____

1. Fête musulmane marquant la rupture du jeûne du mois de ramadan.

Et ce fut encore pire le mois suivant à la même période. Ô l'affliction, ô l'indignité ! Puis le soupçon vint : cette misérable fille était-elle stérile ?

Elle aurait voulu leur crier qu'il ne pouvait en être autrement ! Que la seule activité que pratiquait l'organe génital de son mari était d'uriner. La nuit de noces s'était en effet réduite à une séance de contorsions alarmantes où elle avait failli être écrasée par son époux, sans aucun résultat qu'on pût qualifier de « tangible. » La performance s'était achevée sur l'écroulement du garçon, épuisé. Heureusement, il restait à Souheil le rêve. Rêver de Chérif. Et s'endormir dans ses bras.

Les commères de la maisonnée, de plus en plus sourcilleuses, guettaient cependant les prémices d'une grossesse. Souheil les avait entendues se raconter qu'on avait vu des cas où les saignements menstruels persistaient même au début d'une grossesse. Mais elles avaient beau tâter le jeune ventre de l'épouse, il demeurait désespérément plat. Ainsi se conforta le soupçon que cette fille n'enfanterait jamais. Elles en conclurent que, forcément, au su de ses licences odieuses avec un voyou, un chiite évidemment, elle avait sans doute contracté une infection.

Espionnant à l'occasion les conversations des commères, Souheil apprit que celles-ci et le conseil de famille envisageaient pour Ibrahim une seconde femme. Alors, l'idée s'imposa soudain à elle que sa captivité devait prendre fin. Mais par quels stratagème ou sortilège ? Si elle avait pensé au meurtre, la perspective d'enfoncer un couteau de cuisine dans le ventre de son époux lui répugnait particulièrement. Elle craignait de tourner de l'œil. Restait à sauter par la fenêtre, sur la terrasse en contrebas de la maison voisine... Encore fallait-il ne pas se casser une jambe. Et où irait-elle si elle s'en sortait ? Dans sa famille ? Celle-ci ne manquerait pas une fois de plus de l'injurier et s'empresserait de la rendre à son mari.

N'ayant comme distraction que la télé et la radio, elle avait appris qu'une attaque se préparait contre son pays. En d'autres circonstances, la menace ne l'eût pas beaucoup plus alarmée que celle d'une collision entre deux astéroïdes. Là, cependant, la menace se fit espoir : une guerre ! Oui, une guerre serait pour elle l'occasion d'en finir avec cette outre flasque de prétendu mari et les mégères qui lui servaient de geôlières ! Une guerre, oh oui, une guerre, Allah Tout-Puissant !

Et voilà que, par un tour imprévisible du destin, une jeune fille se surprenait à partager les mêmes espérances violentes que des peuples et peuplades du nord de son pays, les Ma'dans, brutalement expulsés de leurs terres par le dictateur, les Kurdes, dont l'irrédentisme et la fierté l'exaspéraient ; et les chiites, cette « secte » à laquelle appartenait l'homme qu'elle aimait.

En s'apprêtant à fondre sur l'Irak, George Bush n'imaginait sûrement pas qu'il allait combler de bonheur un jeune homme éploré, et une jeune femme de vingt-six ans.

*

Irak, Mossoul, décembre 2002

L'église dédiée à saint Éphrem était pleine.

Jabril Chattar se dit qu'il avait rarement vu autant de monde si ce n'est lors des fêtes de Noël ou de Pâques. Combien de chrétiens vivaient en Irak ? On parlait de plus d'un million. Soixante mille, rien qu'à Mossoul ; six cent mille à Bagdad, siège du patriarcat des Chaldéens. Ces rumeurs de guerre avaient créé une tension inédite parmi les membres de la communauté. L'ouragan qui se profilait ne risquait-il pas de provoquer un séisme au sein d'une société qui, jusqu'ici, vivait en harmonie ?

Jabril se souvenait de ce que son père lui avait raconté à propos de l'affaire de Suez, lorsque, en 1956, Français, Anglais et Israéliens s'étaient rués de manière insane sur l'Égypte. Sitôt le cessez-le-feu appliqué, la mosaïque, composée alors de juifs et de chrétiens, avait littéralement implosé, déclenchant l'exil de plusieurs milliers de personnes qui cherchèrent à fuir la vindicte de Nasser et de ses sbires. Tout à coup, des êtres qui avaient vécu en paix pendant des siècles se voyaient assimilés aux agresseurs étrangers.

Il jeta un regard discret vers son épouse, Salma, et leurs deux enfants, Mariam et Youssef, et son cœur se serra. « Mon Dieu, invoqua-t-il dans une prière muette, protégez-les. Protégez-nous. »

40

Palestine, Hébron, début janvier 2003

Située au cœur des territoires occupés, la ville est partagée entre deux cent mille Palestiniens, et cinq cents colons israéliens. Des ultra-fondamentalistes, majoritairement américains, qui revendiquent l'endroit en raison de la présence du tombeau d'Abraham, second lieu saint du judaïsme. Environ deux mille soldats de Tsahal, armés jusqu'aux dents, sont stationnés en permanence dans les quartiers clés du centre historique pour assurer la protection des habitants juifs. Quant aux Palestiniens, ils voient leur quotidien marqué par d'innombrables restrictions et harcèlements. L'eau est rare. Les colons en disposent à profusion, arrosent leurs jardins ; chez les Palestiniens, c'est la pénurie. Il faut acheter le précieux liquide et se rationner au maximum. Lorsque l'on émerge des galeries marchandes couvertes pour se retrouver dans des rues piétonnes, on se retrouve sous un grillage tendu au-dessus des têtes qui amplifie encore davantage la sensation d'oppression se dégageant de partout. Ce grillage sépare la rue qu'empruntent les habitants palestiniens, des maisons en surplomb, où vivent des colons. Ce sont les Palestiniens qui ont fini par installer eux-mêmes ce dispositif hideux afin de ne plus recevoir leur lot quotidien de projectiles ou des détritus sur la tête pendant leurs promenades dans le souk.

Si la sorcellerie était efficace, il n'était pas douteux que Majda y eût recouru dès la première semaine de son installation à

Hébron, et que le feu sous le chaudron de vipères et de scorpions aurait brûlé jour et nuit.

C'est précisément non loin du souk qu'elle avait emménagé. Sans l'aide de Salah, son cousin, trouver ne fût-ce qu'une chambre aurait été impossible. Heureusement, un couple était parti la semaine précédente pour l'Égypte, avec l'intention d'y rester jusqu'au mois de juillet ; des amis intimes de Salah. Sept mois. Une aubaine. C'était un bel appartement dans une bâtisse d'époque ottomane sur l'artère principale, la rue Shouhada. Elle y avait planté un lit, une table, deux chaises et une armoire.

L'accueil qu'on lui réserva dans la première boutique fut instructif. Alors qu'elle tenait le panier garni des provisions qu'elle s'apprêtait à payer, l'épicier lui lança en anglais :
— Qu'est-ce que vous voulez ?
Elle répondit en hébreu :
— Vous régler.
Pris de court – on ne savait jamais, ça pouvait être une Américaine fraîchement installée –, il fit la moue.
— Je ne fais pas de livraisons.
— Je ne vous ai rien demandé. J'emporte ce que je paie.
Elle tourna la tête vers la porte. Deux militaires y faisaient le pied de grue. La plupart du temps, lorsqu'ils intervenaient, c'était pour séparer colons et Palestiniens. Ils y étaient même contraints s'ils voulaient maintenir un semblant d'impartialité aux yeux des observateurs étrangers ; ceux de la *Temporary International Presence in Hébron*, des Scandinaves, des Italiens, des Suisses et même des Turcs, qui se seraient empressés d'aller clamer dans leurs pays que les Israéliens se comportaient en brutes. L'épicier annonça le prix à payer ; elle l'avait calculé d'avance. La somme demandée excédait de loin celle qui était due selon les prix affichés.
— Non, dit-elle.
— Quoi, non ?
Elle tira une calculette de sa poche, tapa le prix de chaque denrée, fit l'addition et tendit la calculette, quasiment sous

le nez du bonhomme. Il lui décocha un regard mauvais, et elle régla.

— Ne revenez pas ! lui lança-t-il quand elle fut à la porte.

— Même accompagnée ? rétorqua-t-elle en indiquant les militaires.

Il cracha un juron en hébreu. L'un des militaires tourna la tête vers l'intérieur de la boutique.

Ce n'était qu'un début. La région étant en proie à la paranoïa depuis l'attentat du Park Hotel, l'arrivée d'une jolie jeune femme avait suscité les curiosités. D'où venait-elle, celle-là ? Et qu'est-ce qu'elle trafiquait à Hébron ? Quand elle regagna son appartement, elle dut enjamber un tombereau d'ordures devant la porte. N'y manquaient que des crottes de chien. Mais aussi, juifs et musulmans étaient d'accord sur un point : les chiens étaient des animaux impurs, donc rares dans la région.

Trois jours après son arrivée, la première démarche de Majda avait été de se rendre à l'endroit où, onze ans auparavant, s'élevait la maison de son enfance. Elle ne reconnut rien. À la place se dressait une bâtisse de trois étages entièrement occupée par des colons. La tristesse au cœur, elle avait fait les cent pas pendant un moment avant de repartir, l'esprit empêtré dans des bourrasques rageuses.

*

Neuf heures du matin. Elle venait d'arriver à une centaine de mètres d'un grillage à travers lequel on apercevait un passage étroit, doté d'un sas, encadré par deux guérites ; l'un des cent check-points disséminés à travers le pays, doublés de cinq cents « road-blocks » divers et variés. Une centaine de personnes faisaient la queue, avançant au rythme de l'escargot. Certains étaient refoulés pour des « raisons de sécurité » et sans distinction d'âge. Cela crevait les yeux que les soldats prenaient plaisir à n'ouvrir le passage qu'au compte-gouttes.

L'un d'entre eux cria en arabe :

— *Anissa.* Une femme !

Après un temps d'hésitation, une vieille Palestinienne croulant sous le poids d'un ballot alla vers le soldat. Avec le canon de son fusil-mitrailleur, il lui fit signe de vider le sac. Après avoir fouillé dans le tas qu'elle avait posé à même le sol – de la vaisselle, des pois chiches, des légumes et des fruits –, il lui ordonna de tout ramasser et de filer.

Majda, elle, ne portait que son sac à main, mais en dépit de la simplicité de sa tenue, elle détonnait et le comprit. Trop propre, trop bien coiffée, trop élégante. Une fois arrivée devant les militaires, ils la scrutèrent de la tête aux pieds. L'un d'eux exigea ses papiers.

Elle ouvrit son sac et en tira sa carte d'identité ; en réalité une carte de résident, bleue, comme le passeport israélien. Sans celle-ci, il lui y aurait été impossible de se déplacer dans le pays. En effet, aller de n'importe quel point à un autre du territoire, fût-il distant de quelques kilomètres, était strictement interdit aux Palestiniens, sauf exception. Si Majda possédait ce précieux document, c'est parce que ses parents et ses grands-parents étaient originaires de Jérusalem. Après que la totalité de la ville eut été conquise en 1967, l'État israélien avait proposé aux Arabes de prêter allégeance à l'État d'Israël et d'abandonner leur identité. L'écrasante majorité refusa. Il leur fut accordé alors le statut de « résidents ». Et personne ne trouva à redire que des gens, nés dans un pays depuis des siècles, passent du statut de citoyens à celui d'étrangers.

Le militaire scruta Majda attentivement, et demanda en hébreu :

— Où allez-vous ?

Elle répondit en arabe :

— Tel Roumeida.

Il haussa les sourcils.

— Pourquoi ?

Elle fit un effort pour ne pas lui répondre que ce n'était pas son affaire.

— Voir des amis.

— Des amis ?

— Des amis.

— Où sont tes parents ?

— À Tel Aviv.

— Leurs noms ?

— Avram Bronstein et Joumana Naboulsi.

— Je ne comprends pas. Ils ne sont pas mariés ?

Elle secoua la tête et ironisa :

— Ils adorent vivre dans le stupre et la luxure.

Les traits du militaire se raidirent. Il fit un geste obscène.

— Tu veux jouer ?

Elle garda le silence.

— Range-toi sur le côté.

Il emporta sa carte et ordonna :

— *Anissa !*

Une à une, les femmes défilaient. Ensuite, ce fut au tour des hommes. Majda attendait toujours.

Finalement, cinq heures plus tard, alors que le soleil était au midi, le militaire lui rendit sa pièce d'identité et la laissa passer après un long regard entendu.

Cinq kilomètres la séparaient de la colline de Tel Roumeida.

Une fois dans le village, elle se dirigea vers la ferme de Salah.

IX

41

Janvier 2003

L'agitation de George W. Bush ne cessait de croître, frisant l'hystérie, face à une opinion qui semblait indécise. Plus ennuyeux encore pour les Américains et les Britanniques, Mohamed El-Baradei, directeur de l'Agence internationale de l'énergie atomique, faisait écho aux déclarations de son collègue danois en affirmant : « Nous n'avons à ce jour découvert aucune preuve d'activité nucléaire. L'expérience de l'AIEA en matière de vérification nucléaire prouve qu'il est possible, particulièrement avec un système intrusif de vérification, d'évaluer la présence ou l'absence d'un programme nucléaire, même sans la coopération totale des autorités du pays inspecté. » Les seules armes dangereuses détenues par Saddam Hussein étaient les missiles El-Samoud, dont ils avaient, d'ailleurs, demandé la destruction.

Aux propos d'El-Baradei et de Blix, Bush rétorqua, lors d'un discours prononcé à Washington au siège du FBI, que Saddam Hussein serait désarmé « d'une façon ou d'une autre ». En l'apprenant, Thierry Sarment se remémora une vieille réplique égyptienne : « Voilà des jours que je te répète : "C'est un taureau !" et tu continues à me dire : "Trais-le !" » Ce qui dans le monde occidental se traduirait par : « La connerie grandit sans qu'on ait besoin de l'arroser. »

Par la voix de son président Jacques Chirac, la France déclara que le recours à la force était un constat d'échec et la pire des solutions, se désolidarisant ainsi de l'Amérique. Tandis que, plus prudent, le chancelier allemand Gerhard Schroeder suggérait une deuxième résolution des Nations unies avant toute intervention militaire. Sur quoi le secrétaire d'État à la Défense américain, Donald Rumsfeld, avait ironisé sur « la vieille Europe », trop fatiguée et timorée pour mener une politique virile, digne de l'Occident chrétien.

Aussitôt, vexés d'avoir été traités publiquement de couilles molles, les chefs de gouvernements de huit pays, le Danemark, la Hongrie, l'Italie, l'Espagne, la Pologne, le Portugal, la Tchéquie et la Slovénie se rangèrent docilement derrière la Grande-Bretagne et le « Nouveau Monde ».

Le 5 février 2003, pour soutenir les allégations de son chef, le secrétaire d'État américain aux Affaires étrangères, Colin Powell, alla défendre devant le Conseil de sécurité la légitimité d'une guerre contre l'Irak. Par une prouesse arithmétique que personne ne contesta publiquement pour ne pas le vexer, il affirma que quarante-cinq pays soutenaient les États-Unis ; peut-être y avait-il inclus le Liechtenstein et la principauté d'Andorre. En découvrant le discours au contenu douteux que lui avait rédigé le roi des néoconservateurs, Lewis Libby, directeur du cabinet du vice-président Dick Cheney, Colin Powell s'était écrié : « *I won't read this ! It's a piece of shit !* » Je ne lirai pas ce truc, c'est un tas de merde !

Il le lut pourtant, répéta les accusations de complicité entre Oussama ben Laden et Saddam Hussein et assura que les photos prises par satellite et les écoutes téléphoniques confirmaient bien l'existence des fameuses armes de destruction massive. Pour conclure, et pour la postérité, il brandit une fiole de culture bactérienne censée avoir été prélevée en Irak. De mauvaises langues racontèrent qu'elle contenait en vérité l'urine de Barney, le scottish-terrier du locataire de la Maison-Blanche. Mais, c'est bien connu, le monde est plein de médisants.

42

Irak, Bagdad, février 2003

Le destin, si souvent monstrueux, a aussi ses espiègleries.

Lors de l'une des mornes réunions de femmes, Souheil était à deux doigts d'aller se coucher lorsque, tout à coup, Latifa, l'une des nièces de son époux, Ibrahim, brandit un objet métallique comme on présente un trophée : un téléphone portable. Il avait été offert à la pécore, âgée d'une douzaine d'années, par son père, pour qu'elle pût appeler la maison depuis l'école.

La démonstration des capacités de l'appareil titilla les curiosités des femmes ; elles en vérifièrent l'efficacité l'une après l'autre en appelant qui son mari, qui l'épicier ou une amie à Bassora ou Mossoul.

Souheil resta silencieuse dans son coin, mais elle y vit sa chance. Elle ne demanderait certes pas à la gamine de lui prêter le mobile, mais elle connaissait ses habitudes. De retour de l'école, la collégienne avait coutume de s'immerger dans une sieste pâteuse dont elle n'émergeait qu'une heure et demie plus tard, pour s'imprégner d'un Coca-Cola et dévorer des pâtisseries propres à rendre un squelette obèse.

Le lendemain, Souheil attendit donc patiemment que la fille se fût endormie et, pieds nus, se faufila dans la chambre. Un coup d'œil lui suffit : l'appareil magique gisait sur une table basse. Elle le saisit, quitta la pièce, courut à la terrasse et, d'une main fébrile, composa le numéro de l'association Amitiés franco-irakiennes. Une voix hésitante lui répondit.

— Je voudrais, s'il vous plaît, articula Souheil, le numéro de téléphone de Chérif Abdel Azim, l'un de nos membres. C'est un ami.

Était-ce une simple standardiste ? Elle n'avait pas l'accent français. Les Amitiés franco-irakiennes n'étaient sans doute plus qu'un fantasme dérisoire dans la tempête qui s'annonçait.

La voix répondit en ânonnant presque :

— Désolée, madame, nous ne donnons pas coordonnées membres.

Souheil se mordit la lèvre inférieure. À la manière dont elle transformait les « p » en « b », la fille était sûrement irakienne.

— Parlez-vous l'arabe ?

— Bien sûr. Je suis irakienne.

Souheil reprit dans sa langue.

— Je vous en prie, c'est vraiment très important, c'est même une question de vie ou de mort. Il faut que j'obtienne ce numéro !

— Je regrette...

— Je vous en conjure ! Faites exception !

Souheil jeta un regard de biche affolée autour d'elle. Si quelqu'un la surprenait... Elle prit une brève inspiration :

— Est-ce que Mme Francine Berthelot est toujours à Bagdad ?

— L'épouse du conseiller culturel ?

— Oui, oui...

— Elle est rentrée à Paris. Il n'y a plus personne à l'ambassade. Pourquoi ? Mme Berthelot est une amie à vous ?

Souheil saisit la balle au bond.

— Une excellente amie. Elle vous aurait autorisée à me transmettre l'information.

Il y eut un moment de silence, un siècle.

Finalement, la voix au bout du fil retentit à nouveau.

— Quel nom avez-vous dit ?

— Chérif Abdel Azim !

Un autre silence.

À l'intérieur de la maison, résonna comme un bruit de pas.

— Notez le numéro, je vous prie, dit la fille.

Souheil fit un effort surhumain pour retenir les chiffres et les composa d'emblée après avoir raccroché.

Après deux sonneries, un grognement lui répondit.

— Chérif ? souffla-t-elle.

Bref silence à l'autre bout de la ligne.

— Qui est-ce ?

— Chérif, c'est moi, Souheil.

Un cri.

— Souheil ! *Ya* Allah ! Où es-tu ?

Elle lui expliqua en quelques phrases saccadées.

— Le nom de ces gens ! la coupa Chérif.

— Non. Pas maintenant. C'est trop dangereux.

Elle imaginait clairement la scène qui suivrait si elle lui révélait l'identité de son mari. Le jeune homme serait capable de déclencher un carnage.

— Ton adresse ?

— Non ! Plus tard. Non. S'il te plaît. Plus tard. Je te rappellerai.

Elle s'avisa qu'elle tremblait. Quand elle eut repris ses esprits, elle courut dans la chambre de la dormeuse et remit l'appareil à sa place.

Une heure ? Deux heures ? Plus ? Elle demeura un temps indéfini à songer qu'elle avait enfin pu joindre Chérif. Le seul être humain qui lui restait dans ce monde.

Le soir, elle prêta bien peu d'intérêt à ce que disait son mafflu d'époux au dîner. George W. Bush avait donné quarante-huit heures à Saddam Hussein pour quitter l'Irak ; sommation d'une outrecuidance jamais vue depuis les beaux jours d'Hitler et l'annexion des territoires Sudètes. Le monde attendait la suite.

Elle, elle espérait Chérif.

43

États-Unis, New York, siège des Nations unies, 14 février 2003

Dans un silence sépulcral, le ministre des Affaires étrangères de la France, Dominique de Villepin, commença :

— Monsieur le Président, à ceux qui se demandent avec angoisse quand et comment nous allons céder à la guerre, je voudrais dire que rien, à aucun moment, au sein de ce Conseil de sécurité, ne sera le fait de la précipitation, de l'incompréhension, de la suspicion ou de la peur.

À des kilomètres de là, à Tel Aviv, Avram Bronstein et Joumana l'écoutaient, et Ron et Rasha. Et à Paris, Thierry Sarment et Samia, et à Mossoul, la famille Chattar, et à Bagdad, Soliman El-Safi et ses enfants, et à Gaza, Ghaleb El-Husseini, et au Caire, Gamil Sadek, qui était pourtant à la veille de son mariage avec la voluptueuse Amal Madkour.

Le Français poursuivait :

— Et c'est un vieux pays, la France, un vieux continent comme le mien, l'Europe, qui vous le dit aujourd'hui, qui a connu les guerres, l'Occupation, la barbarie. Un pays qui n'oublie pas et qui sait tout ce qu'il doit aux combattants de la liberté venus d'Amérique et d'ailleurs. Et qui, pourtant, n'a cessé de se tenir debout face à l'Histoire et devant les hommes. Fidèle à ses valeurs, il veut agir résolument avec tous les membres de la communauté internationale. Il croit en notre capacité à construire ensemble un monde meilleur.

Événement rare, un tonnerre d'applaudissements salua le discours. Le temps qu'il dura, on crut que le monde allait quitter l'âge de pierre pour revenir à la civilisation. C'était mal connaître la politique et les politiciens. En tout cas, les peuples, eux, reçurent le message en plein cœur.

44

France, Paris, 15 février 2003

De Rome à Barcelone, de Londres à Madrid, plus de six cents villes à travers le monde crièrent leur rejet des États-Unis et leur refus de la guerre. Ce 15 février 2003, place de la République à Paris, Thierry et Samia avançaient parmi la foule. Combien étaient-ils ? On parlait d'un million de personnes. Thierry, lui, luttait depuis plusieurs jours contre un état d'esprit indéfinissable autant que déplaisant, apparenté à la fois au sentiment d'être cocu, d'avoir commis une grave erreur et d'être beaucoup moins intelligent qu'il l'avait cru.

Depuis le début de sa carrière, une vingtaine d'années plus tôt, celle d'un écrivain et journaliste spécialisé dans l'histoire du Moyen-Orient, il avait entretenu et développé l'idée que cette région du monde, rescapée de la Seconde Guerre mondiale et de l'hégémonie ottomane, appelait l'assistance de l'Occident pour être conduite sur les chemins fleuris de la démocratie parlementaire. Le colonialisme était révolu, les masses arabes évoluaient vers la maturité intellectuelle et sociale qui leur permettrait d'accéder au même niveau que les nations développées.

Il tombait de haut.

À ses yeux, l'agression imminente des États-Unis contre l'Irak était une copie magnifiée jusqu'au délire des pires entreprises de la politique de la canonnière. George W. Bush et ses concitoyens se proposaient-ils donc d'éliminer toutes les dictatures de la planète ? Pourquoi ne commençaient-ils pas par la Chine, tant qu'ils y étaient ? Le sinistre Pinochet n'avait-il pas été mis au pouvoir par la CIA ? Et croyaient-ils que leur soutien à des régimes totalitaires sans nombre était un secret ? Démocratie ! Démocratie ! On ne lisait que ce mot sur toutes les lèvres de ces messieurs de la Maison-Blanche.

Ce qui rappela à Thierry une scène qui s'était déroulée plus de quatre-vingts ans auparavant. En 1921, très précisément.

Les Anglais avaient envahi (déjà) le pays. À Bagdad, une femme, Gertrude Bell, envoyée par Churchill, s'apprêtait à dessiner la carte de l'Irak qui n'était encore que la Mésopotamie. Elle avait aussi plaidé auprès des chefs de tribus la cause de la... démocratie et elle était parvenue à rallier leur délégué, un certain Abdel Rahman, à cette noble idée, l'assurant du poste de Premier ministre.

Réunissant tous ses collègues, Abdel Rahman leur avait déclaré :

— Écoutez-moi. J'ai une nouvelle importante à vous annoncer. Je ne pensais pas le faire tout de suite, mais j'estime que l'heure est venue. J'ai rencontré, à leurs demandes, Mrs Bell et le haut-commissaire, sir Percy Cox. Nous avons parlé longuement et en toute franchise de l'avenir. Je dois admettre que les nouveaux projets qu'ils ont pour le pays ne m'ont pas déplu.

Un flottement s'était produit.

— Leurs projets ?

— Quels projets ?

Le délégué avait articulé en détachant solennellement les syllabes :

— *Da-ma-qrâ-tiy-ya.*

Les hommes s'étaient dévisagés, perplexes.

— Oui, avait répété Abdel Rahman : *damaqrâtiyya.*

Une voix, celle d'un Britannique qui observait la scène, avait suggéré timidement :

— Vous voulez dire : « démocratie » ?

— Parfaitement. C'est bien le terme, oui. Mrs Gertrude Bell et sir Percy Cox m'ont rassuré quant à l'avenir de notre pays. L'Irak sera *État constitutionnel démocratique.* (Il avait buté sur ces trois derniers termes.) Et j'en serai le Premier ministre.

Il avait pointé son doigt sur l'un des hommes présents, un chef bédouin de la tribu des Shammars :

— Dis-moi, mon frère ! Es-tu *damaqrâtî* ?

Le Shammari avait affiché un air offusqué.

— Par Allah, non ! Qu'est-ce que c'est ?

— *Damaqrâtiyya*, c'est l'égalité.

— L'égalité ?

Les hommes avaient échangé des coups d'œil décontenancés.

Leur délégué reprit :

— Mrs Bell m'a expliqué. En *damaqrâtiyya*, il n'y a pas de grands hommes et de petits, tous sont égaux et sur le même plan.

— Égaux ?

Le Shammari était devenu blême.

— Dieu m'en est témoin, dit-il, sentant probablement son autorité sur sa tribu lui échapper, si c'est cela, alors je ne serai jamais un *damaqrâtî*[1] !

Qui donc a dit que l'Histoire ne se répétait jamais ?

Le lendemain du jour où Bush avait signifié son ultimatum à Saddam Hussein, Thierry était dans un tel état que Samia l'avait interrogé, inquiète.

— J'espère que je ne suis pas la cause de ta nervosité ?

— Jamais, mon amour. C'est le monde occidental qui l'est.

— Un monde dont tu fais tout de même partie.

— Ai-je eu le choix ? Nous sommes à deux doigts d'une catastrophe dont personne ne mesure l'ampleur.

— Tu l'avais annoncé dès notre première rencontre, au Caire, dit-elle en souriant. Tu avais parlé de la fin du monde.

---

1. *The Letters of Gertrude Bell,* tomes 1 et 2, Londres : E. Benn, 1927. Cette discussion a été rapportée dans le tome 2, à la date du 21 août 1921.

— Oui, c'était à propos des attentats… Mais là, c'est bien plus grave. Les Arabes vont interpréter cette intervention comme un camouflet, le retour des anciennes puissances coloniales au Moyen-Orient. Et l'on a tendance à oublier que les Arabes sont aussi des musulmans.

La foule était de plus en plus dense.

Des banderoles dansaient au-dessus des têtes. On pouvait y lire : « Non à la guerre contre l'Irak », « Paix, justice et démocratie au Moyen-Orient et dans le monde », « La guerre est une busherie », ou encore « Assez de morts », « Le droit de veto, voilà ce qu'il nous faut ».

Thierry prit la main de Samia et la serra très fort, un peu comme un homme qui sent que le vent se lève et que rien ne l'apaisera.

45

Égypte, Le Caire, 15 février 2003

À des kilomètres de Paris et des manifestations, dans un salon de l'hôtel Sémiramis au Caire, un autre couple se prenait lui aussi la main : Gamil Sadek et Amal Madkour. Le matin même, à la mosquée El-Rifa'i, en présence de leurs familles et de leurs amis, et sous l'œil studieux du *Ma'zoun,* ils avaient signé le contrat qui, en théorie du moins, les engageait pour la vie.

Gamil s'était fendu d'un costume sur mesure ; Amal, dans une robe de soie rose, et parée de ses plus beaux bijoux, ressemblait à l'une de ces poupées en sucre fabriquées à l'occasion du *mouled el nabi,* jour de l'anniversaire de naissance du prophète. Dans son for intérieur, Gamil regrettait que cette robe cachât les magnifiques cuisses de son épouse. Il se consola en se disant que, d'ici quelques heures, dans la chambre d'hôtel qu'il avait réservée, il pourrait les contempler et même les caresser à loisir.

46

Palestine, Tel Roumeida, 20 février 2003

Assise sur un cageot, dans la remise de la ferme de son cousin, Majda écoutait les propos du jeune homme sans chercher à l'interrompre. Autour d'elle, une dizaine d'étudiants dont on devinait à peine les traits tant la fumée des cigarettes était dense.

Une fois que Salah se tut, un bref silence s'insinua, puis les questions fusèrent. Elles évoquaient la stratégie, la résistance, et le sens du mot martyr.

Majda attendit patiemment la fin des échanges avant de se décider à intervenir.

— J'ai bien compris ta vision, Salah, mais je ne suis pas convaincue qu'elle est la bonne. Je ne crois pas que la violence représente la seule issue. Regarde Gandhi, ou Mandela.

— Le combat que livrait Gandhi n'était pas comparable. Il avait derrière lui cinq cents millions de personnes ; nous ne sommes que trois millions. Et tu oublies que Mandela a pris les armes ! Après le massacre de Sharpeville, il a laissé tomber sa politique de non-violence et a entretenu la guérilla. C'est d'ailleurs pour ça qu'ils l'ont jeté en prison. Je suis désolé Majda, nous n'avons pas le choix : le monde entier se fout de notre cause. Nous sommes des Arabes. C'est-à-dire, une sous-race. Nous n'avons ni pétrole, ni uranium et les sionistes ont pour protecteurs aveugles la plus grande puissance nucléaire de la planète ! Dès qu'Israël s'enrhume, trois cents millions d'Américains sont alités.

Majda croisa les bras.

— Tu choisis donc le terrorisme…

Salah leva les bras au ciel.

— Comment crois-tu qu'Israël a été fondé sinon sur le terrorisme ? As-tu oublié qu'en 1946 Menahem Begin, à la tête de la Haganah, a dynamité l'hôtel King David ? Bilan : une centaine de morts et une cinquantaine de blessés. Et cet homme sera pourtant nommé Premier ministre d'Israël et recevra le prix Nobel de la paix ! En 1947, l'Irgoun a récidivé avec une voiture piégée garée devant la porte de Damas, provoquant la mort de vingt personnes ! Un an plus tard, le Lehi[1] a lancé un camion chargé d'explosifs devant l'hôtel de ville de Jaffa : quinze morts et quatre-vingts blessés ! À Jérusalem, en janvier 1948, des membres de l'Irgoun jetèrent une bombe à un arrêt de bus, tuant dix-sept personnes. Dois-je continuer ? Qui sont les terroristes ?

Il répéta :

— Les terroristes d'hier sont les gouvernants d'aujourd'hui.

Une fois la réunion achevée, Majda s'approcha de son cousin et, après l'avoir fixé longuement, lui demanda :

— Tu te souviens de Netanya. Mars 2002. J'espère de tout mon cœur que tu n'étais pas derrière cette monstruosité.

Salah se contenta de répéter :

— Les terroristes d'hier sont les gouvernants d'aujourd'hui.

Et il ajouta :

— À toi de choisir ton camp.

---

1. Groupe armé radical créé en septembre 1940, qui se fixait notamment pour but l'éviction par la force du Mandat britannique sur la Palestine afin de permettre la formation d'un État juif sur toute la Palestine et l'actuelle Jordanie.

47

France, Paris, 27 février 2003

Thierry relut pour la troisième fois le mail de son cher Arthur. Et avec toujours autant d'incrédulité.

Hello, Thierry,
Voilà quelques infos qui, j'en suis sûr, te réjouiront. Elles datent de plusieurs semaines, mais je n'en ai pris connaissance que cette nuit. Je m'empresse donc de t'en faire cadeau.

Il y a six semaines, Colin Powell a introduit les deux responsables des inspections onusiennes en Irak, Hans Blix et Mohamed El-Baradei, dans le bureau ovale. L'accueil fut glacial. Aux côtés de Bush et de Dick Cheney, il y avait Condoleeza Rice et Paul Wolfowitz. Ils ont littéralement bombardé les deux fonctionnaires de questions. La veille, Wolfowitz avait prévenu Bush : « Blix est le maillon faible, il se fera manipuler par Saddam. »

À un moment donné, le Président a fixé Hans Blix droit dans les yeux et lui a balancé : « Comprenez-moi bien, vous avez derrière vous toute la puissance des États-Unis, une puissance que je suis prêt à utiliser au besoin. La décision d'entrer en guerre sera ma décision ! Ne croyez pas une seconde que ce que vous direz entrera en ligne de compte ! »

Également présent au cours de cet entretien, le principal conseiller politique de Bush, Karl Rove. Il cachait à peine son mépris à l'égard du malheureux Blix. Blix est suédois, tare suprême aux yeux de Karl Rove, descendant d'immigrés norvégiens, convaincu depuis toujours de la duplicité de ses voisins. La Suède n'a-t-elle pas occupé la Norvège pendant un siècle, de 1814 à 1905 ? À quoi tient une guerre, mon ami !

Le lendemain, George Tenet, le patron de la CIA, et son adjoint John McLaughlin ont été reçus à leur tour par Dubya[1], Dick Cheney, Condi Rice et Andy Card, le chef de cabinet de la Maison-Blanche. Objet du briefing : les « preuves » selon lesquelles l'Irak détiendrait des armes de destruction massive. La démonstration faite par McLaughlin, qui bafouille, est un flop. Trop de « semble-t-il », trop de clichés illisibles et de schémas peu convaincants, trop de transcriptions de conversations sans queue ni tête entre officiers de la Garde républicaine irakienne. Bush n'a pas caché sa frustration. Il s'est écrié : « Le grand public n'y comprendra rien ; il n'y a pas là de quoi le convaincre ! » Puis, se tournant vers Tenet : « George, vous m'avez parlé d'informations précises ; c'est tout ce que nous avons, vraiment ? »

Le directeur de la CIA a bondi de son fauteuil et a jeté ses deux bras en l'air, imitant un basketteur en train de planter un panier : « Ne vous inquiétez pas, cette affaire-là, c'est un slam dunk, un vrai slam dunk[2] ! »

Voilà, my dear, les derniers news…

Enjoy !

Arthur.

Thierry sourit. Cette information, il ne manquerait pas de l'insérer dans le livre qu'il était en train d'écrire sur cette période.

---

1. Surnom attribué à George W. Bush inspiré de l'initial « W » qui, en anglais, se prononce « double you ». À cause de son accent texan, Bush prononçait cette lettre « dubya ». Très vite, ses camarades l'ont appelé ainsi, « Dubya », et le surnom ne l'a jamais quitté.

2. Le *slam dunk* est l'un des gestes les plus spectaculaires du basket-ball, lorsqu'un joueur, après avoir marqué un point facile, se suspend au rebord du panier. Tenet, précisons-le, est un fan acharné de ce sport.

48

Irak, Mossoul, mars 2003

L'Apocalypse est certes la destruction du temps, mais il n'empêche que jusqu'au dernier mot du Jugement dernier, il aura encore cours, et les créatures dont la sentence n'aura pas été prononcée consulteront, fût-ce machinalement, leur montre-bracelet.

Vers quinze heures, donc, le 19 mars 2003, un mercredi, la direction de l'Irak Petroleum donna congé à la quasi-totalité du personnel des bureaux. Ne resteraient au siège que les vigiles chargés de la protection des locaux.

Jabril Chattar ne comprit pas grand-chose aux consignes concernant le fonctionnement des puits, mais il n'en avait cure : il était impatient de retourner auprès des siens. L'état d'urgence avait été proclamé au Kurdistan et, convaincue, par on ne savait quelle rumeur, que la ville serait bombardée par les forces américaines, la population fuyait. Miséricordieusement, le téléphone marchait et Chattar appela la maison :

— J'arrive. Ne vous inquiétez pas.

C'était dit un peu vite : des embouteillages denses causés par les fuyards ralentissaient partout le trafic et le temps du trajet de retour fut triple de l'ordinaire. Arrivant devant sa maison, Chattar trouva son voisin, l'inénarrable Aziz Gharmaoui qui, à l'aide de madriers, faisait bloquer par le gardien la porte de l'immeuble.

— Qu'est-ce que tu fais ?

— Des brigands ont surgi de partout ! Ils essaiment la ville !

— Des brigands ?

— Oui, il n'y a pas que les brigands du ciel, il y a aussi ceux de la terre ! Je me protège. Tout ça, c'est à cause de tes complices ! Les Américains !

Jabril soupira. Décidément, cet homme se montrait désespérant et l'heure n'était pas à des considérations politiques, ni d'ailleurs à des discussions sur l'efficacité des madriers contre les « brigands ». Chattar franchit la porte et monta les escaliers quatre à quatre. Il trouva sa femme Salma assise, l'air éperdu.

— J'imagine que tu as entendu les nouvelles, commença Salma. Les Américains vont bombarder la ville.

Jabril garda le silence et alla s'asseoir entre sa fille, Mariam et son fils, Youssef.

Comme il ne disait toujours rien, Salma l'interrogea :

— Qu'allons-nous faire ?

— On ne bouge pas. Rien ne dit, pour le moment, que cette nouvelle est fondée. Et j'ignore où les gens qui s'en vont imaginent trouver refuge, à moins de passer en Turquie. Et une fois là-bas, de quoi vivront-ils ?

— Et nous ? Presque tous les commerces du quartier ont fermé, fit observer Mariam.

— Elle a raison, confirma Salma. Heureusement, j'ai eu le temps d'acheter du riz chez l'épicier. Il avait été dévalisé.

— Et ils ont fermé le lycée, surenchérit Youssef.

— Ne t'inquiète pas. C'est sûrement momentané, le rassura Chattar, sans conviction.

Si la soirée fut relativement calme, au milieu de la nuit, la radio secoua de nouveau les angoisses. Faisant fi de toutes les résolutions, sans mandat de l'ONU, les Américains avaient lancé l'opération « Iraqi Freedom ».

— Fermez les volets ! ordonna Chattar. Est-ce que nous avons des bougies ?

— Pour le moment, l'électricité marche, dit Youssef.

— Pour le moment…

X

49

Russie, quelque part en Tchétchénie, mars 2003

Ayman El-Zawahiri posa par terre son fusil-mitrailleur, un Steyr AUG de fabrication australienne, et partit d'un grand éclat de rire avant de demander au jeune garçon assis en face de lui :

— Dix millions de dollars ? Tu es sûr ?

— Absolument ! C'est la récompense offerte par les Américains à quiconque leur communiquera des informations à ton propos.

Une voix commenta :

— Dix millions, Ayman ? Le FBI propose plus du double en échange de la tête de notre maître, Oussama.

— C'est exact, admit Ayman. Je ne l'égalerai jamais. Je n'en ai nullement l'intention.

Le jeune garçon qui écoutait l'échange fut à deux doigts de faire observer que le véritable cerveau d'Al-Qaida était pourtant El-Zawahiri, mais il n'en fit rien. On n'était jamais trop prudent. Il n'empêche qu'il vénérait sincèrement l'Égyptien. Et admirait son parcours. Issu de la grande bourgeoisie du Caire, fils, neveu et cousin de médecins réputés, petit-neveu d'un grand imam de la vénérable université d'El-Azhar, chirurgien émérite, l'homme aurait pu faire le choix d'une carrière et d'une destinée à l'occidentale, et cependant il avait opté pour le combat contre les infidèles. Il est vrai que si, en

1979, en Afghanistan, sa route n'avait pas croisé celle d'un jeune Saoudien exalté mais riche nommé Oussama ben Laden, son destin eût été tout autre. Il est vrai aussi que les deux hommes se complétaient assez bien. Oussama était un idéaliste aux idées vagues, mais avec un compte en banque bien rempli ; Zawahiri, de six ans son aîné, était un propagandiste éprouvé qui avait su lui fournir un discours idéologique efficace.

La voix de l'Égyptien le tira de sa rêverie :

— Chaque humain en a fait l'expérience : c'est le malade qui invite la maladie. Dès qu'ils le devinent affaibli, les germes de toutes sortes accourent à l'offensive et même ses organes, jusqu'alors fidèles, entrent en rébellion. Son cœur bat la chamade ou, au contraire, parvient à peine à palpiter faiblement, son cerveau déraisonne, ses entrailles deviennent ingouvernables. Sauf miracle, il glisse alors vers la dissolution terminale. C'est le sort qui attend l'Occident et les sionistes : la dissolution terminale.

Le groupe de moudjahidines qui l'entourait applaudit, tandis qu'Ayman reprenait :

— Notre voix doit les empêcher de dormir ! Comment ? Grâce à une nouvelle arme, bien plus imparable et plus perverse que les armes classiques : les médias. Et savez-vous pourquoi cette arme est si efficace ?

— Poursuis, suggéra une voix.

— Parce que la moyenne d'âge dans le monde arabe ne cesse de baisser. La jeunesse y constitue plus de la moitié des populations et les jeunes ne veulent plus d'une société qui s'est constituée du temps de leurs pères et grands-pères. Ils sont incomparablement mieux informés que les générations précédentes, grâce au téléphone portable, et à l'Internet. En Occident, la faille n'est pas dans la jeunesse uniquement, mais dans sa déliquescence. La jeunesse occidentale est à la recherche d'un idéal et on lui offre des hamburgers et du chômage et de la drogue ! Et c'est sur ce terrain fertile que nous sèmerons. L'Amérique est aux mains des juifs : ses organes de presse, ses élections, son économie, et sa vie politique. Elle se sert d'Israël pour nous attaquer, nous massacrer, nous humilier. Si nous voulons vraiment agir comme la nation de martyrs que nous prétendons être, tout ce qu'il nous faut, c'est le courage, le cœur, une volonté de tueurs, et la foi en ce que nous déclarons être l'amour de la mort pour Allah. C'est la clé de notre triomphe et le début de leur défaite. Si vous souhaitez vivre en peuple libre, mourir dans l'honneur et être envoyés en martyrs, votre voie est toute tracée ! Nous devons désormais travailler à porter la guerre au cœur des maisons et des villes de l'Occident, et en particulier de l'Amérique !

50

Irak, Bagdad, 20 mars 2003

À cinq heures trente du matin, deux bombardiers furtifs américains F-117A Nighthawk, partis du Koweït, larguaient une série de bombes de type GPU-27 sur le complexe présidentiel de Dora Farm où, selon la CIA, Saddam Hussein et ses deux fils s'étaient réfugiés. Chaque structure du complexe fut détruite, à l'exception d'un bâtiment, le palais principal, caché derrière un mur surmonté de barbelés électrifiés. Les chasseurs furtifs avaient été utilisés sur la présomption qu'il existait des tunnels dans lesquels Saddam aurait pu se cacher. On apprendra plus tard qu'il n'existait ni tunnels ni bunkers à Dora Farm.

Dans les minutes qui suivirent l'attaque, George Tenet, le directeur de la CIA, appela la Maison-Blanche et déclara : « Dites au Président que nous avons eu le fils de pute ! » et tandis qu'il raccrochait, une pluie de missiles de croisière Tomahawk s'abattait sur les bâtiments politiques et militaires de Bagdad, les édifices du parti Baas, les casernes des forces armées, d'ailleurs évacuées, et les systèmes fixes de communication. Les populations civiles vivant à proximité ne semblaient pas avoir été le souci majeur des agresseurs. Des quartiers entiers furent réduits en miettes, et la fumée des incendies s'ajouta aux masses de poussière projetées autour des cibles.

C'était en quelque sorte un 11 septembre irakien.

Ce qui restait des services de secours entra en action dans la confusion et le désarroi. En milieu d'après-midi, une rumeur courut parmi les sauveteurs : Saddam Hussein et ses deux fils étaient présents à Dora Farm ! Ils avaient été tués ! La nouvelle se répandit comme une traînée de poudre et la panique s'empara de la ville. Qu'allait-il advenir ensuite ? Verrait-on des soldats américains débouler à l'angle de la rue ? Ce n'était pas impossible...

La magnifique villa où vivait Chérif Abdel Azim, l'amoureux éploré de Souheil, fut l'une des premières qu'atteignit la rumeur de la mort présumée de Saddam ; et pour cause : elle se trouvait dans le quartier chiite de Kadhamiya, c'est-à-dire dans une boucle du Tigre à moins de deux kilomètres au nord de Dora Farm. Au moment du bombardement, toutes les fenêtres avaient volé en éclats, et Chérif, arraché au sommeil, s'était retrouvé au pied du lit, épouvanté. Qu'était-il arrivé ? En sortant de sa chambre, il était tombé nez à nez avec ses parents, ses frères et sœurs, hébétés.

La destruction de la citadelle dans laquelle se trouvaient les arsenaux et les casernes de l'armée fut bien plus effrayante encore que les bombes sur Dora Farm : le bâtiment se situait presque en face de la villa, de l'autre côté du fleuve. Une heure de stupeur épouvantée s'ensuivit, puis le silence. Des voisins atterrés, et voulant se donner l'air d'être informés, vinrent certifier que Saddam était bien mort à Dora.

— Qu'on fasse du café.

Ce fut le seul commentaire de Zyad, le père.

Les chiites haïssaient le dictateur, mais l'événement dépassait en gravité la seule disparition de sa personne.

Chérif alla s'habiller, estimant sans doute qu'il faut être vêtu quand le destin frappe à la porte. Il enfila ses vêtements avec une lenteur quasi solennelle, se demandant ce qui adviendrait tout à l'heure ou plus tard et s'il enfilerait jamais plus ses chaussettes assis sur son lit. Habillé donc pour la fin du monde, il retourna au salon et trouva son frère cadet, Kamel, et leur père, sirotant un café, l'air consterné. Y avait-il des nouvelles à la radio ? Et, d'ailleurs, y avait-il encore une radio ? Oui : une voix aussi sépulcrale et hargneuse que celle d'un prophète défié par un dieu ennemi annonça que le chef de l'État avait donné l'ordre de lancer des missiles sur les bases américaines au Koweït. Il n'était donc pas mort ?

Un mélange d'angoisse et de confusion se répandait dans l'esprit de Chérif, charriant des fragments d'idées qu'il ne parvenait pas à mener à terme. Qu'était devenue Souheil ? Lors de leur dernière conversation, elle avait fini par lui communiquer son adresse, pour aussitôt le supplier de ne rien tenter. Comment aurait-il pu, sans risquer sa vie et celle de Souheil, essayer de l'enlever ?

Une idée encore tremblotante, informe, germa en lui. Allait-il demeurer dans les limbes familiaux jusqu'à ce que le destin prît des décisions à sa place ? Non, il ne pouvait plus se réfugier dans le calme amollissant de sa famille. Il alla récupérer toutes ses économies – trois cent cinquante dollars changés au marché noir –, et dévala les escaliers.

Sitôt dans la rue, il se demanda ce qu'il faisait là. Il marcha vers l'avenue voisine. À part quelques voitures qui semblaient filer vers l'ouest, personne. Brusquement, au détour d'un bâtiment, il fut hélé par une douzaine d'hommes ; certains de son âge ; d'autres plus mûrs. Il en connaissait quelques-uns : tous des chiites, voisins ou amis de sa famille et farouches opposants au régime. Il ne s'était jamais beaucoup intéressé à leurs discours, les jugeant creux et vagues. Ils semblaient menés par un personnage qui lui était familier ; il avait été son professeur à la fac de droit, un dénommé Osman. La quarantaine, il avait les cheveux coupés ras et des lunettes qui lui prêtaient un air d'intellectuel sourcilleux.

L'un des hommes courut vers Chérif.

— Tu tombes bien.

— Pourquoi ?

— Pourquoi ? Mais parce que c'est l'heure d'agir ! Es-tu avec nous ou avec le régime ?

Chérif fit une moue dédaigneuse.

— Quelle question !

Il demanda dans la foulée :

— Il paraît que Saddam a été tué ?

— Aucune certitude. Tant qu'on n'aura pas vu son cadavre...

C'est à ce moment que le dénommé Osman intervint :

— Es-tu prêt à te joindre à nous ?

— Pour ?

— D'abord, chercher des armes. Ensuite nous aviserons. Si, comme tout porte à le croire, le pouvoir s'écroule, alors une énorme brèche s'ouvrira. À nous de nous y engouffrer et de régler leur sort à ces chiens de sunnites. Mais le temps presse. Nous devons tous être armés avant ce soir.

Pris de court, Chérif ne chercha pas à savoir pourquoi « avant ce soir », mais l'objectif fit naître une idée dans sa tête. Un fusil ! Oui, un fusil, c'était ce qu'il lui fallait. Le schéma jusqu'alors noyé dans le flou se dessina clairement : avec un fusil, il pourrait libérer Souheil. Il lança d'une voix ferme :

— Où allons-nous ?

— Madinat El-Saddam. On devrait pouvoir trouver ce qu'il nous faut.

Madinat El-Saddam, au nord-est, était aussi désigné, sous l'influence des médias anglo-saxons, comme Saddam City. Il était situé dans le district de Thawra. Thawra, c'est-à-dire « révolution ». Un nom prédestiné, songea Chérif.

*

Aux alentours de midi, le petit groupe d'insurgés spontanés tomba sur une Jeep de l'armée garée au beau milieu de la rue, la clef sur le contact. Une tache de sang noircissait le sol. On pouvait en déduire que le conducteur blessé avait abandonné son véhicule pour aller se faire soigner. Déduction d'autant plus plausible qu'ils étaient proches de l'hôpital Salah El-Dine. L'un des jeunes gens s'installa au volant, Osman occupa le siège passager et Chérif ainsi qu'un autre homme se glissèrent à l'arrière.

— Vous autres, dit Osman au restant du groupe, rejoignez-nous au souk d'El-Safafir et ralliez tous les frères que vous trouverez en route.

— Pourquoi le bazar ? s'étonna Chérif. Tu as mentionné Saddam City.

— Parce que je viens de me souvenir. Je connais quelqu'un là-bas qui pourra nous procurer des armes.

Programme décidément flou. L'évidence s'imposait : ces gens improvisaient.

Ils atteignirent le bazar sans trop d'encombres. La Jeep fut garée dans le renfoncement d'une ruelle déserte. Osman se dirigea vers une boutique, fermée comme toutes les autres, ce qui ne parut pas le perturber. Et frappa à la porte en criant :

— Abdel Latif ! C'est Osman !

Il dut s'y reprendre à deux fois avant que le battant ne s'entrouvre et ne laisse apparaître un petit homme, barbu, crâne chauve, d'une soixantaine d'années.

— Osman ? *Bism Allah Al-Rahman Al-Rahim*[1] ! Serais-tu devenu fou ? Tu as envie de te prendre une bombe américaine sur la tête ?

Pour toute réponse, Osman repoussa l'autre en arrière et tous deux disparurent dans la boutique. Chérif et son compagnon en furent réduits à faire les cent pas. Lorsque leurs camarades les rejoignirent, la porte de la boutique était toujours close.

Finalement, elle s'entrouvrit.

Osman invita la dizaine d'hommes à entrer.

— Mon ami dispose de deux AK 47 et deux Beretta 92F, mais refuse de nous les donner tout chiite qu'il est. J'ai fait de mon mieux pour le convaincre, tout ce que j'ai pu obtenir c'est qu'il nous accorde un prix : 500 000 « print dinars » pour les AK et 300 000 pour les Beretta. Et, bien évidemment, il n'accepte que des dollars. Qui en a ?

Après la guerre du Golfe, deux monnaies différentes avaient cours en Irak. Dans la zone autonome kurde, le « dinar suisse », d'une valeur de 0,33 dollar américain pour 1 dinar, était utilisé. Dans le reste de l'Irak, le « print dinar » avec portrait de Saddam Hussein était de rigueur, sa valeur oscillant entre 2 500 à 4 000 dinars pour 1 dollar américain.

---

1. Au nom de Dieu clément et miséricordieux !

— J'ai de quoi payer un Beretta, annonça Chérif en sortant les billets de sa poche.

— C'est bien, commenta Osman. J'ai moi-même de quoi acheter les deux AK.

Il interpella les autres.

— Quelqu'un a-t-il de quoi payer ?

Un seul homme répondit :

— Moi, j'ai soixante-dix dollars.

— Alors tu auras droit au second Beretta. Je t'offre la somme qui manque.

Le vendeur les invita à le suivre. Dans un recoin de la boutique, il souleva une trappe et en retira les armes. Farfouillant encore, il récupéra trois boîtes de munitions.

— Tenez, dit-il, avec un sourire. Cadeaux.

Chérif contemplait le Beretta qu'on venait de déposer dans sa main comme s'il s'agissait d'un objet extraterrestre.

Osman dut s'en rendre compte.

— Donne. Je vais te montrer.

En quelques secondes, il lui expliqua le fonctionnement de l'arme, la manière de la charger et conclut par :

— Bang ! Tu n'auras plus qu'à tirer.

Puis, Osman enchaîna :

— Maintenant, il nous faut trouver d'autres fusils.

— Où ? questionna quelqu'un. Les postes de police sont certainement gardés.

— Pas tous. Certains sont vulnérables. Nous rallierons d'autres frères.

Décidément, songea Chérif, c'était ce qu'il avait conclu : des amateurs en pleine improvisation. L'idée de se battre aux côtés de gens dont il ne savait quasiment rien alors qu'il n'avait jamais suivi le moindre entraînement militaire ébranla d'un coup ses velléités révolutionnaires. Et surtout, il y avait Souheil. On aurait bien le temps de s'occuper de Saddam plus tard.

Son téléphone sonna dans sa poche ; c'était Zyad. Apparemment quelques émetteurs fonctionnaient encore.

— Mais où es-tu passé ?

— Nulle part. J'avais envie de marcher.

— Marcher ? Alors que le ciel va nous tomber dessus ?
Rentre tout de suite !

— Oui, père, ne t'inquiète pas, j'arrive. Mais laisse-moi le
temps. Il n'y a plus de transports en commun.

*

Il raccrocha au moment où des policiers faisaient irruption
dans le souk. Ça tournait mal.

— Vite ! s'écria Osman, filons !

Ce fut la débandade. En une seconde, les révolutionnaires
s'étaient métamorphosés en rats.

Chérif hésita. Filer ? Dans quelle direction ?

Une voix chuchota dans son dos.

— Ici !

Le petit vendeur de tout à l'heure lui faisait signe d'entrer
dans la boutique. L'homme l'entraîna à travers un dédale de
tapis et de figurines mésopotamiennes *made in China*. Arrivé
au fond du magasin, il s'arrêta. Un rideau bariolé masquait
une porte grillagée qui ouvrait sur une cour. Le commerçant
saisit une clef, l'introduisit dans la serrure et ordonna à
Chérif :

— Allez, file ! Et rappelle-toi : c'est Allah qui t'a vendu
cette arme ! Je ne t'ai jamais vu !

Il ne se le fit pas redire.

Une fois à l'extérieur, il glissa le revolver sous sa veste, et
marcha droit devant en priant le Très-Haut, lui qui ne priait
plus depuis longtemps.

*

Libérer Souheil. Oui. Elle avait mentionné le 10, rue Salah
El-Din, dans le quartier de Yarmouk. Avec cette arme, oui,
tout devenait possible.

Là-bas, à l'est, montait une vaste clameur et des fumées
noires se déployaient dans le ciel. Il marcha vers Yarmouk.

Au bout d'une heure, il était encore loin de sa destination
tant il avait été contraint de multiplier les détours pour

203

éviter les barrages dressés par les militaires. Il se sentait vidé, mesurant tout à coup sa fragilité et la témérité de son projet. Bientôt, le ciel vira à l'orange. Était-ce l'effet des incendies ou bien déjà le crépuscule ? Chérif regarda sa montre : 18 h 05.

Au coin de la rue Mouataz, se dressait le minaret d'une mosquée. Sunnite. En passant devant, il ne put se retenir de cracher par terre. Après Saddam, viendrait le tour de ses hérétiques ! Ce qui le fit méditer sur la situation qu'il était en train de vivre et qui eût été impensable peu de jours auparavant. La police d'un tyran lui avait enlevé l'amour de sa vie et voilà qu'un pays étranger décidait de liquider ce même tyran.

Le crépuscule se posait sur la ville. On entendait des bruits sourds monter de partout et, maintenant, des éclairs zébraient le ciel. À travers la fenêtre d'un immeuble, une voix métallique clama : « Aucune force au monde ne nous vaincra ! » Chérif reconnut sans peine les intonations du ministre irakien de la Défense, Sultan Hachem Ahmad, qui dénonçait « les mensonges de l'ennemi » et rendait hommage à « la résistance des forces irakiennes ».

Quelles forces ? songea le jeune homme. Où sont-elles ?

Soudain, le faisceau d'un phare l'aveugla brièvement : un motard arrivait droit vers lui. L'idée germa instantanément. Lorsque la moto fut à quelques mètres de lui, il se planta en travers de la chaussée et tira un coup de feu en l'air.

Affolé, l'homme pila net.

Chérif marcha dans sa direction en le menaçant de son Beretta.

— Descends ! ordonna-t-il.

Le motard, un sexagénaire, obtempéra sur-le-champ.

— Pitié ! plaida-t-il en levant les mains. Pitié !

Chérif fit encore un pas vers lui et l'individu dut croire sa dernière heure venue.

— Casse-toi !

Il n'en fallut pas plus pour qu'il prît ses jambes à son cou.

Aussitôt, Chérif enfourcha l'engin – une Kawasaki, une bonne marque, disait-on – et démarra.

Cette fois, une dizaine de minutes lui suffirent pour parvenir à l'adresse donnée par Souheil.

*

Il rangea l'engin sous un sycomore. Les parages étaient déserts. Il considéra l'immeuble : une villa de trois étages, trois fenêtres éclairées au premier et une seule au dernier. La porte cochère fermée et bloquée. Ne se voyant pas arriver comme un visiteur et demander poliment à voir Souheil, il fit le tour de la bâtisse : un escalier en bois menait à une terrasse au premier étage. Une porte-fenêtre entrouverte lui permit d'entrer. Une première chambre, obscure, lui servit d'observatoire. De là, il perçut le son d'une télévision, avança et entrevit des gens assis qui sur des poufs, qui sur des sièges, et tous comme envoûtés par les images diffusées par le poste. Non sans raison : Saddam en personne s'exprimait et appelait la population à repousser les infidèles. Nabuchodonosor n'était donc pas mort !

Chérif rassembla ses esprits. Trois femmes et deux hommes, l'un bedonnant, en pantoufles, affalé dans un fauteuil, l'autre plus jeune et plus svelte, croquant des pépins de courge : celui-là serait le plus dangereux. Son cœur fit un bond dans sa poitrine : Souheil. Qui, curieusement, portait la même robe noire que les autres femmes. Un *hijab* ! *Souheil en hijab ?* Elle qu'il avait connue si coquette ? Voilà qu'elle faisait penser à un fantôme !

Il se décida.

Un seul pas suffit à le porter dans la pièce. Tous les regards se tournèrent vers lui et la vue de l'arme changea la stupeur en terreur.

— Que personne ne bouge !

Une femme hurla.

— Silence ! ordonna-t-il en braquant le canon vers elle.

Elle s'étrangla, les yeux exorbités.

— Qui es-tu ? demanda l'obèse, d'une voix qui ne lui était sans doute pas habituelle, car tellement aiguë qu'elle semblait contrefaite.

— Qui je suis n'a aucune importance.

Les regards de Souheil lui brûlaient la peau, mais il évitait de l'observer.

Il enchaîna :

— Viens, Souheil !

Comme elle obtempérait, le croqueur de pépins crut opportun de bondir vers Chérif. Une balle en pleine poitrine l'arrêta dans son élan. Il tomba en arrière.

— Quelqu'un veut le suivre en enfer ? grinça Chérif, étonné de se découvrir tout à coup si téméraire.

L'une des femmes en larmes se jeta sur la dépouille du croqueur de pépins.

Le couple n'était déjà plus là. Quand ils atteignirent le rez-de-chaussée, Chérif saisit Souheil par le bras, l'entraîna vers la moto et ordonna :

— Monte et cramponne-toi à moi.

Elle s'empêtra dans son *hijab*, faillit tomber. Un pan du tissu se déchira. N'importe, elle était en selle, enserrant la poitrine de Chérif.

*

Au même moment, l'administration Bush attribuait au groupe américain de bâtiment et travaux publics Bechtel, un contrat qui pourrait atteindre six cent quatre-vingts millions de dollars, dans le cadre de la reconstruction de l'Irak.

XI

51

Gaza, avril 2003

Les radios israéliennes et égyptiennes captées à Gaza rendaient compte des événements au fur et à mesure des informations que les correspondants sur place et les autorités américaines voulaient bien laisser filtrer quant au déroulement de l'offensive. C'en était toutefois assez pour enlever à quiconque l'envie de dormir. Certains applaudirent lorsqu'on annonça les premières victimes américaines à la suite du crash d'un Pave Low IV MH-53 M des forces spéciales de l'USAF durant son atterrissage. Les commentateurs s'empressèrent de préciser que le crash n'était probablement pas dû à une action militaire irakienne.

À l'heure du dîner, vers vingt heures, les mêmes médias indiquèrent que les forces alliées avaient franchi la frontière entre le Koweït et l'Irak, qu'elles progressaient dans le pays et qu'un raid américain sur la ville d'El-Hillah, à quatre-vingts kilomètres au sud de Bagdad, avait coûté la vie à trente-trois civils dont des femmes et des enfants. En outre le Parlement turc avait voté l'ouverture de l'espace aérien à l'aviation américaine.

— Si les musulmans se mettent maintenant au service des infidèles ! grommela Ghaleb El-Husseini en saisissant un pilon de poulet.

— Ce n'est pas une question de religion, observa Djamel, son fils aîné, un grand gaillard de vingt-sept ans, tout en muscle, à la peau tannée par le vent de la mer et les journées de pêche.

Il précisa :

— La Turquie et les Occidentaux, c'est kif-kif. En plus, Sezer, le président turc, est un laïc. En revanche, pour ce qui est des Américains, c'est autre chose. Sais-tu que j'ai lu quelque part qu'il existait aux USA des chrétiens sionistes !

Asleya, la mère, qui revenait de la cuisine faillit laisser tomber le plateau de *samboussek*, des feuilletés au fromage, qu'elle tenait entre les mains.

— Des chrétiens sionistes ? Ma parole, tu dis n'importe quoi ! Il n'y a que des juifs qui sont sionistes !

— Je t'assure que c'est vrai, maman. Ce sont des fous furieux qui soutiennent aveuglément la revendication de la droite juive : un État unique avec Jérusalem comme capitale.

Asleya se glissa près de Tarek, le fils cadet de vingt-trois ans.

— Je m'y perds. Est-ce que les chrétiens n'accusent pas les juifs d'avoir tué *Issa*[1] ? Et là, tu me dis qu'ils sont amis ? Pourquoi ?

— Parce que, selon les sionistes chrétiens, Jésus ne pourra revenir que le jour où les juifs du monde entier seront installés en Israël.

Ghaleb posa son pilon de poulet dans l'assiette et s'essuya la moustache.

— Mon fils, tu vois bien que j'ai raison lorsque je te dis que tout ça va devenir une histoire de religion. Quand un pays arabe est en conflit avec un pays étranger, la religion entre inévitablement en jeu. Mais seuls les Arabes voient les choses ainsi. Les Occidentaux, eux, ne peuvent pas comprendre et quand ils l'auront compris, ce sera trop tard.

— Et nous, alors ? Que va-t-on devenir ? grommela Tarek.

— Nous, soupira son père, nous sommes voués à l'impuissance, cernés de toutes parts et prisonniers des Israéliens. Regarde où nous vivons ? Une mer sur laquelle ton frère n'a pas le droit de pêcher à plus de six miles de la côte. À l'est, les Égyptiens qui nous tolèrent à peine ; à l'ouest, Israël qui

---

1. Jésus.

nous interdit toute sortie. Les juifs appellent ça un ghetto, non ?

Le cadet saisit un *samboussek* sur le plateau.

— Non, nous ne sommes pas impuissants, observa-t-il. Chacun de nous peut causer la mort de cent d'entre eux.

Son frère ricana.

— Ah bon ? Avec quoi ? Des bâtons ? Mes filets de pêche ?

Il y eut un silence, puis :

— Avec l'aide du Prophète, la bénédiction sur lui.

Et Tarek cita sur un ton solennel : « Allah a maudit les infidèles et leur a préparé une fournaise ! »

Ghaleb El-Husseini dévisagea son fils cadet avec stupeur. C'était bien la première fois qu'il l'entendait prononcer un verset du Livre. Il est vrai que, depuis quelque temps, il s'était mis à fréquenter anormalement la mosquée Omari où prêchait un certain Salah El-Moursi. Un imam pour le moins suspect. Il était temps de rappeler à Tarek qu'il ne fallait pas confondre le Coran avec le Merkava 4, le fleuron des blindés israéliens.

52

France, Paris, avril 2003

Installé chez Lipp, Thierry Sarment ne se lassait pas d'admirer le cadeau, un porte-clefs en argent que son épouse venait de lui offrir. Assis sur la banquette, face à lui, Philippe Germain leva aussitôt sa coupe de champagne, imité par sa compagne, Margaret, une petite rousse d'une quarantaine d'années.

— Joyeux anniversaire, l'ami !

Quelques clients du restaurant leur firent écho.

Samia, elle, déposa un baiser sur la joue de Thierry et chuchota en arabe :

— *Obal mit sana !*

— Ce qui veut dire ? questionna Margaret.

— Qu'il vive cent ans !

Après une série de toasts et de vœux de bonheur, la conversation dériva presque d'elle-même sur les événements d'Irak.

— Vous devriez être fier d'être français, Thierry, observa Margaret, et toi aussi mon amour. Vous avez donné le bon exemple en refusant de vous joindre à cette guerre. Alors que notre Tony Blair s'est comporté comme un imbécile. Pas étonnant qu'on le surnomme le caniche de Bush.

Née à Édimbourg, l'Angleterre n'avait jamais été la tasse thé de Margaret ; sauf que là, son opinion était partagée par de nombreux Britanniques.

Thierry fit la moue.

— Je voudrais être convaincu que nous n'y sommes pas allés pour les bonnes raisons.

Comme personne ne semblait comprendre, il expliqua :

— Nous n'avions rien à y gagner. Les Américains et les Anglais, eux, espèrent mettre la main sur le pétrole du pays. Ce matin, les Britishs ont pris le contrôle des stations de pompage de la péninsule de Fao, dans le Sud. Bush et ses amis texans n'ont pas oublié que l'Irak est un gros producteur de pétrole.

— Il n'empêche, l'attitude de Chirac est admirable.

La Galloise enchaîna par une question :

— Philippe m'a dit que vous étiez en train d'écrire un ouvrage sur l'histoire du Moyen-Orient ?

— Oh ! Pas toute l'Histoire. Elle nécessiterait plusieurs volumes. Je me suis limité à une période précise. Celle qui va de 1916 à nos jours.

— 1916, ricana Philippe. Les accords Sykes-Picot ou la connerie politique érigée en art. Mais qui se souvient que ces deux diplomates, faisant fi de toute logique, dessinèrent une carte du Moyen-Orient, formant des États à leur convenance, prenant un morceau de l'un pour le donner à l'autre et se partageant le tout, comme des voleurs ? Personne !

Samia intervint.

— Si nous cessions de parler politique ? C'est déprimant. Écoutez-moi plutôt...

Levant à nouveau sa coupe champagne, elle reprit :

— Je propose que nous portions un toast, mais cette fois pour célébrer un autre événement.

Et elle annonça avec fierté :

— Je suis enceinte !

Thierry renversa sa coupe.

— Quoi ?

— Oui, *habibi*, j'en ai eu la confirmation ce matin.

Margaret et Philippe la congratulèrent, Thierry, envahi par l'émotion ne put que serrer son épouse contre lui en murmurant :

— Je t'aime.

Oui, elle était enceinte.

Dans quelques mois, elle donnerait naissance à un petit garçon ou une petite fille. Étrange destin d'un enfant qui n'aurait connaissance du passé de sa mère que par ouï-dire. Il n'éprouverait jamais la félicité de ces vacances où l'on dormait la nuit dans des paillotes, à Ras El-Bar, ni les repas de famille le dimanche, autour de la *molokheya*, ni la saveur des pigeons grillés dégustés au bord du Nil, ni ces étés infinis, ni la douceur des églises d'Égypte à Pâques, dans les vapeurs de l'encens et le sentiment de délivrance ineffable à l'idée que le Christ était ressuscité… Samia serait la génitrice d'un Occidental. Quand il se rendrait en Égypte, ce serait en touriste. D'ailleurs, elle-même, depuis qu'elle vivait à Paris, s'était ancrée dans un personnage, donc dans un rôle. Elle le savait, pour la famille et les amis de Sarment, elle était « l'Égyptienne », une Française seulement sur le papier. Il suffisait qu'elle demande chez le boucher des paupiettes de veau ou bien une « livre de bœuf dans la longe », selon les instructions de Thierry, pour qu'aussitôt le regard se lève sur cette cliente-là ; les grands yeux et le teint bistre clamaient alors qu'elle n'avait pas de racines en Dordogne ni en Picardie.

Elle se contraignait tous les jours à deux heures de lecture de français, notamment de la presse, s'efforçant de gommer les « r » qui bordaient son accent, mais en vain. Et *Eugénie Grandet* ou *La Fin de Chéri*, continuaient de n'éveiller en elle aucun écho. Heureusement, elle se replongeait régulièrement dans la mémoire du Nil à travers des échanges téléphoniques avec sa famille, qui lui faisaient l'effet du signal émis par une sonde spatiale à des millions de kilomètres du soleil.

53

Irak, Bagdad, 8 avril 2003

— Où allons-nous ?

Ni Chérif ni Souheil, à demi morte de peur sur cet engin qui fonçait dans Bagdad, n'avaient l'expérience ou les dispositions requises pour juger de l'éternité de la question.

— Chez moi.

Ils franchirent un pont qu'elle ne connaissait pas et croisèrent un véhicule chargé de militaires. Vingt minutes plus tard, la moto ralentit devant une porte cochère, en plein quartier de Kadhamiya. Chérif cria :

— Razzak ! Ouvre !

Une fenêtre s'entrebâilla au rez-de-chaussée et, quelques instants plus tard, le dénommé Razzak, un vieux portier qui tenait péniblement sur ses jambes, ouvrit un vantail. La Kawasaki gronda et s'engouffra sous une voûte. Le vacarme de l'engin y devint assourdissant.

— Referme la porte !

— Oui, mon prince…

Chérif traversa une cour intérieure, arrêta le moteur, cala l'engin. Il aida Souheil titubante, à mettre pied à terre et, sous les yeux écarquillés de Razzak, l'emmena à l'intérieur.

Dans le salon, il trouva son père et sa mère plongés en pleine discussion. À peine eut-il franchi le seuil que cette dernière quitta le canapé et se précipita dans ses bras.

— Chérif, *ya albi*, mon cœur ! Nous étions morts d'inquiétude !

— Au nom du ciel, où étais-tu ? gronda le père.

En guise de réponse, Chérif désigna Souheil.

— Je vous présente Souheil El-Safi, ma future épouse.

Attiré par les cris, Kamel, le frère cadet de Chérif, fit irruption.

— Tu as bien dit El-Safi ? se récria-t-il.

Souheil hocha la tête.

Le père de Chérif scruta la jeune femme.

— Tu es sunnite ?

Elle confirma.

— Mais d'où sort-elle ? cria presque la mère.

Comme à point nommé, l'obscurité se fit. Un coup d'œil par la fenêtre informa l'assemblée que le quartier entier était plongé dans le noir. On alla chercher deux lampes à pétrole, qu'on mit un temps excessif à allumer, le temps de vérifier si les réservoirs contenaient du carburant et de tâter les mèches. Une des lampes fut posée sur une sorte de guéridon. Quand sa clarté rendit leur réalité aux personnes présentes, Chérif était assis aux côtés de Souheil.

— D'où sort-elle ? répéta la mère.

Aussi succinctement que possible, Chérif leur fit le récit que Souheil lui avait confié. Lorsqu'il se tut, Zyad se leva, marcha vers son fils, l'air horrifié.

— Tu as enlevé une femme mariée ?

Le ton présageait des pires conséquences. La mère retourna s'effondrer dans un fauteuil, renversa la tête en arrière et invoqua deux parmi les quatre-vingt-dix-neuf surnoms du Tout-Puissant[1] :

— *Ya-fattâh, ya-'alîm*[2] !

— Mariée de force, rectifia Chérif. Et je l'aime et elle m'aime.

— Une femme mariée ? fit Kamel, aussi abasourdi que ses parents.

---

1. Selon un hadith : « Dieu a quatre-vingt-dix-neuf noms, cent moins un. Quiconque les énumère entrera au paradis. »

2. Le Victorieux, celui qui ouvre (les secrets du monde). L'Omniscient.

Souheil tendit alors la main :

— Sachez que je suis vierge.

Ils se figèrent tous. Chérif confirma :

— Oui. Elle l'est !

— Mariée et toujours vierge ? demanda Zyad, tendant le cou, incrédule.

Souheil parcourut l'assemblée avec détermination :

— Vous pourrez le vérifier.

Et précisa :

— Mon mari était infirme.

— *Ya razzak, ya karim*[1], murmura la mère, deux autres attributs de Dieu.

Chérif ne quittait plus Souheil du regard. Il lui prit la main.

— Nous ne pouvons pas passer la nuit dans ce débat, dit le père. Nous le reprendrons demain.

— J'imagine que vous n'avez rien mangé, intervint la mère, en se relevant. Je peux vous servir quelque chose.

Elle alla vers la cuisine, accompagnée par les deux sœurs de Chérif.

— Il y a des incendies à l'est, dit son frère en observant la fenêtre.

En effet, des lueurs rouges palpitaient dans le ciel.

Le lendemain, 9 avril, des communiqués officiels assurèrent que les forces américaines contrôlaient la plus grande partie de Bagdad. Preuve éclatante, s'il en était besoin, la monumentale statue de Saddam Hussein, place El-Ferdaous, au centre de la ville, avait été abattue par une foule en délire. Les images figurèrent dans tous les journaux télévisés de la planète et firent la une de tous les journaux dignes de ce nom. Ô jour mémorable, la statue de la Liberté avait renversé celle de la Tyrannie !

---

1. Le Pourvoyeur, le Généreux.

54

Palestine, Hébron, avril 2003

À Hébron, sans doute par privilège spécial, Majda eut droit à une version personnelle de l'offensive « Choc et stupeur », le nom choisi par les Américains pour envahir l'Irak. Offensive sans doute universelle contre les individus qui ne se comportent pas conformément aux intérêts des puissants. Vers six heures trente du matin, elle fut réveillée par le fracas d'une vitre brisée dans la pièce voisine. Elle se précipita : un gros caillou était enveloppé dans un papier journal sur lequel on avait gribouillé en hébreu « Pig ». Une pluie d'autres cailloux crépita contre les volets fermés de sa chambre. Les assaillants se trouvaient à l'évidence au pied de la maison. Elle jeta un coup d'œil par la fenêtre de la cuisine, et aperçut une dizaine de personnes, cinq adultes, et autant d'adolescents, qui tenaient des cailloux à la main. Deux des adolescents s'aventurèrent à aller marteler la porte de la maison à coups de poing, hurlant à pleins poumons : « Pig ! »

La cause de cette crise d'agressivité n'était pas étonnante : depuis quelques jours, la rumeur courait qu'elle fréquentait des « terroristes » à Tel Roumeida, que son cousin en faisait partie et qu'elle aurait affirmé à l'épicier du coin que « des centaines de Palestiniens mouraient chaque année simplement parce qu'ils résistaient à l'appropriation de leur terre ancestrale, que la vie d'un musulman ne valait pas moins que celle d'un juif ». Une déclaration perçue comme l'outrage suprême.

Son sang ne fit qu'un tour. Elle ouvrit la fenêtre, saisit le gros baquet plein d'eau de vaisselle bien grasse – qu'elle conservait par économie depuis trois jours – et vida le contenu sur les assaillants.

Entre-temps, les cris avaient alerté le voisinage et trois militaires accouraient sur les lieux.

Majda enfila sa robe de chambre et descendit.

— Ces gens, dit-elle aux policiers, sont venus m'attaquer et ils ont brisé l'une de mes fenêtres.

Il y eut un moment de flottement, puis, au grand étonnement de Majda, les policiers entreprirent de relever l'identité des agresseurs qui n'en finissaient pas de protester. Le simple fait d'être identifiés les rendrait beaucoup moins sûrs de leur impunité. L'un des policiers demanda à visiter le lieu de l'agression ; il monta avec Majda ; elle lui montra les débris de verre et lui remit le caillou et le papier où était écrit le mot « Pig ». Les accusations déferlèrent : cette intruse, complice des terroristes du Park Hotel, était venue exciter la population locale contre les citoyens du pays ! Heureusement, les policiers n'accordèrent aucune foi à ces allégations pour le moins douteuses.

*

L'incident inspira à la TIPH, *Temporary International Presence in Hebron*, et aux CPM, *Christian Peace Makers*, l'idée d'une rencontre entre des représentants des colons et des Palestiniens afin de pacifier leurs rapports. Majda en fut informée par un dénommé Rafik El-Mansouri. Qu'elle voyait pour la première fois. La quarantaine, un physique à la Yul Brynner, l'œil vif, il se présenta comme étant le directeur de l'Association d'échanges culturels Hébron-France. Une association palestinienne non gouvernementale, créée en 1997 à l'initiative de Français et de francophones résidant à Hébron, qui œuvrait au développement de la francophonie en Palestine, ainsi qu'à l'organisation de réunions interculturelles. El-Mansouri précisa que la rencontre se déroulerait précisément dans l'une des salles de l'association.

— Et pourquoi pas un débat entre les chats et les souris ? observa-t-elle.

Mais elle ne pouvait faire défaut.

Les participants étaient tous convenus de s'abstenir de propos agressifs ou injurieux. Il n'y avait pas là plus d'une trentaine de personnes.

— Il me semble, dit le premier intervenant, d'origine américaine et natif de New York, que la question qui mériterait d'être posée d'entrée de jeu est la suivante : pourquoi les Arabes, et particulièrement ceux qui sont musulmans, détestent-ils autant les juifs ?

Il développa son sujet avec clarté et pondération, citant plusieurs expériences personnelles, et en appela évidemment à l'esprit de tolérance pour éliminer une attitude qui tenait plus à des habitudes de pensée qu'à des raisons soutenables.

Un débat s'ensuivit, quelque peu chaotique, chacun évoquant prétextes et faux prétextes, vérités et contre-vérités. Finalement, profitant d'une accalmie, El-Mansouri prit la parole.

— J'ai écouté avec intérêt l'exposé qui vient d'être fait et je suis de tout cœur avec l'orateur. Il est temps, en effet, de se défaire d'habitudes de pensée néfastes. Mais je voudrais rappeler un détail qui n'est pas sans importance...

Certains dans l'assistance s'agitèrent.

— Je ne serai pas long, dit-il en souriant. Vous parlez sans cesse des musulmans. Mais, que je sache, les pires tortionnaires des juifs, ceux qui ont bâti les ghettos, érigé les camps de concentration, les miradors, ceux qui ont tenté de faire disparaître le peuple juif de la carte, ce ne furent pas les musulmans mais de bons chrétiens, catholiques. Je veux simplement rappeler que, lorsqu'en 1492, la très catholique Isabelle, reine d'Espagne, a chassé du pays quelque deux cent mille juifs, la plupart de ceux-ci furent contraints de s'entasser sur des bateaux. Des centaines d'entre eux se sont noyés et les autres se sont trouvés dans la situation des boat-people d'aujourd'hui ; c'est même le sultan de Turquie Bayezid II qui envoya ses navires pour les recueillir et les conduire dans les territoires sous domination ottomane. Il s'est écrié qu'il ne comprenait pas que l'Europe ait chassé des gens qui contribuaient à sa richesse. Une grande partie des juifs d'Orient doit donc sa présence à l'hospitalité musulmane ; au Maroc, en Tunisie, en Égypte, en Irak, en Syrie, en Algérie... Les habitudes de pensée dont nous parlions sont donc le fait de l'ignorance.

Il se rassit, et le silence qui suivit refléta le trouble causé par ses propos. Ceux qui devaient ensuite prendre la parole seraient sans doute appelés à réviser les discours préparés. Majda esquissa un sourire.

Voilà, songea-t-elle, un homme digne d'intérêt. Elle se promit de le revoir. Le plus vite possible.

XII

55

Irak, Bagdad, avril 2003

Le jour qui se levait s'annonçait rude pour Zyad Abdel Azim. À peine avait-il bu son thé, qu'il chargea son épouse de quérir une sage-femme. Il n'était pas question d'entretenir plus longtemps la situation douteuse créée par son fils et d'abriter sous son toit une femme en rupture de ban, sunnite de surcroît.

À la cuisine, les servantes avaient exhumé des Primus, réchauds à alcool quasi archéologiques, et tentaient, tant bien que mal, de reprendre les travaux ménagers jusqu'au rétablissement de l'électricité.

Dans sa chambre, seule, Souheil se disait qu'elle était tombée de Charybde en Scylla ou, pour reprendre l'expression arabe, qu'elle se trouvait dans la situation « du borgne devenu unijambiste ». Quand elle demanda à voir Chérif, il lui fut répondu que ce ne serait possible que plus tard, avec l'assentiment du père. Elle ignorait qu'à l'autre extrémité de l'appartement, Chérif, lui, rongeait son frein avec beaucoup moins de docilité et ruminait le projet d'enlever une nouvelle fois Souheil pour fuir la maison familiale.

Arriva une matrone au visage hommasse, à qui la mère de Chérif expliqua la situation. C'était la sage-femme. Souheil fut alors priée de passer dans une pièce où elle fut enfermée avec l'experte. L'examen fut bref. Le second en quelques mois !

Par la porte ouverte, Souheil entendit ensuite la matrone déclarer solennellement aux femmes assemblées :

— La jeune fille est vierge !

Elles en demeurèrent bouche bée et l'emmenèrent au salon, où elle répéta son verdict à l'intention du père et du fils.

Ce dernier se leva d'un bond :

— Elle l'avait bien dit !

— Faites-là venir, ordonna Zyad, dont cette nouvelle n'avait guère éclairci le masque.

Sitôt Souheil introduite dans le salon, Chérif s'élança vers elle et lui baisa la main.

— Cette jeune fille est toujours mariée, commença Zyad s'adressant à son fils d'une voix funèbre. Tu ne peux donc l'épouser que lorsque le mariage aura été déclaré nul, et seul le cadi peut le décider. Qu'on aille donc le chercher.

On envoya Kamel, le frère de Chérif, à la mosquée de l'imam Mûsâ El-Kâzim, l'un des douze imams révérés des chiites, le septième. C'était un splendide édifice du IXe siècle, à la coupole flanquée de quatre minarets. Vu les circonstances, et bien que les Abdel Azim fussent une famille honorablement connue, le cadi refusa de quitter sa mosquée. Akram lui fit comprendre alors, avec un sens de la négociation tout oriental, que l'urgence était grande et que « le dédommagement serait proportionnel ».

Le cadi consentit à se déplacer.

On l'installa dans un canapé, on lui offrit un café, et la consultation commença, en présence de Zyad Abdel Azim et du couple responsable de tout ce remue-ménage. La scène était pour le moins surréaliste, quand on savait qu'au même moment des hôpitaux, des administrations et des maisons de hauts dignitaires ainsi que l'ambassade d'Allemagne et le musée archéologique de la ville étaient la proie de pillards, et que les forces américaines s'apprêtaient à entrer dans Tikrit, dernier bastion du régime.

Ici, dans cette maison, le point litigieux était la virginité de Souheil. Combien de temps avait-elle été mariée ? Près de cinq mois. Avait-elle dormi dans le même lit que son mari ? Oui, plusieurs fois. Avait-il tenté de la prendre ? Oui, plusieurs fois.

Le cadi gratifia la promise d'un long regard contemplatif : il eût fallu être privé de la vue et du toucher pour rester insensible à ses attraits.

Chérif, lui, était à l'agonie. Même pour un musulman habitué à débattre de la sexualité comme d'une question de plomberie qui devait être réglée selon un code inaliénable, la discussion publique de l'organe sexuel de la seule créature au monde qu'il désirât frisait l'insupportable.

Le cadi hocha la tête doctement.

— L'infirmité de son mari est patente, annonça-t-il.

Était-il en mesure de prononcer la nullité d'un mariage célébré par un autre que lui et selon les rituels sunnites ? Il prit un temps considérable avant de se décider et déclara, enfin, que les conditions de la nullité étaient définies par la charia pour tous les musulmans donc qu'il était, en effet, qualifié. Acceptait-il de célébrer l'union des jeunes gens ?

— Oui. Mais vous devrez informer le mari défaillant et la famille de la jeune fille.

Le soulagement fut visible sur tous les visages.

— Alors, je veux épouser Souheil sur-le-champ, dit Chérif.

— Demain, décida son père.

Les femmes poussèrent quelques youyous, on s'empressa d'orner et parfumer la chambre de Chérif, qui serait celle des noces, on invita les voisins, et l'on trouva même deux musiciens pour l'occasion.

Le lendemain, alors que Chérif s'unissait à Souheil, une foule se rassemblait à Kerbala, ville sainte des chiites, pour fêter sa liberté de culte retrouvée et, pour certains, conspuer ces « chiens de sunnites » qui, pendant toutes ces années les avaient humiliés et massacrés.

Au même moment, à Bagdad, une explosion dans un bazar faisait quatre-vingt-trois morts, cent vingt-cinq blessés. Dans la panique, personne ne prêta attention au jeune homme qui épousseta les cendres tombées sur son turban et s'éloigna à bicyclette. Personne ne sonda son regard. Or, on aurait pu y déchiffrer la sombre détermination de ceux qui avaient décidé d'envoyer à la mort des masses d'humains innocents, en tout cas ignorants des motivations meurtrières de leurs bourreaux.

Outre le carnage qu'elle causa, la bombe ébranla, fût-ce provisoirement, l'optimisme à tous crins du haut commandement américain et britannique.

« Qu'est-ce que c'est que ça ? »

Telle fut, en résumé, la question que se posèrent des dizaines de militaires et les cerveaux du Pentagone. Qui attaquait qui et pourquoi ? Saddam Hussein était en fuite et le gouvernement irakien n'existait plus que de façon virtuelle. Quel intérêt y avait-il alors à tuer des dizaines de civils innocents sans aucune revendication politique ? L'explosion aurait-elle été accidentelle ? Point : bien qu'elle fût chaotique, menée à la fois par des policiers irakiens qui ne parlaient qu'un mauvais anglais et trois émissaires des forces alliées, l'enquête révéla qu'une bombe avait bel et bien été dissimulée dans un sac de lentilles. Presque tout le bazar en était d'ailleurs couvert. Pis : des fragments de détonateur retrouvés dans la boutique indiquaient que l'engin avait été activé à distance. En d'autres termes, il s'agissait d'un attentat. L'affaire ne séjourna que peu de jours sur les écrans des analystes. À leur avis, l'incident était secondaire. Passager. Un fanatique avait sans doute profité de l'opération alliée pour régler des comptes personnels.

Israël, Tel Aviv, avril 2003

— Quel bordel !

Menahem Gorwitz considéra avec surprise son ami Ron Akerman.

— Qu'est-ce qui t'arrive ?

— Avant-hier, des milliers d'étudiants ont manifesté à travers l'Égypte, exigeant la fermeture du canal de Suez aux navires de la coalition anglo-américaine. Les manifestants criaient : « Bagdad, nous nous sacrifierons pour toi ! » et, pire encore : « Bush est l'ennemi de Dieu ! » Sharon est inquiet. Nous le sommes tous. Si Hosni Moubarak cédait à la pression, les conséquences seraient catastrophiques.

— Calme-toi, répliqua Menahem, le *raïs* n'est pas assez fou pour fermer le canal. Il perdrait du coup les subventions que lui verse la Maison-Blanche et dont son pays a désespérément besoin. Ce qui est plus embêtant, c'est l'attitude de l'Oncle Sam. Nous avons donné des pistes à la CIA concernant l'attentat du bazar de Bagdad. Ils se moquent de savoir qui sont les responsables.

Ron plissa le front.

— Et pour quelles raisons ?

— Parce qu'ils sont sûrs qu'ils vont installer dans le pays une démocratie à leur solde et refusent de s'intéresser à ce qu'ils appellent des « détails ». Ils poursuivent leur plan, tête baissée.

Ron but une dernière gorgée de son verre de JB.

— C'est amusant. Parfois, je me demande si le plan qui consiste à faire du Moyen-Orient une région où les Américains pourraient installer des régimes à leurs bottes n'a pas trouvé son inspiration chez nous.

— Qu'est-ce que tu racontes ?

Ron balaya l'air d'un geste comme pour souligner la légèreté de ce qui allait suivre et lâcha :

— Oded Yinon.

Menahem éclata de rire.

— Ne me dis pas que tu crois à cette connerie ? C'est un machin de propagande né il y a plus de trente ans et que l'on attribue à un soi-disant fonctionnaire du ministère israélien des Affaires étrangères de l'époque. Souviens-toi du fameux protocole des sages de Sion ! Un ramassis d'inepties !

— Tu connais les détails du plan Yinon, j'imagine ?

— Évidemment. Il consisterait à fragmenter les nations arabes en de petits États antagonistes, dans le seul but de modifier les forces régionales en faveur d'Israël. On démantèlerait l'Égypte en créant un État chrétien copte au sud et un État musulman au nord ; on décomposerait le Liban en provinces, chiites, sunnites, druzes, maronites. En Syrie, la côte deviendrait un État alaouite ; la région d'Alep et de Damas un État sunnite. Et l'Irak enfin serait divisé en trois parcelles – ou davantage – constituées autour des trois villes principales : Bassora, Bagdad et Mossoul. Les régions chiites au Sud ; les sunnites et les Kurdes au Nord. Quant à la Jordanie, elle deviendrait purement et simplement la Palestine grâce à un transfert de population.

Ron examina le fond de son verre vide, comme s'il espérait y voir l'avenir.

— Tu es parfaitement informé, dit-il. Mais tu ignores peut-être que des organismes tels que le JINSA, *Jewish Institute for National Security Affairs*, et le CSP, *Center for Security Policy* sont imprégnés jusqu'à l'os de l'idée que l'Occident pourrait réorganiser le Moyen-Orient comme il l'entend.

Menahem ricana.

— *Bullshit !* Tout ça, ce sont des ragots à consonances nazis ! Ce plan n'a jamais existé ailleurs que dans la tête de ceux qui veulent nous rayer de la carte. C'est absurde ! Autant imaginer la création d'une chaîne de MacDo sur la lune !

Le chaos s'installait lentement mais sûrement à Bagdad : les hôpitaux, les administrations, les maisons des dignitaires du régime, des magasins et même le centre culturel français, qui favorisa la rencontre de Chérif Abdel Azim et de Souheil El-Safi, étaient pillés et saccagés. D'insondables réservoirs de violence avaient été débondés par les forces alliées.

Puisqu'il n'existait plus de pouvoir dans le pays, plus de forces de l'ordre ni d'armée, les Irakiens pouvaient enfin assouvir leurs ressentiments, antiques ou récents, individuels ou collectifs. Ahmed contre Mohamed, civils contre policiers, pauvres contre riches et l'inverse, et, bien plus dangereusement, chiites contre sunnites. Mais cela, les militaires venus de la Lune ou d'une autre planète l'ignoraient ; ils connaissaient à peine leurs propres religions, alors l'islam !

Selon les saintes lois du marché, le sac des arsenaux et le nombre d'armes en circulation eussent dû en faire baisser le prix. Ce fut le contraire. Les armes, tout le monde en voulait, et, s'il y avait prêté attention, Chérif se serait dit qu'il avait fait une bonne affaire au bazar de Nasra.

XIII

58

Irak, Mossoul, avril 2003

C'était un vendredi. Les fidèles priaient dans les mosquées. Des gamins effarés accoururent pour prévenir les fidèles que des soldats étaient en train de franchir l'un des cinq ponts qui enjambaient le Tigre. À midi, on vit des blindés et des camions envahir les artères principales. Une partie des militaires étaient visiblement des étrangers, des blonds, des noirs, mais les autres familiers : des Kurdes. Leur présence aurait pu surprendre. Ce ne fut pas le cas : il n'était un secret pour personne que les Kurdes rêvaient d'un État indépendant, et ni les chiites ni les sunnites ne les portaient dans leur cœur. À leurs yeux, ces gens témoignaient d'une tolérance suspecte à l'égard des chrétiens, assyriens ou arméniens, et surtout à l'égard des Yézidis, considérés par certains comme des adorateurs du diable[1].

À la stupeur générale du matin succéda la consternation. Presque toutes les boutiques fermèrent. Chez Jabril Chattar, la famille fut priée de ne pas mettre le nez dehors jusqu'à

---

1. Pour les Yézidis, qui croient en un Dieu unique, le mal comme le bien résident dans l'être humain, qui, lui, choisit sa voie. C'est une religion qui a longtemps été fondée sur des traditions orales. Ce n'est que tardivement – vers la fin du XIXe siècle – que les Yézidis consignèrent leurs croyances dans des livres sacrés. De ce fait, le yézidisme s'est vu exclu du statut réservé par l'islam aux « gens du Livre », statut accordé aux juifs et aux chrétiens.

nouvel ordre ; d'ailleurs, on ne voyait presque personne dans les rues.

Dans l'après-midi, après une collation frugale autant que brève et une infructueuse recherche de nouvelles à la télé réduite au silence, Jabril Chattar s'allongea sur son lit. Dormir. Oublier. Dormir.

Il s'était à peine assoupi qu'il fut réveillé par des cris de femmes. Il bondit hors de sa chambre et aperçut dans la cour son épouse et sa fille à la limite de l'empoignade avec Naïma Gharmaoui, la voisine du dessous. L'objet présumé de la querelle était une absurde histoire de poubelles mal rangées. Alerté lui aussi par les cris, Aziz Gharmaoui surgit à son tour et, apercevant Chattar, lui lança un regard noir.

— Toujours à foutre la merde, vous les chrétiens ! cria-t-il. Vous faites venir les Américains, les Kurdes, et on n'est même plus chez nous ! Demain, vous appellerez le diable et j'espère qu'il vous jettera dans sa fournaise !

— Nous n'avons appelé personne, Aziz, tu le sais bien ! répliqua Chattar. Calme-toi !

— Me calmer ? La ville est aux mains de vos complices et tu veux que je me calme ? Nous n'aurons la paix que le jour où nous vous aurons foutus à la porte, bande de mécréants !

C'était une déclaration ouverte d'hostilités.

Les deux familles se séparèrent.

Rentré chez lui, Jabril se laissa choir dans un fauteuil. Il se sentait de plus en plus dépassé. Quelque chose lui soufflait que l'attitude agressive de son voisin prenait sa source ailleurs.

Il voyait juste. Le lendemain, on apprenait que les murs de l'église de Saint-Éphrem et de l'église arménienne avaient été barbouillés de grandes inscriptions, « *Allahou akbar* », en rouge. Chattar prit peur. Renforcer les portes ? Elles ne suffiraient pas à protéger sa famille au cas où des forcenés viendraient à les agresser.

— Qu'allons-nous faire ? s'inquiéta sa femme.

Jabril médita un moment avant de déclarer :

— J'ai un très mauvais pressentiment. Quelque chose me dit que le pire est à venir.

Mariam, leur fille, s'affola :

— Pourquoi dis-tu cela, papa ? Nous sommes chez nous ici ! Qui peut nous vouloir du mal ?

— Nous sommes chez nous, ma fille. Mais nous sommes aussi, et j'allais dire surtout, des chrétiens. Et je crains que certains musulmans détraqués nous assimilent à ceux qui viennent d'envahir notre pays.

Il marqua une pause avant de laisser tomber :

— La prudence exige que nous partions de Mossoul avant qu'il ne soit trop tard.

— Partir ? se récria Salma.

— Quitter notre maison ? L'endroit où nous avons vécu toute notre vie ?

Cette fois, la question émanait de leur fils, Youssef.

Il implora :

— Je ne veux pas partir. S'il vous plaît. J'ai tous mes amis, ici. Mon école.

— Tu es presque un homme, mon fils, dit Jabril. Parfois la vie ne nous laisse pas le choix. Mais rassure-toi. Ce ne sera que momentané. C'est une affaire de quelques semaines. Dès que les esprits s'apaiseront, nous reviendrons chez nous. Je te le promets.

— Et où veux-tu que nous allions ? s'informa Mariam.

— Je ne vois qu'Erbil.

— Pourquoi Erbil ?

— Parce que là-bas les Kurdes nous protégerons et parce que j'ai un ancien collègue et ami qui y vit depuis trois ans. Il nous aidera à trouver un logement.

Il se leva d'un coup.

— Il faut que j'aille à la banque tant que c'est encore possible.

Lorsqu'il s'éclipsa, un courant glacial traversa le salon. On eût juré que des spectres venaient d'y pénétrer.

59

Irak, Bagdad, avril 2003

La lune de miel de Chérif et Souheil ne s'interrompit pas de leur fait. Le destin qui, contrairement à ce que l'on croit, n'a pas toujours les idées très claires, allait embrouiller les fils de leur vie.

Deux semaines s'étaient écoulées et Chérif n'avait toujours pas prévenu Ibrahim, l'ex-mari défaillant de Souheil, que son mariage avait été annulé. Ni l'ancien époux, ni la famille de Souheil d'ailleurs. Comment les aurait-il avertis alors qu'un chaos endémique régnait à Bagdad ? Se rendre sur place ? Envoyer un émissaire ? Impensable. Entre les snipers fous, les Kurdes, les sunnites, les Anglais, les Américains, circuler dans la capitale relevait de l'inconscience.

« Tant pis ! avait-il lâché. Ils l'apprendront bien un jour. »

Au moment de prononcer ces mots, Chérif ne pouvait imaginer qu'à l'autre bout de la ville, Ibrahim Abdallah et les siens étaient plongés dans la plus profonde dépression ; non à cause du chagrin, mais de l'humiliation. Un aventurier, venu d'on ne savait où, avait eu l'impudence d'enlever une femme, une des leurs et sous leur propre toit ! Et ce galeux avait même osé faire usage de son arme. Il s'en était fallu de peu pour que l'homme sur lequel il avait tiré, et qui n'était autre que le frère cadet d'Ibrahim, ne rende l'âme. Heureusement, la balle n'avait touché que l'épaule. Oui ! Quelle humiliation !

Soudain, la sonnerie du téléphone arracha Ibrahim et son frère à leur prostration. Décidément, pensa ce dernier, les lignes téléphoniques avaient fait preuve de plus de résistance que les armées de Saddam. La voix qu'il entendit au bout du fil manqua de le faire défaillir. Il masqua prestement le microphone avec sa paume et chuchota à Ibrahim :

— C'est Ismaïl El-Safi, le frère de Souheil. Il veut te parler.

On aurait annoncé à l'ex-époux de Souheil qu'il s'agissait du diable en personne qu'il aurait affiché plus de sérénité.

— Je ne suis pas là, balbutia-t-il, je ne suis pas là !

Wassim s'exécuta.

— Alors, passe-moi Souheil, répliqua son interlocuteur.

— Heu... elle est sortie, elle aussi. Justement, avec Ibrahim.

La voix devait être suffisamment tendue pour qu'Ismaïl s'inquiète :

— Tout va bien chez vous ?

Bredouillement, borborygmes.

— Tu es sûr ?

— Oui. Oui. Et chez toi ?

— Je voulais vous prévenir que j'ai pu me procurer une arme de poing. Étant donné ce qui se passe, j'ai pensé qu'elle pourrait servir à protéger nos familles. Vous, nous, ma sœur.

— Bien, bien... répéta Wassim, la voix de plus en plus tremblotante.

— Alors, à bientôt.

Ismaïl reposa le combiné.

Que se passait-il donc ? Serait-il arrivé malheur à Souheil ? Convaincu qu'on lui cachait quelque chose, il devait en avoir le cœur net. Sans attendre, il alla dans sa chambre, récupéra son revolver, un Walther 9 mm acheté au prix fort, et fonça à l'extérieur.

Il lui fallut quarante-cinq minutes pour atteindre le domicile des Abdallah. Quand il débarqua dans l'appartement, il vit Wassim, seul, assis dans le salon, l'œil rivé sur la télévision. Détail étrange, il avait le bras en écharpe

— *Salam aleikoum.*

Wassim se racla la gorge, déglutit, et finit par répondre :

— *Aleikoum el salam.*

Ismaïl pointa son index.

— Que t'est-il arrivé ? Tu es blessé ?

— Je... je... Non. Rien. Rien de grave.

— Pourtant tu as l'air salement amoché...

Il n'y eut pas de réponse.

— Ibrahim est rentré ?

Wassim fit non d'un faible mouvement de la tête.

— Quand reviendra-t-il ?

— Je n'en sais rien...

Ismaïl fit mine de s'asseoir et enchaîna :

— Je vais l'attendre.

L'autre s'affola :

— Mais... il... il peut tarder. Il ne sera sans doute pas là avant demain, il...

— D'accord. J'ai compris !

Sans attendre, Ismaïl se précipita vers la première chambre. Il y trouva la sœur d'Ibrahim et sa mère terrifiées.

— Où est Ibrahim ?

La sœur indiqua une porte d'une main tremblante.

Il écarta le battant et trouva son beau-frère allongé sur son lit, en pyjama. Celui-ci se releva si violemment qu'il fut à deux doigts de rouler par terre.

— Ibrahim, où est ma sœur ? Que se passe-t-il ici ? Va-t-on me répondre ?

— Des événements douloureux, articula l'autre. Très douloureux.

Il leva la tête, comme dans une souffrance infinie, et ferma les yeux.

— Souheil a été enlevée.

— Enlevée ?

Même dans le contexte convulsif du pays, la nouvelle était dévastatrice.

— Par qui ? Quand ?

— Il y a environ deux semaines et nous ignorons par qui.

— Pourquoi ne pas nous avoir prévenus ? Il s'agit de ma sœur !

Ibrahim leva un bras dans un geste mou et vague.

— Avec tout ce qui se passe ici… Et qu'est-ce que tu aurais pu faire ?

— Il était seul ?

— Oui. Il a même tiré sur Wassim et a failli le tuer.

À l'accablement qui envahit Ismaïl succéda un sentiment qui ne devait pas grand-chose à la compassion ou à de l'inquiétude ; il ressemblait plutôt à de l'orgueil outragé. Ensuite, ce fut du mécontentement : celui dont on est soi-même l'objet. Jamais Souheil n'aurait dû être donnée en mariage à ce gros lard d'Ibrahim.

Au bout d'un long silence, il marmonna quelques mots et gagna la porte.

60

France, Paris, avril 2003

Thierry se servit un second verre de vin, histoire de digérer le contenu du mail que venait de lui faire parvenir son cher Arthur. L'objet était intitulé *Torture at Abu Ghraib*.

Dans le contenu, un autre intitulé : *Chain of Command* et *The Gray Zone*. Les sources, encore tenues secrètes, prouvaient l'existence d'un programme d'interrogatoire du nom de « *Copper Green* ». De nombreuses vidéos, de photos, de scènes de tortures et d'humiliation, prises à la prison irakienne d'Abou Ghraib, venaient d'être révélées par le Pentagone lors d'un entretien privé dans le bureau ovale. En les découvrant, le sénateur Ron Wyden, présent lors de la réunion avait balbutié : « Prenez le pire des cas, et multipliez plusieurs fois la gravité de la situation. »

Selon un rapport, lui aussi tenu secret, Amine Sayed El-Sheikh, le détenu immatriculé 151362, aurait affirmé : « Ils ont dit, on va vous donner l'envie de crever, mais ça n'arrivera pas. Ils m'ont mis nu. L'un d'entre eux m'a dit qu'il me violerait. Il a dessiné une femme sur mon dos et m'a mis à quatre pattes en me tenant le derrière. Puis, l'un d'entre eux m'a demandé : "Tu pries Allah ?" J'ai répondu : "Oui." Il m'a lancé : "Va te faire foutre et ton Allah avec." Un autre m'a ensuite dit : "Tu repartiras pas d'ici indemne, mais en fauteuil roulant." Puis, il m'a demandé : "T'es marié ?" J'ai répondu : "Oui." Alors, il a rigolé et dit : "Si ta femme te voyait comme ça, elle aurait honte, mais elle aurait pas le temps vu comment je la bourrinerais." Il m'a ensuite demandé de remercier Jésus pour me laisser en vie. Je lui ai répliqué : "Je crois en Allah." Alors, il a répondu : "Moi, je crois en la torture ! Celle que tu vas subir[1] !" »

1. Scott Higham et Joe Stephens, « *New details of Prison Abuse Emerge* ». Le texte sera publié dans le *Washington Post*, le 21 mai 2004.

61

Gaza, fin avril 2003

C'était, du moins au sein du gouvernement égyptien, l'un de ces secrets de Polichinelle dont il valait mieux ne pas paraître informé : il existait des dizaines de tunnels entre la bande de Gaza et le désert du Sinaï. Creusés au fil des années, ils servaient rarement au passage d'êtres humains, mais principalement à l'alimentation en denrées introuvables en raison du blocus israélien.

Placés sous la surveillance et donc la complicité tacite des Bédouins de la région, ces tunnels n'étaient qu'un exemple des moyens de résistance dont l'histoire abonde, mais auxquels les historiens accordent peu d'intérêt.

« Allah a maudit les infidèles et leur a préparé une fournaise ! »

Peu de temps après avoir récité ce verset du Coran sous l'œil effaré de son père, Tarek El-Husseini sortit haletant et hoquetant de l'un de ces tunnels. Les chiffres phosphorescents de sa montre indiquaient 20 h 13. Il se serait volontiers allongé là, pour dormir, mais il avait terriblement soif et peur des scorpions. Il s'avisa qu'il tenait en main le paquet de cigarettes Cleopatra qu'il avait trouvé sur le sol, sans doute perdu par un précédent transfuge ; il le glissa dans sa poche et, reprenant ses esprits, explora le paysage.

À quelques centaines de mètres de distance, il distingua un feu. Il n'en fut pas étonné. On l'avait prévenu que des Bédouins campaient non loin des issues. Trébuchant, il se lança dans cette direction et, une demi-heure plus tard, il fit irruption au milieu d'une demi-douzaine d'hommes assis autour des flammes. Tous le regardèrent sans trop d'alarmes : un tout jeune homme sans armes qui n'en menait pas large.

— Pour l'amour d'Allah, de l'eau… implora-t-il en tombant à genoux.

On lui tendit un bidon de plastique. Il but à la régalade, l'eau dégouttant sur sa chemise.

— D'où viens-tu ?

— De Gaza, dit-il, accompagnant ces mots d'un geste vague. Je suis envoyé par Salah El-Moursi. Je dois me rendre à Ismaïlia pour rencontrer le cheikh Naguib El-Baltagui.

Une leçon bien apprise.

Ils se consultèrent du regard.

Et hochèrent la tête.

— Pourquoi veux-tu rencontrer le cheikh ?

— Pour lui apporter mon soutien et faire le bien ! C'est-à-dire anéantir ceux qui font le mal.

Un des Bédouins, la quarantaine, l'interpella :

— Comment t'appelles-tu ?

— Tarek El-Husseini.

— Bien. Tu vas aller dormir là-bas. Nous te réveillerons à l'aube et l'un de nous t'accompagnera à Ismaïlia. Mais souviens-toi : tu ne nous as jamais vus !

Tarek hocha la tête et mit la main sur son cœur. Un Bédouin le conduisit vers une tente contre un pan de laquelle gisait un dormeur. Là, il déroula une couverture et l'étala sur le sable.

— Pour tes besoins, c'est le sable, le plus loin possible. Fais attention aux vipères.

Épuisé, il ne tarda pas à s'endormir, certain d'avoir fait le premier pas sur le chemin de la gloire : détruire les ennemis d'Allah, les mécréants qui se croyaient les plus forts. Des corrompus, des corrupteurs sans âme, plus infâmes que les cafards, possédés par le Mal, c'est-à-dire Satan.

*

Si, pendant son sommeil, Tarek El-Husseini avait été capable de lire dans les lignes occultes de la politique, il eût été surpris d'apprendre que sa fuite et sa présence en Égypte étaient le résultat de la stratégie approuvée par Oussama ben Laden qui dormait alors à des milliers de kilomètres, dans une maison anonyme du Waziristan, région montagneuse aux frontières supposées de l'Afghanistan et du Pakistan.

La stratégie en question était simple ; elle avait été formulée par Ayman El-Zawahiri : « Les territoires d'Allah sont la terre entière, mais, jusqu'ici, ses fidèles n'ont pu en occuper qu'une partie. Demain, avec la force de la foi, il ne restera plus un mécréant nulle part. Le sang versé par les héros sera le vin que les bienheureux boiront au paradis. Les mécréants cultivent l'illusion qu'il est des terres musulmanes, notamment celles qui sont gouvernées par leurs valets arabes, où les croyants ne prendront jamais les armes. Pour les détromper, il n'est qu'une méthode : faire jaillir des âmes courageuses qui portent la mort dans leurs enclaves. Un seul croyant peut tuer cinquante infidèles avec une seule bombe. Que les chefs qui l'ont compris se dévouent à recruter ces héros. Et qu'ils gardent ceci en mémoire : les plus jeunes sont les plus ardents, parce qu'ils ne se sont pas encore attachés aux biens de ce monde et qu'ils n'ont pas encore fondé de famille.

« Je veux ajouter ceci : le croyant est plus impressionné par le frère venu d'un pays étranger, parce qu'il comprend que le vent de la révolte souffle dans le monde musulman tout entier. Un Égyptien aura plus d'influence en Algérie ou au Pakistan que dans son propre pays, et un Jordanien, en Irak ou en Afrique que dans son pays. »

Telle était la doctrine appliquée par Salah El-Moursi, l'homme qui avait formé et envoyé le jeune Palestinien Tarek El-Husseini en Égypte à l'insu de sa propre famille. Les agents d'Al-Qaida disséminés dans tout l'Orient en avaient dépêché bien d'autres et ouvraient même des camps d'entraînement pour leur enseigner l'art de se servir d'un fusil et de fabriquer une ceinture bourrée d'explosifs.

À leurs yeux, que serait un homme qui ne défend pas sa foi contre l'incroyant, porteur de chaos ?

62

États-Unis, mai 2003

Sur le pont du porte-avions nucléaire *USS Abraham Lincoln*, Dubya était en grande forme. Pour symboliser le triomphe de l'opération « Iraqi Freedom », le porte-avions affichait au-dessus de la tête du Président une banderole sur laquelle on pouvait lire *Mission accomplished*, Mission accomplie.

Beau comme un soleil dans sa combinaison de pilote de chasse, il s'avança vers les micros, fit un discours qui eût rendu César jaloux, et conclut par : « Je déclare la fin des combats militaires en Irak ! »

Au même moment, une formidable explosion retentissait au cœur de Bagdad, provoquant la mort d'une trentaine de personnes.

XIV

63

Irak, Bagdad, mai 2003

Après sa désastreuse visite chez son beau-frère, Ismaïl El-Safi se demanda si le monde n'était pas en train de prendre fin. Son pays était détruit, occupé par des étrangers qui ne comprenaient même pas sa langue, ses compatriotes se déchiraient entre eux, et voilà que le désastre général les atteignait, lui et sa famille, de la façon la plus indigne : sa sœur avait été enlevée. Un mois s'était écoulé, et il n'avait pu se faire à l'idée d'annoncer la nouvelle à son père. Maintenant, impossible de tergiverser. Il s'arma de courage, et passant par sa chambre, il aperçut son Walther 9 mm. À quoi servait-il en pareilles circonstances ? Il lui vint à l'esprit que l'arme était comparable au membre d'un impuissant ; car l'image s'était infiltrée en lui à la suite de son incursion au domicile de la famille Abdallah. Pourquoi avait-on donné Souheil à un eunuque ? Il se décida à parler à son père.

— Enlevée ? s'écria Soliman El-Safi. Qui sont les ravisseurs ?

— On n'en sait rien, père.

— Une demande de rançon ?

— Non. Je suppose qu'Ibrahim me l'aurait dit.

— Ça ressemble à un coup monté.

— Un coup monté ? Mais le frère d'Ibrahim a failli y perdre la vie. Le ravisseur lui a tiré dessus. Pourquoi penses-tu cela ?

— L'absence de demande de rançon ! On n'enlève pas quelqu'un sans raison. Ou alors on est fou.

— Elle est peut-être morte...

Soliman El-Safi médita un moment, puis :

— Il faudrait commencer par vérifier si le ravisseur ne serait pas le jeune homme en compagnie duquel Souheil avait été surprise.

— Tu sais bien que j'ai déjà essayé de le retrouver... Aucune trace.

Son père haussa les épaules et se replia dans son silence.

64

Égypte, Ismaïlia, mai 2003

Tarek El-Husseini s'arrêta devant le 20 de la rue El-Thawra, « rue de la Révolution », ancienne rue Fouad-Ier, et regarda les jeans et les chemises qui se balançaient sur les cintres, tandis que le propriétaire des lieux sirotait un thé aussi sombre que du café. Ayant quitté sa famille et ce qu'on appelait son pays pour se retrouver devant une boutique de vêtements dans une ville inconnue, il pensa à son père qui devait être fou d'inquiétude, à sa mère, à son frère. Pourquoi était-il là ? Il ne le savait plus. Il fut à deux doigts de fondre en larmes.

C'est à ce moment que le boutiquier l'apostropha :

— Que veux-tu ? Une chemise ?

Le garçon oscilla imperceptiblement.

— Ça ne va pas ? Tu es malade ?

Il balbutia :

— J'arrive de Gaza, je viens de la part de...

— Parle !

— Salah El-Moursi.

Le boutiquier fronça les sourcils.

— Mais encore ?

— Je cherche le cheikh Naguib El-Baltagui.

Le boutiquier changea de masque et posa son verre par terre. Après avoir scruté longuement le jeune homme, il révéla :

— Je suis le cheikh El-Baltagui. Entre !

65

Kurdistan, Erbil, juin 2003

La citadelle posée sur une colline dominait toujours la ville circulaire et tout rappelait l'héritage juif, la présence armé-nienne, assyrienne, et les adeptes de la « religion des sept anges », les Yézidis.

Voilà quinze jours que Jabril Chattar et les siens étaient arrivés dans la capitale autonome du Kurdistan. Dès la pre-mière heure, ils s'étaient rendus au presbytère de l'église Notre-Dame de l'Annonciation, – où un prêtre avait organisé une distribution de vivres – et furent abasourdis de constater qu'ils étaient déjà des centaines de chrétiens ou de Yézidis à avoir fui qui Bagdad, qui Mossoul. Des familles s'entassaient dans des camps de toile, plus à l'ouest, à Zakho et Dohouk, comme dans l'enclave chrétienne d'Ainkawa, autour d'églises aux mul-tiples dénominations, chaldéennes, nestoriennes ou syriaques orthodoxes. Durant la première semaine, Jabril et les siens n'eurent d'autre choix que de dormir dans la salle de classe d'une école.

Finalement, son ex-collègue réussit à leur trouver un petit logement, un minuscule deux-pièces, à la périphérie de la ville. En le découvrant, malgré elle, Salma avait éclaté en sanglots. Ni Mariam ni Youssef n'essayèrent de la consoler, trop occupés à retenir leurs propres larmes. Mais Jabril, lui, ne regrettait pas d'être parti. Il avait longtemps hésité jusqu'à ce qu'un incident de rien du tout, du moins en apparence, ne précipite sa décision : un matin, en allant au travail, il avait trouvé l'irascible Gharmaoui en train de frotter énergiquement la façade de la maison avec un tampon de paille de fer, un seau d'eau à ses pieds. Un domestique se tenait près de lui.

— Que fais-tu ? avait demandé Jabril.

Comme l'autre ne répondait pas, il s'était penché vers le mur que Gharmaoui frottait et avait distingué la grande courbe d'un *noûn*, la vingt-cinquième lettre de l'alphabet arabe. Il était resté saisi : *noûn*, soit l'initiale de *nasrani*, « chrétien ». Il y avait donc des gens qui marquaient les maisons chrétiennes comme autrefois celles des juifs pendant la guerre ? C'était presque toujours le prélude à des massacres.

— C'est à cause de toi et des tiens ! avait crié Gharmaoui. Ceci n'est pas une maison de chrétiens ! C'est une maison de musulmans où sont tapis des rats chrétiens !

Deux nuits plus tard, les Chattar avaient embarqué dans une vieille Peugeot bringuebalante. Le coffre ne fermait pas ? Qu'à cela ne tienne : on en attacha la poignée au pare-chocs à l'aide d'une cordelette.

À quoi tient le salut...

66

Palestine, Hébron, juin 2003

Une malignité vicieuse dans les volets de sa chambre voulut qu'une lame endommagée laissât filer l'un des premiers rayons du soleil sur un œil de Majda et la tirât du sommeil. C'était la première fois qu'elle dormait sur un seul côté du lit. La conscience de sa situation s'instaura dans sa tête avant même qu'elle eût relevé la paupière et l'élément dominant fut la présence d'un homme dans son lit.

Un homme.

Rafik. Rafik El-Mansouri. Yul Brynner. Celui qui, lors du débat entre colons et Palestiniens, avait savamment rappelé aux juifs que les musulmans n'étaient pas obligatoirement leurs ennemis. Pourquoi lui ? Pourquoi avait-elle eu besoin de cet homme, de celui-là ? Elle avait lu dans des romans que le coup de foudre existait ; mais seulement dans les romans. Et pourtant...

Deux jours après l'intervention de Rafik, quelle ne fut pas sa surprise de le voir frapper à sa porte. Il lui avait souri et déclaré, avec une franchise qui l'avait totalement désarmée : « J'avais envie de vous revoir. »

Il avait quarante ans ; elle vingt-six. Tout de suite, elle avait pris conscience de l'attraction qu'il exerçait sur elle. C'était nouveau. Fou. Jamais un homme n'avait éveillé en elle autant d'émotions et de désir.

Ils s'étaient vus, revus, et revus encore. Et depuis trois nuits, ils ne se quittaient plus.

Il s'éveillait. Le rayon de soleil avait changé d'angle. Elle ouvrit les yeux, se retourna et l'entendit dire, d'une voix embuée de sommeil :

— Bonjour, mon cœur…

67

Irak, Bagdad, juillet 2003

Pareils à des éléphants ivres dans un magasin de porcelaines antiques, les subordonnés et militaires aux ordres de George W. Bush – que les clients des cafés d'Istanbul appelaient le sultan Karagheuz, du nom du Polichinelle ottoman – continuaient en Irak leurs saccages matériels, politiques, moraux, psychologiques et évidemment religieux.

Après le retour du chef de l'opposition chiite, l'ayatollah Mohammed Baker Hakim, une mesure fut prise qui frappa de stupeur non seulement le pays, mais encore tous les observateurs qui en étaient familiers : les Américains interdirent l'accès de la fonction publique aux anciens membres du Baas, le parti de Saddam Hussein. Comme ces derniers avaient occupé tous les postes de l'administration pendant des années, il en résulta qu'on ne trouva plus une seule personne compétente pour assumer la vie des Irakiens.

Tout occupés à « pacifier » le pays et y implanter une démocratie selon leurs vœux, c'est-à-dire, en bon anglais à défaut de bon arabe, à faire de l'Irak un État croupion, les grands esprits de la coalition ne s'avisèrent pas qu'un germe avait pénétré l'antique Mésopotamie.

L'un des premiers à le remarquer fut Ismaïl El-Safi, toujours plongé dans le désarroi depuis la disparition de sa sœur. Faute de mieux, il s'était enrôlé dans l'une des milices sunnites qui, depuis l'invasion, proliféraient dans Bagdad et non sans raison.

Les sunnites craignaient qu'une fois le pouvoir vacant, les chiites, marginalisés depuis des décennies, tentent de prendre leur revanche et fassent main basse sur le pays. L'hypothèse n'avait rien d'absurde. Après tout, avec près de soixante pour cent de la population, les chiites n'étaient-ils pas depuis toujours majoritaires ? En réalité la rivalité sunnites chiites remontait aux années 1920, au temps où, après avoir occupé l'Irak, les Britanniques avaient eu la lumineuse idée de placer à la tête du pays une monarchie de confession sunnite. Dès le départ, il s'était donc agi d'une volonté de réduire la communauté chiite sinon au silence, du moins à l'impuissance. Une autre raison de cette politique suicidaire était la suspicion qui pesait sur les chiites. Aux yeux de la population sunnite, ces gens ne pouvaient qu'être des instruments manipulés par l'Iran (qui, lui, était un pays à majorité chiite), afin de s'ingérer dans les affaires internes de l'Irak.

Sous le règne de Saddam, la condition de cette communauté n'avait fait qu'empirer. Et lorsqu'en 1991 une double révolte, kurde et chiite, traversa le pays – révolte précisons-le soutenue par les USA –, Saddam avait réagi avec une violence inouïe, n'hésitant pas à faire massacrer des centaines de Kurdes et de chiites.

Ismaïl dévisagea son interlocuteur avec perplexité.

— Peux-tu au moins m'expliquer la raison de cette réunion top secrète ?

— Il semble qu'un chef a été nommé qui va coordonner nos actions. Un homme très important.

— Un chef ? Explique. D'où sort-il ?

— Il est arrivé il y a quelqucs semaines d'Islamabad.

— Un Afghan, donc ?

— Non. Je crois qu'il est d'origine jordanienne.

— Son nom ?

— Il se fait appeler Abou Moussab. Mais, à mon avis, c'est un nom de guerre.

Son interlocuteur pivota sur les talons en recommandant :

— Surtout, n'oublie pas ! Demain onze heures. À Jisr Diyala, au 10, rue El-Deir.

La perplexité d'Ismaïl s'était accrue. Un chef venu d'Afghanistan ? Il rentra chez lui et compta les heures.

Comment son interlocuteur aurait-il pu lui révéler sur-le-champ que le chef en question n'était autre qu'Ahmed Fadil Nazzal El-Khalayla, plus connu dans les milieux terroristes sous le pseudonyme d'Abou Moussab El-Zarqaoui, et qu'il était l'un des bras droits d'Oussama ben Laden ?

On avait ouvert la boîte de Pandore et El-Zarqaoui faisait partie des maux qui allaient s'abattre sur Bush et les siens, comme sur le monde.

XV

68

Égypte, Le Caire, juillet 2003

C'était une voiture comme Tarek El-Husseini n'en avait vu qu'à la télé : bleu foncé, lustrée comme un miroir, avec des chromes étincelants, conduite par un chauffeur en livrée. Elle s'arrêta le long du trottoir de la rue Kasr El-Nil, sous les yeux émerveillés du jeune Palestinien. Le chauffeur descendit prestement, alla ouvrir la portière arrière et aida une femme à mettre pied à terre. Une femme ? Non, une créature surnaturelle aux cheveux blonds, dont la beauté saisit le garçon, alors qu'il s'écartait pour la laisser passer. Ô merveille, elle le gratifia des effluves de son parfum alors qu'elle pénétrait dans un restaurant. Soliman tourna des yeux ravis vers son compagnon.

— Quelle beauté ! s'écria-t-il.

— *Charmouta.* C'est une pute !

— Pourquoi dis-tu qu'il s'agit d'une pute ?

— Tu n'as pas vu son visage comme il est fardé ? Et la couleur de ses cheveux ? C'est une étrangère, une de ces femmes qui viennent d'Europe profiter des pourris du régime.

Les « pourris du régime » : l'expression devenait familière à Tarek. Quand il était arrivé en Égypte, il s'était cru à mi-chemin du paradis. Cette opulence ! Ces maisons ! Il était convaincu qu'il se trouvait au Pays de l'Abondance.

— Ne rêve pas ! Cette abondance, l'avait prévenu El-Balta-gui, devenu son protecteur, est aux mains de voleurs. Ils ne l'ont pas gagnée par leur travail, mais achetée au prix de la corruption et de la trahison. Viens, je vais te montrer.

Et il lui avait alors fait visiter les quartiers pauvres de la capitale, la Cité des morts entre autres, où des familles s'entassaient dans des taudis encore plus misérables que les plus pauvres de Gaza.

— Et personne ne fait rien ? s'était enquis Tarek.

— Non, parce que si tu demandes qu'on remédie à la misère, tu passes pour un agent ennemi, et si tu demandes qu'on mette fin à la corruption, la police des pourris t'arrête et te jette en prison après t'avoir cassé la figure. Tu seras alors l'ennemi du régime de Hosni Moubarak et de ses domestiques. Ils tiennent tout, l'armée, la police, la presse, les banques. Moubarak a fait fortune, il possède des millions et des millions de dollars ! Quant à ses fils n'en parlons pas ! Mais, tout cela va tomber bientôt, mon frère, car le corrompu n'est pas un vrai musulman : c'est l'allié des adorateurs de l'argent. Et ce sera nous, les *Ikhwans*, les Frères, qui les enverront rôtir dans les flammes !

Les lèvres d'El-Baltagui dessinèrent un rictus, tandis qu'il poursuivait :

— Tu connais la dernière *nokta*[1] qui court en ville ? Entrant dans un café, un client s'étonnait de voir sur le mur un grand portrait de Ala', le fils de Moubarak. « C'est mon associé, a ironisé le cafetier en ponctuant sa phrase d'un rire sarcastique. Je lui verse cinquante pour cent de tous mes bénéfices ! »

Tarek, lui, avait ri, jaune et serré les poings. Depuis qu'il était entré dans la confrérie des Frères musulmans, son cœur s'était renforcé. N'avait-il pas trouvé des compagnons qui lui apprenaient à se battre contre les malfaisants, les corrompus, les infidèles ?

---

1. Anecdote, blague dont les Égyptiens sont férus.

69

Irak, Bagdad, 23 juillet 2003

Ce 23 juillet 2003, Souheil entrait rayonnante dans son quatrième mois de grossesse. Elle était aimée de Chérif aussi tendrement qu'elle avait espéré l'être, et vénérée par sa belle-famille au-delà de ses attentes. Sa belle-mère la comblait de sourires, ses belles-sœurs de câlineries visiblement sincères.

Quant à Zyad, son beau-père, il lui témoignait autant d'égards qu'à sa propre épouse, sinon plus : ne portait-elle pas les espoirs d'une descendance ? C'était donc sans trop de regrets qu'elle avait renoncé à sa famille pour se fondre dans l'affection que lui prodiguait celle de son mari.

Finalement, à la différence de tout ce qu'on lui avait fait croire, les chiites étaient des êtres humains, capables de bonté.

*

Ce 23 juillet était aussi le jour où Ismaïl El-Safi devait faire la connaissance du nouveau chef venu d'Afghanistan. C'était également le jour où le visage vertueux de l'Amérique ennemie des tyrannies, héroïquement partie à la défense du peuple irakien, allait se consteller publiquement de taches hideuses, imprégnées de sang, et jeter la consternation dans l'opinion mondiale, qu'elle eût soutenu la guerre d'Irak ou l'eût condamnée.

Ce jour-là en effet, Amnesty International publiait un article rapportant que des prisonniers des armées de la coalition étaient détenus dans la prison d'Abou Ghraib, de sinistre réputation du temps de Saddam Hussein, et qu'ils y étaient soumis à des sévices aussi ignobles que ceux commis autrefois sous Saddam Hussein.

Cet article était le second avertissement à la coalition. Une lecture en traduction en serait, d'ailleurs, donnée à l'adresse où Ismaïl El-Safi avait été convoqué. Une adresse, pour le moins surprenante : il s'agissait de l'université El-Mustansiriyah ou du moins ce qu'il en restait. Dans la nuit du 24 mars, une série de missiles avaient pratiquement rasé l'une des plus vieilles universités du monde.

Il repéra, non sans difficulté, l'*iwan* qui ouvrait sur l'ensemble réservé à la jurisprudence et entra dans le bâtiment.

Dès son entrée, après avoir été fouillé, il éprouva une surprise de taille : il s'était attendu à trouver une douzaine de ses camarades ; or, ils étaient là près d'une centaine, assis au sol.

Un homme d'un certain âge commença par prendre la parole :

— Je vous invite à écouter le messager qui a été désigné par notre maître, Oussama. Vous lui devrez désormais obéissance.

Il tendit la main vers un coin de la salle et annonça :

— Abou Moussab El-Zarqaoui !

Un personnage d'environ trente-cinq ans traversa l'obscurité. Il était de taille moyenne, trapu, costaud, le crâne couvert par un foulard noir. Une barbe, noire elle aussi, lui dévorait les joues jusqu'aux pommettes. On le pressentait colérique, bagarreur, voire d'un tempérament morbide. Hormis celui qui l'avait annoncé, aucune des personnes présentes ne connaissait son passé. Né en Jordanie, dans la ville de Zarqa, d'où il tenait son surnom – El-Zarqaoui –, devenu très vite un petit caïd des rues, il buvait de l'alcool et son corps était tellement recouvert de tatouages qu'on l'appelait « l'homme vert ». Envoyé par ses parents dans une école coranique, afin de tenter de le sortir de la délinquance, il y avait rencontré un certain Abdallah Azzam, un professeur palestinien alors mentor de Ben

Laden. À travers cette rencontre, il avait découvert l'idéologie du djihad et s'était rendu, comme nombre de jeunes musulmans, faire la guerre contre les Soviétiques en Afghanistan.

Abou Moussab se racla la gorge et commença :

— Hommes de foi, vous n'êtes ici qu'une centaine ! Mais, en vérité, vous devez savoir que vous êtes plus nombreux que les étoiles dans le ciel. Vous êtes des millions prêts à défendre votre foi contre Satan et ses suppôts. Ils sont venus en Irak, dans l'illusion d'assujettir les croyants à leurs mœurs de rats et à nous réduire en esclavage.

Le ton de sa voix était saccadé, ses traits fiévreux comme ses gestes trahissaient une grande agitation.

— Voici des siècles que les infidèles tentent de nous asservir. Cela a commencé par les Croisades et s'est poursuivi avec la colonisation et, aujourd'hui, ces infidèles ont invoqué le prétexte hypocrite de la protection de nos peuples et de la justice. Leur véritable ennemi, c'est la parole du Prophète. Frères, vous êtes et vous devez être les défenseurs de l'islam. Les Américains, les Anglais et tous les autres seront chassés de cette terre.

Il observa une pause.

— Ces gens sont aussi inhumains que les tyrans qu'ils veulent abattre. La preuve vous en est donnée par le texte qui va vous être lu.

Il fit un geste à l'intention du présentateur ; celui-ci s'avança sur l'estrade et lut l'article d'Amnesty International.

Des murmures s'élevèrent dans l'assistance. Ismaïl avait bien entendu des rumeurs sur les sévices infligés par les Américains aux prisonniers d'Abou Ghraib, mais il ne put s'empêcher de frémir en constatant que tout ce qu'on racontait était vrai. Quelques regards échangés avec ses voisins lui firent savoir combien son indignation était partagée.

— Frères, reprit Abou Moussab, notre maître, le bien-aimé Oussama, m'a désigné comme responsable de la lutte, ici, en Irak. C'est donc moi qui assumerai désormais la charge des efforts de notre combat. Je fixerai les cibles, et la date et l'heure des attentats que nous commettrons contre les infidèles.

Il promena son regard sur l'assistance et reprit :

— À partir de maintenant, vous ne devrez jamais révéler à des inconnus votre véritable identité, mais uniquement un nom de guerre. Tout ce qui sera échangé pendant nos réunions sera marqué du sceau du secret. Pas un mot !

Et il conclut :

— Sachez aussi que je ne fais aucune différence entre sunnites et chiites. Quand il s'agit de combattre sur le chemin de Dieu, le même sang coule dans nos veines. Avez-vous des questions ?

Et comme le silence lui répondait, il déclara :

— À présent, nous allons relever vos noms et je demanderai à ceux d'entre vous qui sont chiites de lever la main et ensuite aux sunnites de bien vouloir faire de même.

Ismaïl nota que, sur la centaine de recrues présentes, trente-deux étaient chiites.

Une fois le décompte achevé, tous partirent comme ils étaient venus. Mais quiconque les eût observés à l'arrivée et au départ aurait noté un changement dans leurs démarches et sur leurs traits juvéniles : un espoir nouveau avait durci les bouches et allumé une flamme dans les yeux. Il avait aussi affermi leur pas.

70

Israël, Tel Aviv, septembre 2003

Avram Bronstein replia le numéro du *Guardian* qui rapportait et commentait les nouvelles révélations d'Amnesty International sur les sévices infligés aux prisonniers d'Abou Ghraib. Ces révélations, en effet, se multipliaient et elles étaient de plus en plus alarmantes. On venait d'apprendre, par exemple, qu'un détenu nommé Manadel El-Jamadi était mort dans la prison en question à la suite des tortures qu'il y avait subies, dont celle de l'estrapade, qui consiste à pendre un prisonnier à une corde, les mains attachées dans le dos. Un autre détenu rapportait avoir entendu les cris d'un enfant irakien violé et des images accompagnaient ces récits effarants : l'une d'elles montrait la victime du viol photographiée par un soldat américain, sur d'autres clichés on découvrait des prisonniers empalés à l'aide de bâtons entourés de barbelés.

Une expression de dégoût furieux crispa le visage d'Avram. S'il venait à protester en public, il savait ce que lui diraient les siens : « C'est la guerre, que veux-tu ! »

Il se tourna vers Joumana et quêta sa réaction.

— Tu sais ce que je pense, dit-elle, et c'est pourquoi je me méfie de la politique. Je n'ai aucun pouvoir, donc je me tais. Je veux simplement te rappeler que, depuis le début de l'humanité, il n'y a pas eu un seul pays au monde qui n'ait commis des infamies. Pas un seul.

— Avec des arguments pareils, on admettrait tout de la part de tout le monde.

— Non. Ces révélations vont forcément déclencher des réactions, aux États-Unis mêmes pour commencer. J'ose seulement espérer qu'elles susciteront une réprobation assez forte pour faire en sorte que de telles horreurs cessent.

— Nous pouvons protester, nous aussi. Nous sommes complices par notre silence !

— C'est vrai, reconnut Joumana, mais si nous manifestions les terroristes s'imagineraient que nous leur donnons raison.

Puis, changeant de sujet, elle reprit :

— J'ai vu Majda hier.

Il n'eut aucune réaction.

Elle précisa :

— Elle semble heureuse avec cet homme. Rafik.

Il continuait de se taire.

— Je leur ai proposé de venir dîner un soir. Mais Rafik m'a gentiment rappelé qu'en tant que Palestinien, il lui était interdit de quitter Hébron. Alors, il m'a suggéré que ce soit nous qui allions les voir. Qu'en penses-tu ?

Elle répéta :

— Qu'en penses-tu ?

— La plaie est encore trop vive… plus tard.

Comme elle allait protester, il lui prit la main.

— Ce n'était pas ma fille, mais je l'ai aimée comme telle.

Il ferma les yeux pour que Joumana ne vît pas qu'ils étaient embués.

71

Irak, Bagdad, novembre 2003

Le 19 août, l'attention du monde pacifique fut attirée par les talents des terroristes de ce pays du Moyen-Orient qui, décidément, n'était plus fréquentable : un camion piégé avait explosé devant le siège des Nations unies à Bagdad : vingt-deux morts, dont le représentant de cette organisation, M. Sergio Vieira de Mello, plus un nombre considérable de blessés.

Dès le lendemain, mieux valait, si l'on n'était pas du cru, ne pas chercher le regard des hommes qui circulaient en ville, parmi lesquels le sunnite Ismaïl El-Safi. Les croyants avaient enfin trouvé l'arme qui tiendrait les infidèles en respect. Les bombes ! On allait les déchiqueter, ces trublions !

Une vague de nostalgie commençait à déferler dans les esprits. Qu'il était doux le temps de Saddam !

Le 2 octobre, une nouvelle réunion secrète des disciples d'Abou Moussab se tint dans la salle d'un cinéma désaffecté. Un jour fâcheux pour George W. Bush et ses exécutants : c'était celui où le groupe d'inspection en Irak, constitué par les Nations unies, avait déclaré *urbi et orbi* qu'il n'existait aucune arme de destruction massive sur place.

Le cinéma avait été soigneusement fouillé et, une fois les micros branchés, des gardes se postèrent sur la scène.

Le spectacle avait quelque chose de surréaliste : d'un côté des barbus enturbannés ; de l'autre, sur l'un des murs de la salle, une affiche encore intacte sur laquelle on voyait le visage de l'acteur égyptien Adel Imam, et le titre du film : *El-Irhab wal kebab*, le terroriste et le kebab.

Les sièges, recouverts de velours, rappelaient un temps, pas si lointain, où les Irakiens n'entendaient parler d'armes de destruction massive que dans les thrillers *made in USA*.

Ismaïl El-Safi avait choisi de s'asseoir au dernier rang.

À sa droite, il vit un homme d'une trentaine d'années. Une crinière de soie noire couvrait son crâne, mais c'était surtout ses yeux qui attiraient l'attention ; ils s'ornaient de longs cils, naturellement fardés. Ce n'était pas la première fois qu'il le croisait. Mais jamais, lors des réunions précédentes, il n'avait eu le loisir d'être assis près de lui. Brusquement, cherchant à tirer son portefeuille de sa poche revolver, son voisin s'appuya sur l'accoudoir commun. Qui céda. Le portefeuille tomba par terre et plusieurs documents s'en échappèrent. Ismaïl se pencha obligeamment pour aider l'homme à les ramasser. L'un de ces documents était une photo. Une photo représentant un visage de femme.

Ismaïl crut halluciner. Souheil. C'était Souheil !

L'autre tendait la main en souriant.

— Merci, dit-il.

Ismaïl bredouilla :

— Pardonne mon indiscrétion mais… mais, qui est cette personne ?

— Ma femme, dit l'autre sans se départir de son sourire.

Ismaïl déglutit péniblement. *Sa femme ? Souheil ?*

Il se sentit partagé entre l'envie de poursuivre son interrogatoire et de saisir l'homme à la gorge. Mais, il se raisonna. S'il voulait en savoir plus, ce serait la pire des tactiques. L'homme risquait de se rebiffer.

Après quelques crépitements dans le micro, Abou Moussab prit la parole.

Ismaïl n'entendit rien. Il demeura prostré. Et ce n'est qu'une fois le silence revenu qu'il reporta son regard sur le mystérieux voisin. Comment eût-il pu imaginer qu'il s'agissait de Chérif

Abdel Azim ? Car, c'était bien lui. Chérif, le mari de Souheil. Bien qu'étant chiite, voilà plus de deux mois qu'il avait adhéré à la milice.

Au moment de partir, Ismaïl prit une profonde inspiration et se décida à lui demander son nom.

— Akram, mentit Chérif. Akram Lamlam.

Il respectait la recommandation d'Abou Moussab : ne jamais révéler à un inconnu sa véritable identité.

— Et toi ? demanda-t-il, d'un ton faussement indifférent.

Ismaïl lui donna aussi son nom de guerre.

— Omar Badr.

Et ils se séparèrent.

Ils ne se reverraient plus avant plusieurs mois. Et pour le pire.

XVI

72

France, Paris, 13 décembre 2003

Le choix du prénom avait occupé pendant neuf mois les esprits de Thierry et de Samia. Comme cette dernière n'avait témoigné aucun désir de se soumettre à une échographie, ils avaient laissé leurs choix dériver entre divers prénoms masculins et féminins.

C'était un garçon.

On l'appela Julien Samir. Julien parce que Thierry vouait une admiration sans bornes à l'empereur Julien, dit l'Apostat, ennemi juré du monothéisme, comme lui. Et Samir, car c'était le prénom du père défunt de Samia. Ainsi, en ces temps où Orient et Occident se déchiraient, l'enfant serait symbole que l'apaisement était possible.

Assis dans le salon de leur appartement de la rue du Cardinal-Lemoine, Thierry tendit à Samia une coupe de champagne et ils portèrent un toast à l'avenir du nouveau-né.

C'est à ce moment qu'un flash spécial s'afficha sur le téléviseur. Saddam Hussein avait été capturé. Les forces spéciales américaines l'avaient débusqué dans un abri souterrain borgne et infesté de rats à proximité de sa ville natale de Tikrit. Les soldats avaient dû abattre un mur et s'aider de pelles pour accéder au refuge de l'ancien dirigeant irakien.

Le soir même, s'adressant à la nation, le président Dubya déclara sur un ton solennel : « Saddam Hussein affrontera la justice qu'il a refusée à des millions de personnes. Les Irakiens n'auront plus jamais peur de son joug ! »

*

Deux jours après la naissance à Paris du fils de Thierry Sarment et de Samia, à des kilomètres de là, à Bagdad, dans le quartier de Kadhamiya, Souheil accouchait elle aussi d'un garçon. Le nom qui lui fut donné à l'unanimité fut celui de Hussein, petit-fils du Prophète.

73

Kurdistan, Erbil, décembre 2003

Le thé, désormais une boisson de luxe, était bon et le crépuscule sur Erbil, digne d'un peintre inspiré. À la terrasse d'un
café qu'il avait adopté, Jabril Chattar se posa la question que
tout homme à un moment donné de son existence a dû se
poser : Pourquoi continuer d'exister ? Parce qu'il portait la
responsabilité d'une famille ? Ou plutôt par cette fierté innée
qui fait qu'un être humain affrontant la plus colossale infor-
tune tente de garder la tête haute car il incarne la vie ?

Le destin avait voulu que son pays se désagrégeât sous les
coups de boutoir d'une puissance étrangère, et qu'il eût été
lui-même contraint, pour protéger les siens, de quitter la ville
de ses ancêtres, sa maison. Pourquoi ? Parce qu'il était chrétien. Il n'allait pas le répéter à l'infini, tout le monde le savait,
y compris le cafetier kurde. Mais pourquoi les Kurdes, eux,
pourtant musulmans, les avaient-ils accueillis, lui et sa famille,
sans un geste ni un mot d'hostilité ? Il avait posé la question
au cafetier qui lui avait répondu :

— Dans cette région du monde, Jabril, nous sommes trois
peuples qui n'ont jamais repoussé la main d'un chrétien : nous
les Kurdes, les Tchétchènes et les Circassiens. Parce que nous
le savons, chacun donne à Dieu un nom dans sa langue.
Puisque nous croyons tous à Dieu, nous ne pouvons être des
ennemis.

— Mais je note aussi que vous êtes trois peuples éternellement rebelles ! fit observer Jabril.

Le Kurde sourit et hocha la tête.

— Oui, ils ont tous tenté de nous asservir, notamment les Turcs et les Russes, et ils n'y sont jamais parvenus. Mais il n'y a pas que ces gens-là, qui ont essayé de nous éradiquer. En 1925, lorsque les Britanniques occupaient la région, M. Churchill a donné l'ordre à son aviation de balancer un gaz, dont j'ai oublié nom, sur l'une de nos villes, celle de Souleimaniye. Les deux tiers de la population ont été touchés[1] ! Quant à savoir s'il y a un rapport entre notre esprit d'indépendance et notre tolérance, je ne suis pas savant et je ne saurais te répondre. Ce que je sais, Jabril, ce que nous avons appris de nos parents et de nos ancêtres, c'est que la religion est souvent un double de la politique. Des musulmans ont jadis tenté de nous imposer la haine des chrétiens, parce que nous sommes tolérants à leur égard et à l'égard des Yézidis, qu'ils tiennent pour des adorateurs du Diable. Nous les avons envoyés promener. Nous savions bien qu'ils étaient des agents de l'Arabie saoudite.

Il se servit un café et reprit :

— Ce qui se passe aujourd'hui n'est pas seulement la réaction de patriotes ou de partisans de Saddam contre les Américains. Ton pays est désormais le champ de bataille de deux partis de l'islam farouchement ennemis depuis des siècles, les sunnites et les chiites. Et la religion n'y est pour rien ou presque : les chiites sont soutenus par l'Iran ; les sunnites par l'Arabie saoudite. Tu n'as aucune idée des masses d'argent que ces deux États déversent sur le pays pour armer leurs partisans !

---

1. Dans une note adressée au War Office en date du 19 mai 1919. Reproduite in Martin Gilbert, *Winston S. Churchill*, vol. 4, part. 1, Londres, Heinemann, 1976. Churchill avait alors déclaré : « Je ne comprends pas cette délicatesse exagérée à propos de l'utilisation du gaz. Nous avons définitivement arrêté la position, à la conférence de la paix, argumentant en faveur du maintien de cette arme comme un instrument permanent de guerre. »

Chattar médita. Les propos du Kurde lui apprenaient surtout que le pays de son enfance n'existait plus. Quant au flot des chrétiens fuyant Mossoul et Bagdad, il grossissait de jour en jour...

Il songea à l'avenir de ses deux enfants et se félicita qu'ils eussent de solides rudiments d'anglais. Cette connaissance leur ouvrirait peut-être d'autres horizons. Ailleurs qu'ici. Loin du Moyen-Orient.

Ce dimanche-là, à l'église Notre-Dame de l'Annonciation, la messe, la longue, l'interminable messe du rite chaldéen, fut pour lui une succession de tourments : Dieu avait-il abandonné les siens ? Ou bien leur imposait-il des épreuves destinées à abréger leur passage au purgatoire, à l'inévitable purgatoire ?

Salma n'avait jamais vu ses lèvres trembler de la sorte quand il priait.

74

Égypte, Le Caire, décembre 2003

Vers dix-sept heures, à la sortie de son cours d'instruction coranique, à la mosquée, Tarek El-Husseini perçut des vibrations inconnues autant qu'impalpables dans la rue et plus loin, au café proche de la maison, où il s'arrêtait parfois : le café Oum Kalsoum. Les visages étaient graves, parfois crispés, les gens s'agglutinaient en groupes. Il entra, commanda un thé, enveloppa le verre de son mouchoir pour ne pas se brûler les doigts et alla s'asseoir sur une banquette.

— Que se passe-t-il ? demanda-t-il au serveur.

— Tu n'es pas au courant ? Ils ont arrêté Saddam. Hier soir, près de Tikrit.

Et d'ajouter :

— C'est un sale type, mais ce n'est pas aux Américains de l'arrêter et de le juger, car, n'en doute pas, ce sont eux qui le jugeront, tapis derrière un tribunal à leur solde. Une fois de plus, c'est une ingérence des étrangers dans les affaires d'un pays souverain et musulman. Mais personne ne proteste, à commencer par notre gouvernement de merde ! Un jour, c'est sûr, nous le dégommerons, mais ce sera nous qui le ferons, nous le peuple égyptien, personne d'autre !

Tarek n'osa demander quand : l'expérience l'avait instruit. Il avait déjà posé la question et obtenu pour réponse : « Tu le sauras quand l'horloge du destin aura sonné. Tu ne sais rien du monde, mais tu es avec nous parce que tu as l'âme ardente. »

Il s'absorba dans une songerie familière : le jour où les *Ikh-wans*, les Frères, prendraient le pouvoir, le ciel serait enfin pur et les âmes plus fières. Les roses diffuseraient leur vrai parfum. Mais il fallait s'armer de patience.

75

Irak, Bagdad, janvier 2004

L'approvisionnement devenait une galère. On ne trouvait les aliments de base que de façon irrégulière, quand on les trouvait. Manger de la viande, en particulier, dépendait d'une connaissance affinée des réseaux de bazars et de complicités efficaces : un kilo d'agneau était plus difficile à dégotter qu'un lance-roquettes. Et comme les femmes, terrifiées par les attentats, hésitaient à sortir de chez elles, si elles ne pouvaient acheter ce qu'il leur fallait au marché le plus proche, elles préféraient rentrer bredouilles plutôt que s'aventurer à courir dans un autre. Chez les Safi, c'était donc Ismaïl qui se dévouait pour faire les emplettes.

Ce jour-là, il s'était fait accompagner par un ami d'enfance, Fouad El-Magdalani, que tous surnommaient Foufou, le frère céleste, camarade de collège. Son visage lisse et doux, aux yeux légèrement bridés, et son sourire qui devenait vite malicieux auraient forcé la sympathie d'un dragon. À trente ans, il en paraissait vingt. Les deux hommes s'étaient perdus de vue depuis que « Foufou » avait quitté Bagdad pour Tikrit. Il avait refait surface une dizaine de jours auparavant, et, par le biais de ces coïncidences qui n'en sont pas, les deux amis s'étaient retrouvés au cours d'une réunion de la milice fondée par Abou Moussab.

Leurs achats terminés, alors que les deux amis remontaient la rue Mansour, Ismaïl s'informa sur un ton qui se voulait anodin :

— Dis-moi, Foufou, tu ne connaîtrais pas un type qui dit s'appeler Akram Lamlam ?

— Non. Jamais entendu parler. Pourquoi ?

Ismaïl mit un temps avant de révéler :

— Il a enlevé ma sœur Souheil.

Foufou sauta littéralement sur ses deux pieds.

— Quoi ? Souheil ? Enlevée ?

— Et tout porte à croire qu'il l'a épousée.

— Mais quand ?

— Il y a quelques mois.

Foufou resta songeur. L'image de Souheil se ranima soudain dans sa mémoire, comme des flammes qui jaillissent d'un lit de cendres, peut-être parce qu'une braise enfouie a trouvé quelque chose d'inflammable, peut-être parce qu'un souffle l'a tisonnée… Souheil, il l'avait connue, bien sûr. Ils avaient plus d'une fois échangé quelques banalités lors de réunions de famille et il s'était toujours senti subjugué ; non seulement par sa beauté, mais aussi par sa modernité provocatrice, sa coiffure, le fait qu'elle apprenait le français. Sur l'amorce de quelques longs regards qu'elle lui avait glissés, il l'avait désirée dans ses fantasmes adolescents, il avait rêvé de ses seins et… Mais il avait dû se tenir à distance : il ne pouvait figurer sur la liste des élus ; sa famille n'était pas riche et n'était pas des alliés du clan des Safi. Pourtant, il ne l'avait jamais oubliée.

— Je ne comprends pas. Tu me dis que cela fait plusieurs mois qu'elle a disparu, enlevée. Je veux bien te croire. Mais elle a quand même dû avoir mille occasions de s'échapper ou tout au moins de vous téléphoner, de vous faire parvenir un message…

L'évidence contraria Ismaïl.

— Écoute, nous n'allons pas nous lancer dans des considérations sur la psychologie de ma sœur. Ce qu'il me faut, c'est mettre la main sur Akram Lamlam. Et je sais que tu en es capable. Tu n'as jamais eu ton pareil pour fouiner.

— Et quand tu auras retrouvé ce type, que comptes-tu faire ? Le tuer ?

L'humeur d'Ismaïl s'échauffait. Éliminer le ravisseur de sa sœur figurait évidemment dans ses fantasmes de vengeance.

Mais c'était un peu court : il aspirait à un coup d'éclat qui exalterait l'honneur de sa famille. Cependant, il devait tenir compte des réserves de Foufou : s'il affichait des intentions meurtrières, il risquait de le dissuader de rechercher cet Akram Lamlam de malheur. Foufou n'avait jamais été un grand vindicatif, pas un lion ni un loup, non, plutôt une brebis.

— Pas question de le tuer, répliqua prudemment Ismaïl. Je veux seulement retrouver ma sœur. Je veux comprendre.

— Très bien. Je vais voir ce que je peux faire. Néanmoins, Bagdad est vaste. Il faut que tu m'en dises plus. Où as-tu rencontré cet homme ? À quelle occasion ? Quand ?

— Il appartient à la même milice que toi et moi. Celle d'Abou Moussab. Je me suis trouvé assis près de lui, lors d'une réunion et, chose étrange, je ne l'ai plus jamais revu. Je le soupçonne d'être chiite. Sinon comment expliquer qu'il n'assiste plus à nos rassemblements ?

Foufou hocha la tête, pensif.

— Je vois.

Puis, levant l'index en forme de mise en garde, il dit :

— Attention ! Si je retrouve cet homme, il faut que tu me promettes une chose : pas de violence ! Ni envers lui ni envers Souheil !

Ismaïl soupira.

— D'accord. Promis.

76

Cisjordanie, Hébron, janvier 2004

Un matin de février 1994, un illuminé, du nom de Baruch Goldstein, aujourd'hui révéré comme un martyr par les ultras, était entré dans la mosquée du Caveau des Patriarches, vêtu de son uniforme de capitaine. Armé d'un fusil-mitrailleur, il avait massacré une trentaine de Palestiniens et blessé cent vingt autres.

Depuis ce jour-là, le marché avait été fermé. Pour s'alimenter ne restait plus que le souk. C'est là que, miraculeusement, on pouvait acheter des fruits et des légumes qui avaient réussi à trouver leur chemin à travers le passage de Kerem Shalom dans le sud de la bande de Gaza.

Malgré l'hiver, l'air était doux. Des senteurs d'épices voletaient dans le ciel au-dessus des couffins et des étals.

Majda inspira profondément, et se tourna vers Rafik.

— Tu m'aimes encore ?

— Je crois.

Elle fit mine de le gifler.

— Tu crois ?

— N'est-ce pas ce que l'on dit lorsque l'on a la foi ? Je crois ?

Majda haussa les épaules, puis jeta un regard distrait autour d'elle. Des hommes, des femmes, essentiellement des Palestiniens. La plupart des hommes portaient le keffieh noir et blanc, symbole depuis les années trente de la résistance palestinienne, tandis qu'un foulard noir recouvrait la chevelure des femmes.

Et là, plus loin, un jeune couple. À la manière dont ils étaient vêtus, elle reconnut des Israéliens ; des orthodoxes. Lui portait la barbe et la kippa, elle, une perruque qui, à l'instar du foulard des musulmanes, était censée recouvrir ses cheveux.

Le ventre arrondi de la femme ne laissait aucun doute sur sa grossesse. Majda se surprit à s'imaginer enceinte. Un enfant de Rafik. Oui. Il faudrait qu'ils en parlent. Dès ce soir.

Majda désigna sur l'étal des oranges de Jaffa.

— Ne sont-elles pas magnifiques ?

Rafik approuva.

— Magnifiques.

Il s'adressa au vendeur, un Palestinien sans âge, les joues grises de barbe.

— Combien le kilo ?

— Six shekels.

— Six shekels ? Tu n'exagères pas un peu ?

Majda s'interposa.

— Laisse tomber, mon amour.

Elle fouilla dans son porte-monnaie et, au grand dam de Rafik, paya au vendeur la somme demandée.

— Mais c'est quinze pour cent plus cher ! protesta Rafik. Tu...

Majda passa sa paume sur le crâne luisant de son compagnon, comme on caresse un chat.

— Je sais, je sais... Mais j'adore me faire avoir par un vieux Palestinien.

Rafik haussa les épaules.

— Comme tu voudras.

Elle allait répondre au vendeur qui lui proposait des raisins lorsque, soudain, elle aperçut Salah, son cousin.

Mais que diable faisait-il à Hébron ? Comment avait-il pu franchir le check-point ? Elle lui adressa un signe de la main ; il ne parut pas la voir. Le visage soucieux, il marchait, comme dans un état second, dans le sillage du couple. Elle ouvrit la bouche pour l'appeler à nouveau.

Dans un premier temps, aucun son ne sortit. Elle venait de voir la main de Salah se glisser dans la fente de sa chemise. Elle réussit enfin à hurler :

— Une bombe !

Mais la déflagration couvrit sa voix.

Le couple d'Israéliens fut pulvérisé, leurs membres mêlés à ceux de Salah. Les juifs et le musulman réunis malgré eux dans la mort.

Avec une violence inouïe, Majda fut projetée en arrière et s'écrasa sur l'étal du vendeur de primeurs.

Lorsque Rafik chercha à la protéger de son corps, il vit qu'elle saignait, le bas-ventre déchiqueté.

Kurdistan, Erbil, janvier 2004

Jabril Chattar et sa famille replongeaient dans les angoisses qui les avaient contraints à quitter Mossoul.

Un camion piégé, garé devant le ministère de l'Intérieur situé à Erbil, avait explosé vers huit heures du matin, tuant cent dix-sept personnes et en blessant cent trente-trois. L'attentat visait deux sièges des partis kurdes : le Parti démocratique du Kurdistan et l'Union patriotique du Kurdistan.

Une fois de plus, la question se posait : faudrait-il repartir ? Et où aller, grand ciel, pour vivre sa vie sans risquer à chaque heure d'être déchiqueté par une bombe ? Vingt-six synagogues se dressaient encore à Bagdad, mais il n'y avait pratiquement plus de juifs en Irak. Pressentant les massacres, la majorité avait fui. Ce serait bientôt au tour des chrétiens.

Une terre peut-elle donc changer de Dieu ?

L'hospitalité des Kurdes ne s'expliquait que par leur bienveillance à l'égard des minorités. Et s'il leur prenait l'envie à eux aussi de changer d'avis ?

Irak, Bagdad, janvier 2004

— Il n'y a pas d'Akram Lamlam, annonça Foufou.

Mais son ton facétieux en disait plus long que cette nouvelle plutôt contrariante. Ismaïl El-Safi attendit la suite.

— Son vrai nom est Chérif Abdel Azim.

Ismaïl sentit vibrer toutes les fibres de son corps.

— Tu en es sûr ?

Le regard calme de Foufou valait plus qu'un serment d'honneur.

— J'ai pu consulter les listes du gouverneur. L'homme est un chiite.

L'échange se situait au café Hob El-Moulouk, l'amour des anges.

L'endroit était réputé pour servir le meilleur *masté* de Bagdad, une boisson à base de yaourt servie avec des glaçons. Mais une fois assis sur les banquettes recouvertes de tapis qui couraient le long des murs, il était pratiquement impossible aux clients de s'adosser sans toucher une photo encadrée tant le café en était tapissé du sol au plafond voûté. La plupart des clichés racontaient l'histoire du pays. Un pays aujourd'hui éclaté.

Un chiite ! Ce qui expliquait que Souheil n'eût pas donné signe de vie : elle avait trahi sa famille, son clan ! Esclave de son bas-ventre, elle était devenue une infidèle.

— Et où habite ce rat ?

— Dans le quartier de Kadhimiya. À une heure d'ici.

Foufou se hâta de rappeler :

— Tu m'as promis : pas de violence.

L'autre ne répondit pas.

— Où, à Kadhimiya ?

Méfiance ? Peur du pire ? Foufou mentit.

— Je l'ignore.

— Ne me prends pas pour un imbécile ! Si tu as appris le nom du quartier, tu sais forcément celui de la rue.

L'ami, visiblement rembruni, réitéra sa mise en garde :

— Tu m'as promis : pas de violence !

— Je ferai comme bon me semble ! L'adresse !

— Je te répète : je l'ignore.

Ismaïl fit mine de le frapper.

— Va au diable ! Tant pis ! Je trouverai tout seul !

Foufou foudroya Ismaïl du regard, appela le serveur, paya et s'en alla sans se retourner.

79

Palestine, Hébron, hôpital El-Ahli, janvier 2004

Ici, quelques semaines plus tôt, en pleine nuit, une vingtaine d'agents déguisés du Shin Beth, le service de sécurité intérieure israélien, avaient conduit une opération spéciale. Certains portaient des keffiehs et des fausses barbes, d'autres se dissimulaient sous une capuche. L'un d'eux était même déguisé en femme enceinte, poussé sur une chaise roulante. Leur objectif : une chambre du troisième étage, où se trouvait Azzam Shalaldeh, vingt ans. Ce fils d'une famille considérée comme proche du Hamas avait blessé un Israélien, près de la colonie de Mezad, au nord-est de la ville et, bien qu'atteint par balle à son tour, il était parvenu à s'échapper. Après avoir achevé le jeune homme, les agents du Shin Beth étaient repartis comme ils étaient venus. Le lendemain du raid, le Shin Beth publia un communiqué laconique : pas question « d'autoriser un refuge sûr pour les terroristes ».

Les traits de Joumana et d'Avram étaient blêmes. Debout, dans un coin de la chambre aux murs immaculés, ils étaient incapables de détacher leurs yeux de la silhouette qui gisait dans le lit ; celle de Majda, toujours dans le coma.

Rafik, lui, assis près d'elle, ne lâchait pas sa main. « C'est grave, avait déclaré le médecin. Mais elle est jeune, solide, elle a des chances de s'en sortir. » Et il avait chuchoté, en secouant la tête : « En revanche, elle ne pourra plus avoir d'enfants. L'utérus a été fortement endommagé par les éclats. »

L'infirmière, qui venait de remplacer le goutte-à-goutte, murmura en repartant :

— Ayez confiance. Avec l'aide de Dieu, elle va se rétablir très vite.

À peine fut-elle sortie, qu'Avram Bronstein laissa tomber d'une voix morne :

— Quelle absurdité que le destin. Dire que cette pauvre Majda avait tenu à résider parmi les siens, par solidarité ! Et c'est l'un des siens qui a brisé sa vie.

Joumana, les doigts noués, laissa tomber :

— Quand donc s'arrêtera ce cycle d'horreurs. Voilà plus de soixante ans qu'il se perpétue. Soixante ans... quand mon Dieu ? Quand ?

Le Palestinien secoua faiblement la tête.

— Jamais, madame Naboulsi, jamais, je le crains. J'en suis arrivé à croire que cette terre trop promise est un piège machiavélique tendu par Dieu. Il l'a créée et y a enfermé une armée de Caïn et d'Abel.

Avram ferma les yeux.

— Si c'est le cas, alors cette fois Caïn ne tuera pas Abel. Les deux mourront.

80

Irak, Bagdad, janvier 2004

Le contexte national ne se prêtait certes pas à la liesse. Mais pour l'anniversaire de Souheil, Chérif avait décidé d'ignorer l'adversité. Il y aurait une fête. Les musiciens furent plus faciles à trouver que la pièce montée : ils étaient au chômage depuis des mois. Enfin, on leur offrait une occasion de gagner quelques pièces. Au crépuscule, des braseros furent disposés dans la vaste salle du rez-de-chaussée de la villa familiale. De part et d'autre d'une grande porte, deux fenêtres ornaient de moucharabieh ouvraient sur la cour.

De profonds divans, parsemés de coussins de brocart, côtoyaient des sièges, une imposante table de marqueterie et des plateaux de cuivre ciselé posés sur des tréteaux.

Aux alentours de dix-neuf heures, les invités, près d'une cinquantaine, les bras chargés de cadeaux, commencèrent à arriver. Ils exigèrent avant tout de voir le bébé de leurs hôtes et, se penchant sur le berceau, se gardèrent bien de lui faire des compliments : c'eût été lui donner le mauvais œil !

L'atmosphère était au bonheur. Et la soirée, pleine de rires, des rires parfois un peu forcés, comme si l'on cherchait à exorciser le mal qui hantait les rues.

Brusquement, vers vingt et une heures, alors qu'on venait d'apporter la pièce montée, des coups de feu trouèrent le tapis sonore que tissaient les musiciens. Le vieux Zyad Abdel Azim fronça les sourcils, Chérif courut à la fenêtre et Souheil se rua dans la chambre du bébé.

Un instant plus tard, trois hommes armés firent irruption dans la salle.

— Où est votre prisonnière ? tonna celui qui semblait être le chef.

Chérif, stupéfait, reconnut celui qui l'avait interrogé au cinéma quelques semaines auparavant et qui avait dit s'appeler Omar Badr.

— Quelle prisonnière ? demanda alors Zyad.

— La fille dont ce mécréant – il pointa son doigt sur Chérif – prétend qu'il est le mari. Je vous préviens, si vous ne me la livrez pas je descends tout le monde !

La salle où se déroulait la fête était dominée par une galerie qui en faisait le tour.

Un coup de feu claqua.

Un cri jaillit et l'un des trois assaillants, touché en pleine tête, s'écroula.

Tous les visages se levèrent aussitôt vers la galerie.

Souheil se tenait là-haut, le Beretta de Chérif à la main.

Elle s'écria :

— Je ne suis pas prisonnière, Ismaïl ! Mais une femme et une épouse comblée. À présent, pars ! Laisse-nous tranquilles !

Son frère écarquilla les yeux.

— Toi ? Toi, toi ma propre sœur ? Avec un chiite ? Femme indigne !

— Ne dis pas n'importe quoi ! Et retourne chez toi avant qu'il ne t'arrive malheur !

L'un des hommes, près d'Ismaïl, leva son arme.

Avec un sang-froid que nul n'aurait pu imaginer, et certainement pas Chérif, Souheil n'hésita pas à tirer une nouvelle fois. La balle s'enfonça dans la poitrine de l'homme, qui poussa un cri de douleur avant de s'effondrer.

— Chienne putride ! hurla Ismaïl.

Avec une promptitude prodigieuse, il visa sa sœur. Mais dans un réflexe instantané, Souheil s'écarta et tira en même temps.

Ismaïl El-Safi s'écroula. Un cercle rouge au milieu du front.

Un charivari inconcevable se produisit alors. Cris, hurlements, mêlés à des sanglots de femmes. Certains s'étaient jetés à terre, d'autres roulaient sous les tables, d'autres, dans un mouvement de protection stérile, se recroquevillaient en fœtus en se protégeant la tête.

Lorsque Chérif rejoignit Souheil, il la trouva par terre, le Beretta posé sur ses cuisses. Elle semblait ne pas entendre les mots de son mari, et ne reprit une apparence de lucidité que lorsqu'il la souleva, la serra fort dans ses bras, et s'écria en larmes :

— Tu nous as sauvé la vie...

Il l'emmena dans leur chambre, l'allongea sur le lit et demanda qu'on lui apporte une infusion de fleur d'oranger ; boisson réputée pour apaiser les nerfs.

— Au nom d'Allah, demanda-t-il encore sous le choc, où as-tu appris à te servir d'une arme ?

Souheil esquissa un pâle sourire.

— Nulle part. J'ai appuyé sur la détente, au hasard, c'est tout...

Puis elle s'informa :

— Mon frère... Ismaïl, il est...

— Mort, annonça Chérif. Mais pas par ta faute. C'est lui qui, le premier, a tenté de te tuer. Tu n'as fait que te défendre : c'était toi ou lui.

Souheil resta silencieuse. L'espace d'un éclair, elle crut voir passer le diable qui ricanait.

Le lendemain, il ne subsistait plus dans la salle aucune trace de la tuerie : on avait lavé le sang par terre, jeté les tapis souillés, balancé les cadavres dans le Tigre.

Il ne resterait plus à Souheil qu'à laver sa mémoire.

XVII

Palestine, Hébron, février 2004

Le bras de Rafik autour de sa taille, Majda franchit le seuil de leur appartement. Un rai de lumière ocre perçait à travers les moucharabiehs, courait le long des tapis, avant d'aller mourir au creux des divans.

Il mena la jeune femme vers la chambre à coucher. Elle s'allongea aussitôt sur le lit sans prendre la peine de se déshabiller.

Elle n'avait plus vingt-sept ans. Elle était devenue vieille en quelques nuits.

— Veux-tu que je te prépare un thé ? proposa Rafik.

Elle fit non de la tête.

— Dormir… je veux seulement dormir.

Alors, il s'étendit près d'elle.

En cette fin de février 2004, seuls quelques obstinés, surtout à Washington et dans les environs, pouvaient prétendre l'ignorer, mais pour la totalité des occupants de la planète soucieux de ce qui se passait au-delà de leurs frontières, les États-Unis paraissaient de plus en plus pressés de partir, non, de déguerpir d'Irak. On approchait du seuil des mille soldats américains morts pour rien, et il y avait eu aussi ces terribles images diffusées par les télévisions qui avaient fait hurler les familles, des images de décapitations ou de corps mutilés de civils américains promenés dans les rues de Falloujah.

Le 2 mars 2004, plus de cent soixante-dix personnes étaient tuées et environ cinq cent cinquante blessées lors d'attentats quasi simultanés dans la ville sainte de Kerbala (sud de Bagdad), et dans une mosquée de Bagdad, alors que des millions de chiites observaient le deuil de l'Achoura. Seuls les observateurs sur place parvenaient à suivre les ramifications de la fracture qui secouait le monde arabe. Les services secrets anglais, américains et russes étaient noyés dans des flots d'informations invérifiables, ceux des autres pays n'en ayant que faire, puisqu'ils n'étaient pas partie prenante.

Ou du moins le croyaient-ils.

83

Israël, Tel Aviv, avril 2004

Installé face à la mer, à la terrasse de l'Imperial Craft Cocktail Bar, Menahem Gorwitz, la mine morose, n'avait toujours pas touché à son plat de tagliatelles au pistou.

— Tu vas manger froid, fit remarquer Ron Akerman.

Rasha, son épouse, ironisa :

— Il semble qu'au Mossad on perde de plus en plus l'appétit. Tu ne crois pas qu'il serait temps que tu changes de métier ?

Menahem se tourna vers elle, l'œil grave.

— Tu ne crois pas si bien dire. Je vais passer dans l'import-export. J'ai un ami qui m'offre un poste intéressant.

Ron se mit à rire.

— Oh là ! La grosse déprime, à ce que je vois !

— Je ne plaisante pas. J'en ai ras le bol. Je suis las de faire le métier le plus bête et le plus inutile du monde.

Le ton était réellement sérieux. Le couple dévisagea leur ami, et guetta la suite.

— Les services secrets, Ron, c'est comme la conscience : elle ne sert quasiment jamais à personne, sauf quand la faute a déjà été commise. Il y a, dans mon métier, des hommes et des femmes qui risquent leurs vies pour obtenir des informations, mais elles finissent dans des dossiers tellement secrets que personne ne les lit ou qui n'intéressent pas grand monde.

— Tu veux bien expliquer ? le pria Rasha.

— Al-Qaida a fait des enfants. Entre autres, un Jordanien, Abou Moussab El-Zarqaoui. C'est lui qui est responsable de l'explosion de l'immeuble qui abritait le personnel de l'ONU à Bagdad. Lui aussi qui se trouve derrière l'attaque de la mosquée de l'imam Ali à Nadjaf. Lui aussi qui a assassiné Lawrence Foley, ce diplomate américain travaillant en Jordanie pour une organisation humanitaire. Et, il y a quelques jours, nos services ont appris qu'il s'apprêtait à faire fusionner son groupement, *Tawhid wal Djihad* avec Al-Qaida. Mais tout le monde s'en fout. La CIA en premier.

Et il conclut :

— J'ai dix ans de métier. J'ai l'impression de travailler, non pas pour mon pays, mais pour les habitants de la planète Mars.

Rasha et Ron échangèrent un coup d'œil effaré. Ni l'un ni l'autre ne trouvaient les mots qui auraient pu consoler Menahem : d'ailleurs, ils n'en cherchaient pas.

84

Kurdistan, Erbil, mai 2004

Jabril Chattar mordilla dans la brochette de viande tout en écoutant son voisin de table ; un Kurde d'environ vingt-cinq ans, à la silhouette longiligne avec lequel, faute de mieux, il avait sympathisé. Depuis que le collègue qui l'avait aidé à se loger avait plié bagage, Jabril devait se contenter d'échanges plus ou moins oiseux avec des inconnus. Ils meublaient sa solitude.

— Oui, insista Adile – c'était son nom –, tu devras songer à faire comme ton ami, et quitter ce pays. Il n'est pas le seul. Beaucoup de chrétiens commencent à partir.

Chattar hocha la tête d'un air morne. Adile avait raison. La semaine précédente, il avait appris que son ex-collègue était parti sans prévenir.

— Où vont-ils ?

— En Turquie, pour commencer.

— Pour commencer ?

— Ensuite, l'Europe… C'est d'ailleurs ce que je ne vais pas tarder à faire. Il n'y a aucun avenir pour moi ici. Je suis jeune. Je baragouine un peu l'anglais. Je me débrouillerai.

— Tu as tort. Tu es musulman. Le Kurdistan est ton pays et la guerre finira bien par s'arrêter et…

Adile rit nerveusement.

— Tu rêves ! Cette guerre durera l'éternité. Elle durera tant qu'il y aura des sunnites et des chiites pour la livrer et des banquiers saoudiens et qataris pour la financer. Crois-moi. Et nous, les Kurdes, serons pris entre deux feux.

Il secoua la tête d'un air affligé avant de conclure :

— Un monde est mort, Jabril. Et il ne fera pas bon vivre dans celui en train de naître.

Sans le savoir, le Kurde répétait les mêmes mots que Thierry Sarment avait prononcés au Caire, bien des mois auparavant.

Il se leva.

— Allez… Qu'Allah te garde. Je dois reprendre le travail.

Jabril resta pensif, fixant sa tasse de thé, il crut y entrevoir le visage de ses enfants ; en particulier celui de Mariam. Depuis quelque temps, un homme était entré dans sa vie. Un Yézidi. Certes, elle avait vingt ans révolus. À cet âge, on regarde les garçons. Et les garçons vous regardent. Tout ce que Jabril savait, c'est que celui-là s'appelait Rachid et que sa fille avait fait sa connaissance dans les locaux du British Council, une organisation culturelle et éducative ayant pour but de tisser des relations durables entre le Royaume-Uni et les autres pays dans le monde.

Irak, Bagdad, juin 2004

Quand il fut certain qu'Ismaïl ne reviendrait plus, son père décréta le deuil. Les seules informations qu'il avait pu recueillir se réduisaient à peu de chose : la dernière fois que son fils avait été aperçu, il était en compagnie de deux moudjahidines armés. Rien de plus. Peut-être figurait-il parmi les quarante-six cadavres de sunnites découverts dans un faubourg de Bagdad, et dont l'exécution était attribuée aux chiites…

De son côté, le pauvre Foufou continuait de se flageller l'esprit, miné par un sentiment de culpabilité dont il était convaincu qu'il le hanterait jusqu'à sa mort. Quel inconscient il avait été de confier le nom de Chérif à ce fou furieux d'Ismaïl ! Il l'avait vu recruter ses complices et les avait suivis de loin jusqu'à Kadhimiya. En apercevant des hommes sortir trois cadavres de la villa, les jeter dans une fourgonnette et se diriger vers le Tigre, il avait compris qu'il serait le premier à porter le deuil d'Ismaïl, et serait condamné à vivre avec son secret. Comment aller révéler au père d'Ismaïl que lui, Foufou, l'ami d'enfance, était indirectement responsable de cette tragédie ? Heureusement, l'intendant de la villa lui avait appris que Souheil était vivante. Tout à coup, la vie lui parut insupportable, la vie et cette ville. Il eut la conviction que, partout où il irait, le fantôme d'Ismaïl le hanterait.

86

Kurdistan, Erbil, juillet 2004

À dix-neuf heures, quand Jabril ouvrit la porte, son appréhension était telle qu'il n'était pas loin d'imaginer qu'un spectre cornu aux yeux phosphorescents apparaîtrait dans l'encadrement. Or, à sa grande surprise, ce fut un jeune homme d'environ vingt-sept ans, bien bâti, aux yeux rieurs, qui se tenait devant lui.

Il annonça :

— Rachid Dakhil. Enchanté, monsieur.

Chattar inspira avant de répliquer :

— Sois le bienvenu.

Salma, elle, se montra bien plus accueillante.

Divine surprise, le jeune homme avait apporté une bouteille de vin blanc du Caucase. En attendant de passer à table, ils s'installèrent dans la pièce qui servait à la fois de chambre à coucher pour Youssef et accessoirement de salon.

Salma proposa un arak à l'invité, qui l'accepta.

Il n'échappa pas à Jabril que sa fille dévorait littéralement des yeux le garçon. Il en éprouva un petit pincement au cœur : où était donc la fillette que, jadis, il prenait plaisir à regarder dormir dans son berceau ? Il lui revint tout à coup un poème d'un écrivain libanais, Khalil Gibran : « Vos enfants ne vous appartiennent pas. Ce sont les fils et les filles du désir de Vie. Ils arrivent à travers vous, mais non de vous. » À l'époque, la lecture de ces mots ne l'avait pas marqué. Aujourd'hui, ils prenaient une résonance toute particulière.

— Ainsi, vous parlez couramment l'anglais, s'informa-t-il, plus pour la forme que par curiosité.

— Oui, depuis mon plus jeune âge. Mes parents m'ont inscrit à l'International School de Choueifat. Ils pensaient qu'un jour ou l'autre cette langue me serait utile.

Le frère de Mariam, qui jusque-là s'était contenté d'observer l'invité, demanda soudain :

— Tu es chrétien ?

Mariam lui lança un coup d'œil assassin.

— C'est quoi cette question stupide ?

Rachid temporisa en souriant.

— Ce n'est pas grave. Non, je ne suis pas chrétien, mais yézidi. Et comme tous les miens, je considère la Bible, les Évangiles et le Coran comme des livres révélés. De plus, j'ai été baptisé…

La stupeur écarta les mâchoires de Jabril.

— Baptisé ?

— Parfaitement. Et bien que je ne sois pas un fidèle très fervent, il m'arrive aussi d'accompagner des amis à la mosquée.

— Et à l'église aussi ? s'enquit Salma tout aussi surprise que son mari.

Rachid confirma.

— Laquelle ?

— Notre-Dame de l'Annonciation.

Une fois de plus, Jabril était confondu : c'était l'édifice religieux où ils se rendaient tous les dimanches en famille.

Salma annonça que le déjeuner était servi. Le vin blanc du Caucase fut réservé pour le dessert, car plutôt sucré.

Alors qu'ils étaient toujours attablés, Jabril s'informa :

— Voudrais-tu me parler un peu de ta… Il faillit dire « secte », et opta pour « congrégation ».

La question alluma dans le regard de Rachid une lueur amusée.

— Que voulez-vous savoir, monsieur ?

— Qui vous êtes, intervint Salma. Après tout, notre fille…

— Bien sûr. Je comprends. Je vais essayer d'être bref.

Le jeune homme avala une dernière gorgée de vin et commença :

— Nous sommes presque tous des Kurdes. Notre religion remonte en grande partie à celle des anciens Perses, mais elle est probablement plus ancienne encore. Nous pensons que c'est bien Dieu qui a créé le monde, mais qu'il ne s'en occupe pas. Il en a laissé la gestion à sept anges dont le chef est Malek Taous, qui est représenté par un paon. Il y a très longtemps, des juifs sont venus dans la région et ils ont prêché leur religion. Comme elle n'était pas vraiment différente de celle qu'ils pratiquaient déjà, les Yézidis l'ont adoptée et ils ont même accepté des rites juifs, dont la circoncision. C'est depuis lors qu'ils sont tous circoncis, comme d'ailleurs tous les hommes kurdes. Mais ils ont conservé l'idée que c'est Malek Taous et ses anges qui gouvernaient le monde. Quand les missionnaires chrétiens sont arrivés ici, vers le IVᵉ siècle, ils nous ont sermonnés et affirmé que, puisqu'il gouvernait le monde, ce Malek Taous ne pouvait être que l'esprit du Mal et que c'était donc Satan. C'est ainsi qu'on nous a collé l'étiquette « d'adorateurs du diable ».

Rachid se tut et arbora un large sourire.

— Et voilà !

Chattar avait écouté, captivé et stupéfait tout à la fois par la découverte d'un monde très ancien et pourtant pas disparu.

— Quelqu'un veut un café ? s'enquit Mariam, visiblement agacée par ces questions.

— J'en prendrais bien un, acquiesça Jabril, enchaînant aussitôt sur une question plus prosaïque.

— Que comptes-tu faire plus tard ?

— Fuir ce pays qui est devenu un enfer. Partir pour l'Allemagne. J'ai l'intention d'y poursuivre des études d'ingénieur.

— Mais tu devras parler l'allemand.

— Je le parle. Pas encore couramment, mais je me débrouille assez bien.

Salma questionna à son tour :

— Pourquoi l'Allemagne ? Il existe d'autres pays dans le monde. L'Angleterre par exemple, puisque tu as étudié cette langue.

Rachid sourit.

— Tout simplement parce qu'à Hambourg, je pourrais travailler à temps partiel dans la société que possède mon père.

Jabril fit les yeux ronds.

— Ton père a une société ?

Ce fut Mariam qui expliqua :

— Oui, Lighto. Il en est président aussi bien que l'actionnaire principal.

Le plafond se serait écroulé sur Chattar et de petits oiseaux en seraient sortis en pépiant qu'il n'aurait sans doute pas été plus saisi. Lighto était une société pionnière dans la fabrication des ampoules à basse consommation. C'était une start-up créée trois ans auparavant et désormais classée en Occident dans le peloton des entreprises d'avenir. Et le fils de son fondateur était amoureux de Mariam ?

La reconfiguration du paysage intérieur de Jabril Chattar fut quasi instantanée : l'adorateur du Diable venait de se métamorphoser en sauveur.

Il n'en demeura pas moins que, lorsque le jeune homme fut parti, Jabril chuchota à l'oreille de sa femme : « Tu imagines un gendre yézidi ? »

Irak, Bagdad, juillet 2004

Il faisait nuit noire lorsque les dix hommes, sortis d'une fourgonnette, entourèrent la villa des Abdel Azim. Si la famille El-Safi avait fait son deuil d'Ismaïl, tel n'était pas le cas de ses anciens compagnons. Qui donc l'avait tué ? La question avait longtemps hanté leur esprit jusqu'à ce que la veille de ce 17 juillet, un informateur leur révéla :

— La famille Abdel Azim ! Ce sont eux les coupables ! Ils habitent au 17 rue Mokhtar, dans le quartier de Kadhamiya.

Le chauffeur resté à bord du camion appuya sur l'accélérateur et fonça droit vers la porte de la maison. Le vacarme tira du sommeil tous les occupants, Chérif le premier. Il bondit hors du lit et récupéra son revolver.

— Ne sors pas d'ici ! hurla-t-il à Souheil. Protège le bébé !

Il dévala les escaliers et trouva Zyad, son père, cheveux hirsutes, au milieu du salon. Avec, à ses côtés, quatre compagnons de Chérif qui, depuis le meurtre d'Ismaïl et de ses sbires, servaient à la famille de gardes du corps.

L'un d'eux cria à Chérif :

— Attention, planque-toi ! Ils sont une dizaine... Tu dois...

Il n'acheva pas sa phrase.

Des hommes étaient apparus sur le seuil.

Les kalachnikovs crachèrent leurs jets de balles.

Le père de Chérif s'affaissa.

Puis ce fut au tour de l'un des gardes de s'écrouler tel un pantin désarticulé.

L'échange de tirs se poursuivit pendant quelques minutes. Un siècle.

On entendait des cris qui montaient du voisinage.

Là-haut, Souheil, le bébé serré dans ses bras, essayait de maîtriser, mais sans y parvenir, les tremblements qui secouaient son corps.

Puis... vint le calme absolu.

Elle attendit quelques minutes.

Et se risqua à appeler :

— Chérif ?

Devant l'absence de réponse, elle reposa le bébé dans son berceau et sortit de la chambre sur la pointe des pieds.

Le spectacle qui l'attendait la fit vaciller.

Des cadavres partout. Du sang. Des mares de sang.

L'un des gardes du corps leva la tête vers elle, son bras déchiqueté.

Il murmura comme pour la rassurer :

— Ça va... Nous les avons éliminés...

Mais elle ne l'entendit pas.

Ses yeux fixaient la dépouille de Chérif que les balles à fragmentation avaient presque décapité.

XVIII

88

Irak, Bagdad, juillet 2004

Quand elle rouvrit les yeux, la première chose qu'elle aperçut fut le portrait de Chérif sur la table de chevet.

Alors Souheil se rappela tout et se redressa brusquement.

Elle descendit au rez-de-chaussée, ordonna d'installer une table au milieu de la grande salle et d'y déposer le corps de son époux. Il devrait être lavé et le cadi convoqué pour dire les prières de circonstance. Elle fut obéie.

Elle veilla toute la nuit celui qui l'avait aimée et qu'elle avait aimé.

Le matin, affaiblie, elle pria l'intendant de la maison d'organiser les funérailles. Dix compagnons de Chérif se présentèrent pour escorter le convoi funèbre jusqu'au cimetière de Waziriya.

Ce fut dans la Mercedes noire où elle avait jadis été séduite que Souheil prit place. Mais elle flottait au-delà du temps et des souvenirs. Elle était morte pour elle-même et ne survivait plus que par l'image de son fils Hussein. Ce fut dans la tombe même de Chérif que Souheil enterra celle qu'elle avait été.

Cette nuit-là, une pensée s'ancra dans son esprit : Partir. Quitter cet enfer et offrir à son fils une autre vie.

Kurdistan, Erbil, août 2004

Un proverbe hindou assure que le destin houspille celui qu'il favorise, afin de le tirer de ses habitudes de pensée, ornières ordinaires de l'être humain. Si la sagesse hindoue était fondée, Jabril Chattar devait, à son insu, être favorisé des puissances suprêmes ; déjà aux abois, en effet, il dut affronter des tourments inédits.

Dès le réveil, son cerveau remuait les informations de la veille et ses oreilles bourdonnaient des explosions qu'il n'avait pas entendues, ses yeux larmoyaient aux récits des horreurs décrites par les médias. L'afflux des chrétiens de Mossoul avait démesurément grossi dans le Kurdistan et leurs témoignages faisaient frémir. Les femmes chrétiennes qui s'aventuraient non voilées dans la rue étaient non seulement insultées, mais battues et parfois violées. Les hommes n'étaient pas mieux lotis : eux aussi devaient s'attendre au pire. Mgr Basile Casmoussa, archevêque syriaque de Mossoul, avait été enlevé, sans doute par des extrémistes sunnites.

Jabril repensait sans cesse aux propos d'Adile, le Kurde : « Tu devras songer à faire comme ton ami, et quitter ce pays. » Et l'inquiétude de Jabril se gonflait en angoisse : étaient-ils, lui et sa famille, encore en sécurité à Erbil ? Combien de temps le resteraient-ils ? Une meute de ces forcenés islamistes n'allait-elle pas débouler soudain sur un marché ou dans une école et faire exploser une bombe ?

Advint une secousse supplémentaire, personnelle celle-là. Mais paradoxalement, il l'accueillit comme un bienfait de Dieu.

— Monsieur Chattar, m'accordez-vous la main de votre fille ?

Jabril mit quelques secondes avant de répondre en se tournant vers Mariam :

— Tu le souhaites ?

— Oui papa, plus que tout au monde. Nous nous aimons.

Salma, témoin de l'échange, essuya une larme.

Un autre passage du poète libanais remonta vers Jabril : « Vous êtes les arcs qui projettent vos enfants comme des flèches vivantes. »

Il murmura :

— Je t'accorde la main de ma fille.

Mariam se leva et étreignit son père, puis elle alla vers sa mère, se lova contre elle et leurs larmes se mêlèrent.

Jabril fixa le jeune homme un moment, et posa une question, vitale à ses yeux.

— Tu ne verrais pas d'objection à te marier à l'église, j'espère ?

— Tout mariage interreligieux nous est en principe interdit. Mais je ne vois aucune objection.

— Et ta famille ?

— J'en fais mon affaire.

Et il annonça très vite :

— Ensuite, nous partirons pour l'Allemagne.

Salma poussa un cri.

— Déjà ? Quand ?

— Et comment ? s'affola Jabril.

— Par la Turquie. Ne vous inquiétez pas. J'ai tout prévu et je dispose de l'argent dont nous aurons besoin.

Jabril dut quitter le salon pour aller s'asperger le visage d'eau froide. Et il maudit George Bush et Tony Blair et tous leurs suppôts : à cause de lui, sa fille, Mariam allait épouser un adorateur du diable...

90

France, Paris, août 2004

Thierry Sarment arpentait la pièce depuis un moment déjà. Il allait de sa bibliothèque, qui occupait tout un pan de mur, à son bureau, sur lequel régnait un savant désordre, au Chesterfield en cuir de buffle, dont il s'était toujours demandé pourquoi diable il avait acheté un canapé aussi hideux.

Finalement, il se laissa choir devant son ordinateur et demanda à Samia de venir le rejoindre. Un instant, elle arriva, portant leur bébé dans les bras.

— Que se passe-t-il ?

— Viens, assieds-toi près de moi. Et écoute.

Il pointa son doigt sur l'écran de son ordinateur et lut l'objet du message qui s'affichait : Nom de code « Curveball ».

Ensuite, il entama la lecture du contenu :

Hi my very dear Thierry !

Voilà de quoi alimenter largement ton ouvrage !

Il s'agit du plus grand mensonge de l'histoire de l'espionnage, le plus meurtrier aussi. Tu n'as pas oublié la célèbre mise en garde que ce malheureux Colin Powell lançait au monde en 2003 : « Il ne peut faire aucun doute que Saddam Hussein détient des armes biologiques et qu'il a la capacité d'en produire en nombre suffisant pour tuer des centaines de milliers de personnes. » Sûr de son fait, le secrétaire d'État avait assuré : « Nous avons une description de première main de ces installations de la mort. » Et de préciser : « C'est un transfuge irakien qui nous a transmis toutes les informations. Un témoin direct, un ingénieur chimiste qui était présent lors des cycles de production d'agents biologiques ! »

Aujourd'hui, mon cher Thierry, nous avons appris qui se cachait derrière ce transfuge : un fumiste, un rigolo, un mythomane du nom de Rafid El-Janabi.

Après être sorti d'Irak en 1999 (grâce à un faux passeport), le type s'était rendu en Allemagne. Arrêté par la police, il fut immédiatement envoyé dans un centre d'hébergement. Il a très vite compris qu'il avait peu de chances d'obtenir le droit d'asile. Au bout de quelques jours, il a exigé de voir un supérieur prétextant qu'il avait des révélations importantes à faire. On l'écoute. On l'écoute avec d'autant plus d'attention qu'il affirme être un ingénieur chimiste et que, selon lui, le site de Djerf El-Nadaf où se trouve une usine censée fabriquer des semences agricoles dépendrait non du ministère de l'Agriculture, mais de celui de la Défense. Que l'usine ne fabrique pas de semences, mais des armes biologiques dont il connaît, confie-t-il, tous les détails. Il est prêt à les livrer.

On imagine le branle-bas de combat ! Rafid n'est plus interrogé par un fonctionnaire lambda, mais par un certain Dr Paul, qui se présente comme inspecteur de l'ONU, spécialisé en armes de destruction massive. En fait, c'est le chef de la division « contre-prolifération » du BND[1] – une huile de l'espionnage.

Au Dr Paul, Rafid assure qu'il a été secrètement embauché, dès la fin de ses études, par la commission de l'industrie militaire, le saint des saints du pouvoir, dirigée par un gendre de Saddam Hussein.

Le BND envoie un résumé des interrogatoires à son partenaire américain habituel, le service de renseignement de l'US Army qui, depuis les années 1950, possède une importante base à Munich. Là, tout au long de la guerre froide, on avait pris l'habitude d'attribuer aux informateurs sur les armes soviétiques un nom de code se terminant par « ball ». Rafid devient donc « Curveball » – un surnom que les autres services adopteront sans trouver gênant qu'en anglais « curveball » ce soit une expression utilisée au base-ball pour qualifier un lancer tordu, un coup vache (*curve*, courbe et *ball*, balle).

---

1. Le *Bundesnachrichtendienst* est le service de renseignement extérieur du gouvernement fédéral allemand.

Rafid parle, parle… Il parle trop. Au bout de plusieurs mois d'interrogatoire, il confie que le patron de Djerf El-Nadaf, un certain Basil Latif, a un fils et que celui-ci est l'acheteur principal des produits destinés à la fabrication des agents toxiques. Mais Rafid ignore que ce Latif vit alors à Dubaï, où, en octobre 2000, des officiers du BND et du MI6 britannique l'ont interrogé. Non seulement Latif a démenti que le centre qu'il dirigeait produisait des armes biologiques, mais les espions ont découvert que son fils unique n'avait que… seize ans.

Confronté à cette incohérence, « Curveball » s'énerve, jure comme un charretier et refuse de répondre. Dr Paul a compris : sa source bien-aimée est bidon.

Le BND rompt tout contact avec Rafid. Seulement voilà, depuis la rupture entre l'Irakien et le service secret allemand, il y a eu le 11 septembre et la prise du pouvoir à Washington par les néoconservateurs. Et ceux-là entendent bien se servir de son témoignage, « quelle que soit sa valeur ». En mai 2002, la CIA demande au BND de reprendre contact avec le jeune Irakien. Elle a reçu copie de la centaine d'interrogatoires de « Curveball » et veut en savoir davantage. Questionné de nouveau, Rafid change de version. Il dit qu'en fait il n'était pas le chef du projet des labos mobiles, seulement un assistant. Il n'a pas vu la production d'agents biologiques, il a quitté Djerf El-Nadaf avant. Puis, il s'énerve et ne répond plus au téléphone. La CIA est mise au courant de ce comportement erratique.

Pourtant, en octobre 2002, dans un rapport au Congrès très médiatisé, la CIA va affirmer avec la « plus haute confiance » que l'Irak disposait d'unités mobiles de production d'armes biologiques. Devant une commission parlementaire, son patron, George Tenet, précisera que son service tient cela d'un « transfuge parfaitement crédible ».

À l'intérieur de l'agence, des voix s'élèvent contre cette utilisation abusive de « Curveball ». Le chef de la division Europe, Tyler Drumheller, veut en avoir le cœur net. Il déjeune avec le chef de l'antenne du BND à Washington et lui demande que la source soit interrogée par des officiers de la CIA. « À quoi bon, c'est un affabulateur, lui répond son interlocuteur. De toute façon, il refuse d'être questionné par des Américains ou des Israéliens. Donc c'est non. »

L'affaire semble entendue. Pourtant, le 18 décembre 2002, George Tenet appelle son homologue allemand et lui demande l'autorisation d'utiliser les propos de l'Irakien. « D'accord, mais à condition de ne pas mentionner le nom du service traitant et en n'oubliant pas de mentionner que les dires de cette source n'ont pas été "confirmés". »

Malgré ces mises en garde, la Maison-Blanche va utiliser les allégations de « Curveball » dans le discours sur l'État de l'Union que George Bush a prononcé le 28 janvier 2003 et dans lequel il a conservé le passage sur les laboratoires mobiles. Quelques jours plus tard, Colin Powell, à l'ONU, nous fera le coup de l'éprouvette.

Il y a un mois, la CIA a interrogé une soixantaine de personnes qui ont connu Rafid de près ou de loin. Ils ont découvert que ce fabulateur n'était pas sorti major de sa promotion, mais dernier, qu'il avait bien travaillé quelques mois à Djerf El-Nadaf, mais en tant qu'assistant et non chef de projet, et surtout que ce site n'était effectivement qu'une usine de semences agricoles et rien d'autre. Et enfin, de son plus proche ami d'enfance, ils ont appris aussi que Rafid n'était qu'un « menteur congénital ».

Have a nice day, Thierry !

Arthur.

Thierry ôta ses lunettes de vue et se tourna vers Samia.

— Tu le crois ? Bush, Dick Cheney, Rumsfeld, Colin Powell, Wolfowitz, et j'en oublie… Tous ces gens-là se sont lancés dans une guerre à l'autre bout du monde et ont sacrifié des centaines de milliers de vies sur les simples fariboles d'un mythomane !

Samia secoua la tête.

— Non, mon amour. Ils se sont lancés *parce qu'ils le voulaient*.

— Dans ce cas, pesta Thierry en éteignant son ordinateur, vivement un nouveau procès de Nuremberg ! Et que l'on me nomme procureur général !

91

Égypte, Le Caire, octobre 2004

— Depuis plus d'un siècle, clamait l'orateur, l'Occident a répandu sur les pays arabes et l'Égypte en particulier les miasmes de son immoralité et de son esprit mercantile, par le relais de ses représentants, de ses établissements de loisirs, de son cinéma. Ces éléments sont foncièrement étrangers, non seulement à la tradition, mais surtout à l'esprit de l'islam, qui exalte la droiture et la décence.

L'orateur observa une pause et parcourut du regard la dizaine d'auditeurs réunis dans l'arrière-salle d'un café du quartier populaire d'Imbaba, au nord-ouest du Caire. Tous des hommes.

Visage sévère barré d'une grande moustache noire, Naguib El-Baltagui poursuivait sa diatribe. Pantalon noir, chemise blanche, il ne portait évidemment pas de cravate, ornement occidental réprouvé aussi bien par les sunnites que par les chiites.

Assis au premier rang, Gamil Sadek savoura la finesse lexicale du mot « miasmes », *wassakhat*, qu'il n'avait pas entendu depuis bien des années, depuis l'époque où son père avait croisé une Européenne dans la rue et que le parfum de celle-ci l'avait, disait-il, indisposé. Mais à l'époque, il soupçonnait son père de bonne vieille hypocrisie : la vérité était que Fadel avait été troublé par l'inconnue et avait prétendu critiquer ses « miasmes » pour témoigner de sa force d'âme.

Nul n'ignorait que le cheik Naguib El-Baltagui faisait partie des Frères musulmans, confrérie éminemment interdite en Égypte. Mais la réunion ne se plaçait pas sous son égide, du moins officiellement, et pour le cas où quelque sbire des *moukhabarat* serait venu demander au tenancier ce que faisaient là ces messieurs : non, c'était une discussion ouverte sur des sujets de société, tels que le choix des films étrangers diffusés dans les salles de la capitale.

Gamil Sadek résista à l'envie d'allumer une cigarette. Mais son voisin, un certain Tarek El-Husseini, lui avait déjà fait observer lors d'une précédente réunion que l'usage public du tabac n'était pas toléré dans ces assemblées. Gamil ne pouvait se douter alors que cet El-Husseini était natif de Gaza, qu'il avait fui à travers un tunnel et que, depuis son arrivée en Égypte, il était l'un des protégés de l'orateur.

— Il faudrait imposer le *hijab* à toutes les femmes égyptiennes, poursuivait l'orateur. Certaines tenues qu'on voit en été, sur les plages, sont pour notre jeunesse de véritables appels au viol !

Gamil sursauta.

Le voile ? L'idée même qu'il ne verrait plus les jambes de son épouse, qu'il ne pourrait plus contempler la silhouette des jolies femmes dans la rue, ne fût-ce que pour le plaisir des yeux, le révulsa. Ce type était insane.

Les propos de Baltagui étaient absurdes ; Gamil doutait que la jeunesse égyptienne, surtout dans les grandes villes, fût disposée au rigorisme que prônait le personnage. D'ailleurs, il l'écoutait à peine. Son esprit vagabondait sur les raisons de sa présence. Sans trop savoir pourquoi – lassitude, ou ennui ? – il s'était laissé persuader par son père, Fadel, d'entrer en politique afin de se préparer un avenir plus « fructueux ». Et quel meilleur avenir que celui que proposaient les *Ikhwans* ? Gamil avait été pour le moins surpris. Depuis quand son père se trouvait-il des affinités avec des gens qui brandissaient le Coran en lieu et place d'une constitution laïque ?

L'orateur n'avait certes pas tort quand il affirmait que le pays était en danger, mais il aurait dû dire que c'était le régime qui l'était. Une mauvaise humeur menaçante flottait dans l'air du temps, depuis la première manifestation de Kefaya – « Ça suffit » –, mouvement d'opposition à la politique de Moubarak. Il n'était plus possible de prétendre l'ignorer. Combien de membres comptait-il ? Gamil avait entendu diverses estimations, allant de cinq mille à quinze mille, mais chacun savait qu'il suffit parfois de quelques centaines de mécontents pour provoquer des désordres graves.

Bref, rien de vraiment gai. Les réticences de Gamil à entrer en politique se fondaient sur le fait que, depuis qu'il avait entendu ce mot, c'est-à-dire depuis son enfance, tout allait toujours de travers et rien ne changeait. Pourtant, son père avait balayé ses réserves en proclamant sur un ton qui se voulait prophétique :

— L'islam se réveille, Gamil ! L'islam en a assez de l'Occident. Un autre monde est en train de naître, où l'être humain ne sera pas traité comme un objet de plus, un objet dont le seul destin est d'enrichir par sa consommation quelques milliardaires ! Tu dois prendre ta place dans l'armée invisible qui se forme.

Il eût été irresponsable, en effet, de négliger la vaste transition qui s'amorçait, même si elle se manifestait par la violence. Le hic, c'était que son épouse attendait un enfant et que Gamil avait la violence en horreur.

92

Gaza, 11 novembre 2004

Ghaleb El-Husseini augmenta le son de la radio.

Sa femme Asleya et son fils aîné, Djamel, se rassemblèrent autour du poste. Le journaliste débitait l'information d'une voix funèbre :

— Après des semaines de souffrances, le président Arafat est décédé officiellement à Clamart, en France, à 3 h 30, heure de Paris. Yasser Arafat sera inhumé demain, 12 novembre, dans la Mouqata'a, son dernier quartier général de Ramallah en Cisjordanie où il vivait confiné depuis trois ans, le gouvernement israélien ayant refusé qu'il soit enterré à Jérusalem. Ariel Sharon estime que la présence de la tombe de M. Arafat sur ce site équivaudrait à reconnaître une souveraineté palestinienne sur le lieu saint. Les Israéliens craignent, en outre, que le tombeau ne devienne un lieu de pèlerinage et de rassemblements. Ils redoutent également le déferlement de centaines de milliers de Palestiniens en plein cœur de Jérusalem pour l'enterrement.

Ghaleb El-Husseini éteignit le poste.

Il était dévasté. Non par la mort de celui qui fut le chef incontesté de la résistance palestinienne ; voilà longtemps déjà que le personnage ne lui inspirait plus confiance. Corrompu jusqu'à l'os, comme la plupart des membres de son entourage, il ne portait plus la moindre espérance. Non, la dévastation qui labourait le cœur de Ghaleb était liée au destin que son

343

fils avait choisi. Certes, Tarek avait écrit, certes, il lui arrivait de téléphoner à son frère Djamel pour donner des nouvelles. Mais quelles nouvelles ? Son enrôlement dans les rangs des Frères musulmans ? Sa folie ? Mourir au nom d'Allah ?

— Papa…

Il leva les yeux vers Djamel.

Comme s'il avait lu les pensées de son père, le jeune homme dit :

— Il va revenir. Arrête de te ronger. Tu te fais du mal.

— Il a raison, surenchérit Asleya. Nous, nous sommes là.

Ghaleb fit oui de la tête.

Mais avait-il seulement entendu ?

XIX

93

Kurdistan, Erbil, janvier 2005

Jabril Chattar crut que la fin du monde claironnait au pied de son lit.

Quelqu'un, à moins que ce fût un ange de l'Apocalypse, martelait la porte d'entrée. Il jeta un coup d'œil sur sa montre : deux heures du matin.

Salma se dressa, au bord de l'hystérie :

— Jésus, Marie, qui est-ce ?

Youssef débaroula dans la chambre, les cheveux en broussailles.

Les coups redoublaient.

Jabril alla jusqu'à la porte, mais se garda bien d'ouvrir.

— Qui est là ?

— Melek !

Une voix de femme.

— Melek ?

— Melek ! La sœur de Rachid. Votre gendre !

Jabril lança un coup d'œil effaré vers son épouse et déverrouilla immédiatement la porte.

Une jeune fille en larmes se jeta littéralement dans leurs bras. C'était bien la sœur de Rachid. Une petite brune, potelée, de vingt-deux ans.

— Aidez-moi, je vous en supplie…

— Entre, entre, répéta Salma. Entre, ma chérie.

On l'allongea sur le lit de Youssef, tandis qu'elle débitait des mots sans suite et qu'une terreur indicible se lisait dans ses yeux. Ce n'est qu'au bout d'une vingtaine de minutes qu'elle fut en mesure de s'expliquer de manière plus moins cohérente.

Des individus, des inconnus armés de couteaux, avaient déboulé dans l'immeuble où elle vivait avec ses parents ; immeuble occupé essentiellement par des familles chrétiennes et des yézidis. Ils avaient pénétré de force dans les appartements et s'étaient livrés à un véritable carnage. On entendait les hurlements. Des appels au secours. Le père et la mère de Melek avaient alors adjuré leur fille de s'échapper par la fenêtre. Elle n'avait pas osé. Elle ne voulait pas se séparer de ses parents. Soudain, la porte de leur appartement avait été enfoncée. Le père de Melek avait essayé de faire front, mains nues, mais un homme lui avait tranché la gorge. Un autre s'était jeté sur la mère de Melek. Alors seulement, la jeune fille avait décidé de fuir en enjambant la fenêtre.

Jabril était au bord de la nausée.

Mon Dieu ! Pourquoi n'avait-il pas suivi Rachid et Mariam dans leur exode vers l'Allemagne ? Quel fou ! De quelle inconscience il avait fait preuve !

Lui et Salma attendirent que Melek et Youssef se soient endormis avant de regagner leur chambre.

— Qu'allons-nous devenir ? sanglota Salma. Ils vont tous nous tuer.

Son mari essaya de la rassurer, alors qu'au tréfonds de lui, il savait qu'elle disait vrai.

Il ne ferma pas l'œil de la nuit, songeant à Mariam et Rachid, heureusement en sécurité à Hambourg. Avant le lever du jour, la dernière pensée de Jabril tourna autour de l'itinéraire qu'il devrait suivre s'il décidait d'imiter son gendre et sa fille.

Le lendemain on annonça que pas moins de cent vingt cadavres avaient été retrouvés. On ignorait qui étaient les assassins, mais il ne faisait pas de doute qu'il s'agissait de fanatiques musulmans.

— On part ! annonça Jabril.

Salma n'émit aucune protestation. Elle avait toujours pressenti l'imminence de ce départ, mais cela n'atténuait qu'à peine le choc. C'était un jeudi, 4 janvier 2005, à 15 h 30. Elle s'en souviendrait.

*

Quand ils claquèrent les portes de la Peugeot, il ne restait plus rien dans l'appartement. Plus un drap, plus une serviette. Deux grosses valises étaient attachées sur le toit de la voiture, deux autres rangées dans le coffre.

Sur la route, puisqu'il n'existait pas d'autre mot pour qualifier la piste cahoteuse qui serpentait jusqu'à Zakho, Chattar nota que plusieurs autres véhicules les suivaient. Le poste des douanes irakien était presque désert et le seul préposé présent semblait avoir renoncé à tout contrôle ; il leur fit signe de passer d'un geste las. Peut-être ses collègues avaient-ils, eux aussi, pris la fuite. Des regards blasés les accueillirent aux douanes turques.

Leur première halte fut cinq cents kilomètres plus loin, à Gaziantep. Quand il sortit de la voiture, non loin du marché couvert de Zincirli, Chattar tenait à peine debout. Lui et Melek partirent à la recherche de quelqu'un qui parle l'anglais et finirent par tomber sur un homme qui leur indiqua un petit hôtel. Il ne restait plus qu'une chambre ; Dieu merci, elle comptait deux lits jumeaux. Chattar résista désespérément à l'envie de se laisser tomber sur l'un d'eux, mais une urgence s'imposait : prévenir son gendre Rachid Dakhil. Comment ? Il n'avait pas emporté son numéro.

— Je le connais par cœur, murmura faiblement Melek.

Il entraîna la jeune fille à la réception de l'hôtel et là, au terme d'échanges frénétiques en sabir angloïde, Youssef parvint à se faire comprendre de l'employé. Oui, bien sûr, on pouvait téléphoner à l'étranger, mais ce serait cher…

Cinq minutes plus tard, Jabril crut fondre de bonheur quand Melek articula enfin :

— Rachid, c'est moi, Melek… Oui… En Turquie, je ne sais pas où… nous avons dû fuir… Je te passe M. Chattar…

94

En dépit d'un gouvernement élu et en apparence indépendant, la « guerre en morceaux » sévissait de plus en plus violemment dans tout l'Irak, et, à Bagdad, théâtre millénaire des affrontements, la sauvagerie atteignait encore plus fréquemment des abîmes. La fiction occidentale de l'État ne parvenait pas à masquer la réalité universelle de la Nation, d'autant plus que celle-ci était déchirée en factions mortellement ennemies. Et que, de surcroît, les manœuvres étrangères tentaient d'exploiter le désordre pour étendre, par milices interposées, l'influence de pays voisins ou d'aventuriers espérant y gagner la gloire historique.

Quatre mille soldats américains étaient morts dans ce pays, mais, à Bagdad, les États-Unis faisaient construire une nouvelle ambassade, qui serait la plus grande au monde – en fait une forteresse déguisée en monument officiel.

Sur les instances répétées de Samia, Thierry avait renoncé à voyager au Moyen-Orient. Il avait une femme et un fils. Allait-il risquer de laisser une veuve et un orphelin pour l'unique raison de récolter des informations de première main afin de nourrir son livre et les transmettre à quelques milliers d'Occidentaux qui, d'ailleurs, s'en contrefichaient ?

Car l'on risquait sa vie au moment le plus imprévu sans savoir pourquoi. On montait dans la voiture d'un ami : une bombe magnétique explosait dessous et vous expédiait dans l'infini sans qu'on fût le moins du monde partie prenante dans aucun conflit. On tirait la chasse d'eau dans les toilettes d'un café de banlieue et elle vous explosait dessus, on achetait des aubergines au marché d'un patelin du Pakistan et l'on était transformé en hachis...

Dans le prologue de son ouvrage, Thierry évoquait un dicton, dont il ne retrouvait plus l'origine : *Le meurtre est l'arme des imbéciles.*

Le millénaire était-il donc frappé d'imbécillité ?

Cisjordanie, Hébron, 14 février 2005

Rafik El-Mansouri passa sa paume sur son crâne chauve, et pointa son index sur la carte dépliée par terre. Prenant Majda à témoin, il demanda :

— N'est-ce pas totalement insensé ?

— Où t'es-tu procuré cette carte ?

— Elle est accessible sur le Net. Je n'ai fait que l'imprimer.

La carte en question représentait le tracé d'un édifice que les esprits doués d'un reste d'humanisme avaient surnommé le « Mur de la honte ».

— Regarde... Il suit les frontières de 1967, tout en encerclant étroitement plusieurs territoires clés palestiniens, et en découpe d'autres. Des zones palestiniennes comme le village de Qaffin sont désormais privées de soixante pour cent de leurs champs, tandis que d'autres, comme la ville de Kalkilya, sont non seulement écartées de leurs terres, mais la clôture les coupe, et de la Cisjordanie, et d'Israël. Et sais-tu combien coûte ce mur aux Israéliens ?

Majda garda le silence.

— Plus d'un million de dollars le kilomètre. Un truc fortifié par des parois de béton de huit mètres, des tours de contrôle tous les trois cents mètres, des tranchées profondes de deux mètres, des fils barbelés et des routes de contournement ! Mais il y a plus tragique...

Il posa son index sur Jérusalem.

— Cette incorporation du Grand Jérusalem dans l'État hébreu pose de graves problèmes puisque cette zone compte un grand nombre de Palestiniens, soulignant les contradictions entre les impératifs démographiques et ceux de la sécurité. Afin de résoudre ce problème, Israël tente de construire deux murs autour de Jérusalem. Tu m'entends ? Deux murs ! Le premier serait une séparation interne bâtie principalement autour des frontières municipales définies par Israël. Le second serait une séparation externe autour des blocs de colonies. À la différence des forteresses médiévales, ces murs de Jérusalem se composeront d'une barrière électrifiée, d'une route de contournement et, à certains endroits, de tranchées, de parois de béton et de détecteurs de mouvement. Les juifs ont transformé Israël en un immense ghetto. C'est une aberration !

Rafik balança la carte d'un geste rageur.

Majda baissa les yeux.

— Mon amour, dit-elle d'une voix presque inaudible. La mort n'a jamais appelé la vie. Si une muraille avait entouré Hébron, j'aurais été mère.

Sur l'écran allumé de la télévision, un speaker de CNN annonça la mort du Premier ministre du Liban Rafic Hariri, tué à Beyrouth dans un attentat à la voiture piégée. Le speaker précisa que Hariri avait été une personnalité politique de premier plan, le représentant d'un mouvement modéré qui jusqu'alors avait tenu son pays à l'écart de la danse infernale qui commençait à secouer l'Orient.

Et un commentateur s'interrogea dans un débat suivant cette annonce : il existerait donc au Liban une organisation terroriste assez puissante pour oser éliminer un personnage tel que Hariri. Qui donc la finançait ? L'Iran ? Ou bien l'Arabie saoudite ? Un de ses collègues lâcha le nom de Bachar el-Assad et des services secrets syriens. Un troisième s'étonna : « Bachar ? La Syrie ? Mais vous n'y pensez pas ! »

96

Irak, Bagdad, février 2005

En refusant de risquer sa vie pour en supprimer d'autres, au nom de querelles où l'on démêlait mal les conflits séculaires et les vengeances personnelles drapées des oripeaux de l'honneur, Foufou, l'ami bien-aimé de feu Ismaïl El-Safi, avait pris la plus grave décision de sa vie.

Il s'était exposé aux soupçons de la milice à laquelle il appartenait – comme Ismaïl d'ailleurs, et ceux qui étaient morts dans l'expédition contre la villa Abdel Azim.

Terrorisé, écœuré, miné par la culpabilité, il avait décidé de disparaître. Se suicider ? Il y avait pensé, mais très vite l'idée avait quitté son esprit. Il était encore jeune. On ne se précipite pas dans les bras de la mort à trente ans. Non. Un autre projet lui parut plus sensé. Le premier jour, il s'était réfugié chez un ami boulanger de la rive orientale, dans le quartier de Saadoun. La nuit suivante, il avait dormi dans une mosquée de Ghazaliya, sur l'autre rive. Il lui fallait absolument éviter tous les quartiers où il aurait pu se faire repérer par ses anciens amis de la milice, lesquels n'auraient pas manqué de l'accuser de lâcheté, voire de trahison. Ensuite, il avait pris le maquis, et s'était progressivement éloigné de Bagdad, allant vers l'ouest.

Pourquoi l'ouest ? Depuis cette nuit d'horreur, le projet de gagner la Syrie avait mûri lentement dans sa tête.

Dix jours après l'expédition fatale, il sortait des faubourgs de Mossoul, mourant de fatigue et de froid. Cent trois dollars, c'était tout ce qui lui restait de la vente de sa kalachnikov. Au bout de deux kilomètres, il aperçut sur le bord de la route un groupe de gens qui mangeaient, assis par terre, entre une voiture et une camionnette. Il y avait une chance sur deux pour qu'ils soient yézidis ou chrétiens.

Il les avait abordés.

— Dans quelle direction allez-vous ? demanda-t-il à un homme jeune qui tenait un enfant dans ses bras.

— Vers la Syrie. Pourquoi ?

Il proposa :

— Accepteriez-vous de m'emmener ? J'ai de quoi payer.

Les hommes s'étaient consultés du regard.

— Tu es musulman ?

Il nota qu'aucun d'entre eux ne portait une croix et risqua le tout pour le tout.

— Non. Yézidi.

Ils se consultèrent de nouveau du regard. Un persécuté comme eux.

— Monte dans la camionnette et garde ton argent.

C'est ainsi que Foufou fit son entrée, non au pays de la liberté, mais dans une autre vie.

XX

97

Allemagne, Hambourg, mai 2005

Jabril Chattar jeta un coup d'œil par la fenêtre. Le ciel était gris. Comme l'Elbe, à quelques pas de là.

Hambourg n'était certainement pas une ville comblée par le soleil, même au printemps. Mais au moins les téléphones fonctionnaient, on n'était pas réveillé la nuit par des coups de feu, les voitures ne sautaient pas à tous les coins, et les femmes n'étaient ni voilées ni violées dès qu'elles se trouvaient seules dans une rue.

Il abaissa les yeux sur le manuel d'allemand débutant qu'il potassait chaque soir après le cours pour adultes étrangers auquel l'avait inscrit son gendre, Rachid. Son avenir dépendrait de sa maîtrise de cette langue. Rachid lui avait promis que, dès qu'il aurait passé un premier examen certifiant des connaissances suffisantes dans cette langue, son père, Walid, le nommerait responsable de la succursale de sa société Lighto qu'il comptait ouvrir à Berlin. En attendant, il vivait quasiment de la charité de cet homme qu'il n'avait jamais vu : c'était Dakhil père qui payait le loyer du petit trois-pièces où les Chattar et leur fils Youssef habitaient, non loin de l'église Saint-Michel. Melek avait évidemment été accueillie chez son frère, où elle devrait apprendre à guérir les plaies qui ensanglanteraient longtemps sa mémoire.

Et ce miracle avait eu lieu parce que Mariam était tout simplement tombée amoureuse d'un Yézidi. Mais tout de même, apprendre l'allemand à cinquante ans passés – quand on est un Irakien et qu'on possède tout juste quelques rudiments d'anglais !

Il ânonna à haute voix : *Es freut mich Sie kennengelernt zu haben !* Qui voulait dire : « Enchanté d'avoir fait votre connaissance ! » Quelle prouesse !

Il leva de nouveau les yeux. Les nouvelles venues d'Irak étaient effroyables. Les Américains se retiraient de toutes les villes, mais loin de calmer la fureur des terroristes, leur départ avait accru le nombre des attentats. C'était par centaines que se comptaient les morts, et que dire des blessés ! Les chrétiens fuyaient le pays par vagues.

Il se rappela la phrase entendue peu après son arrivée à Erbil : « Le christianisme en Orient, c'est fini. » En tant que chrétien d'Orient, son existence avait été rayée. Et encore devait-il s'estimer heureux : le trait de plume n'avait pas été tracé avec son sang.

Kurz gesagt, ich benutze nur noch den Computer. Qui voulait dire : « En bref, je n'utilise plus que l'ordinateur. » *Das ist ganz einfach !* « C'est tout simple ! »

Il n'allait quand même pas se mettre à pleurer ?

France, Paris, au même moment

— Est-ce que je pourrais avoir l'adresse et le téléphone de Mme Francine Berthelot, s'il vous plaît ? Je m'appelle Souheil El-Safi. J'arrive d'Irak.

Comme il y avait des années que Souheil n'avait articulé un mot de français, le son de sa voix dans cette langue lui parut irréel.

— Voulez-vous me donner quelques précisions, répliqua la standardiste du Quai d'Orsay.

— Le mari de Mme Berthelot occupait le poste de conseiller culturel à l'ambassade, à Bagdad, en 2001.

— Un instant, je vous prie.

Elle entendit que l'on transférait son appel sur un autre poste.

Après de longues minutes, une autre voix retentit au bout du fil et elle dut réitérer ses explications.

— Vous voulez parler sans doute de l'épouse d'Arnaud Berthelot, lui dit la voix.

Souheil s'empressa de confirmer.

— Tout ce que je peux faire pour vous c'est de prévenir Mme Berthelot de votre appel. Y a-t-il un téléphone ou une adresse où vous joindre ?

Souheil donna alors ceux de l'hôtel où elle et le petit Hussein étaient descendus, un établissement convenable du IXe arrondissement.

Il ne restait plus qu'à attendre.

Elle ne connaissait âme qui vive à Paris ni en France. Elle avait choisi cette destination comme une âme libérée du purgatoire aurait opté pour le paradis. Elle en avait d'ailleurs toujours rêvé. Depuis cet après-midi au cercle franco-irakien où l'on avait projeté *Les Enfants du paradis*, elle s'était identifiée à Garance ; une femme libre et audacieuse. Les fictions permettent parfois de supporter la réalité.

Le lendemain, elle emmena son fils dans un café voisin. Elle se commanda une tasse de chocolat chaud. Un délice ! Tandis que le serveur repartait, elle prit Hussein sur ses genoux, et le serra tendrement. Il avait presque deux ans, et en paraissait un peu plus. Dieu comme il ressemblait à Chérif ! Mêmes yeux en amande, même ovale du visage. Le même nez quelque peu épaté.

Depuis les morts successives de Chérif et de son père Zyad, celle qu'elle avait connue et cru être n'existait plus. Une idée, d'abord aussi ténue qu'un filet de fumée qui monte d'un feu qu'on croyait éteint, s'était formée et avait lentement mûri en elle : échapper à ce monde de violence et y soustraire son fils. Elle prit de la consistance quand, quelques semaines après le massacre, le frère cadet de Chérif l'informa qu'elle héritait de son mari. Mère d'un garçon, elle avait droit à la part du lion et elle serait tutrice de la part revenant au jeune Hussein. À sa surprise, elle se retrouva donc riche. Point majeur, la plus grande partie de cet argent résidait à l'étranger, principalement à Zürich et à Istanbul. Les Safi avaient été prévoyants. Le frère de Chérif lui avait donc remis les papiers attestant des transferts de propriété. Du coup, l'idée de s'exiler cessa d'être intermittente et floue ; elle s'imposa même de façon impérieuse. Aller ailleurs.

Oui, mais silencieusement, sans cérémonie d'adieux ni fausses ou vraies larmes. Elle paya ce qu'il fallait et, la Mercedes noire les accompagna, elle et le petit Hussein, jusqu'à Istanbul. De là, à force de patience et surtout grâce au bon cœur du consul, elle avait réussi à obtenir un visa pour la France.

Intérieurement, elle était exsangue. Elle avait vécu tout ce temps sans avoir eu conscience qu'elle était soutenue par l'affection et l'amour de Chérif.

Ce fut seulement au bout du quatrième jour que Francine Berthelot rappela, mais sans trop savoir qui elle rappelait.

— C'est moi, Souheil El-Safi. La jeune fille à l'aspirine !

Francine Berthelot éclata de rire. Bien sûr !

Et, dans un récit confus, Souheil se mit à lui débiter les raisons qui l'avaient menée jusqu'à Paris.

Il y eut un temps de silence, puis :

— Voici ce que nous allons faire. Je pars demain pour une quinzaine de jours à Vienne, avec mon mari. Je vous rappellerai à mon retour, vous dînerez à la maison et nous verrons comment vous venir en aide. D'accord ?

Souheil répondit par l'affirmative. Avait-elle le choix ?

Néanmoins, elle fit timidement observer :

— Je ne serais pas seule. Mon fils est avec moi. Il n'a pas deux ans.

— Qu'à cela ne tienne ! Vous l'emmènerez. Il pourra dormir dans la chambre d'amis. Je vous dis à bientôt !

La chambre d'amis ? Souheil ne comprenait pas à quoi son interlocutrice faisait allusion, mais elle se garda de l'interroger. Le mot « amis » était plus que rassurant.

99

Syrie, El-Nabk, mai 2005

Le mensonge ne pouvait être soutenu beaucoup plus longtemps : à quoi ses transporteurs avaient-ils compris qu'il n'était
pas yézidi ? Foufou l'ignorait, mais après la première halte en
Syrie, et quelques échanges, leurs regards étaient devenus
méfiants. Un homme lui avait parlé de Malek Taous et il
n'avait su quoi dire.

— Je vois… Tu es donc musulman. Nous ne te ferons pas
de mal. Mais c'est ici que tu descends.

Et Fouad s'était retrouvé seul en rase campagne, par un
froid de gueux. Il avait marché jusqu'à la nuit et il était arrivé
jusqu'à une sorte de village dont il ne connaissait pas le nom.
Il s'était allongé sur un banc et avait réussi à s'endormir.

Le village, il l'apprit le lendemain en remplissant une bouteille d'eau à la pompe, s'appelait El-Nabk. Au bout d'une
piste, il emprunta une voie qui se dirigeait vers le nord-ouest.
Celle-là ou une autre, qu'importait ! Il arriverait bien quelque
part. Deux jours plus tard, il croisa une centaine de personnes
qui se traînaient sur la route. Des femmes portant des enfants,
des vieux, des jeunes, des spectres aussi qui traînaient des
valises. Il se joignit spontanément à eux.

Après quelques échanges, il comprit qu'ils allaient à
Lattaquié.

— Pourquoi Lattaquié ?

— Parce qu'il y a la mer et des bateaux. Et au bout de la mer, l'Europe.

L'Europe : Foufou n'y avait jamais pensé. Il n'en parlait aucune des langues. Il n'avait pas la moindre idée de ce qu'il pourrait y faire pour gagner sa vie. Et ces gens, est-ce qu'ils étaient mieux lotis ?

— Puis-je me joindre à vous ?

— Ça ne coûte rien, répondit l'autre avec un sourire.

100

Israël, Tel Aviv, mai 2005

C'était soir de shabbat. On avait allumé les bougies.

Après avoir desservi, Rasha et Joumana regagnèrent la salle à manger.

Rasha s'assit près de Ron, et Joumana près d'Avram.

— À quelle question devais-je répondre ? demanda Rasha à peine installée.

Avram répliqua :

— Tout à l'heure, tu as déclaré qu'Israël sera peut-être victime de son aveuglement.

— Bien sûr, j'en suis convaincue.

— Explique, dit Ron.

— C'est simple. Il n'y aura jamais d'État palestinien, nous le savons. Seuls quelques Mohicans pensent encore le contraire. Pour qu'il existe un État, encore faudrait-il que l'on trouve un territoire où lui permettre d'exister. Comment l'insérer entre cinq cent mille colons, répartis dans près de trois cents implantations ?

— Qu'est-ce que tu racontes ! se révolta Joumana. Plus d'État palestinien ?

— Oui, ma chérie. Fini. C'est « caduc », pour employer une expression chère à Yasser Arafat, lorsqu'en 1994, suivant les recommandations de François Mitterrand, il avait accepté de reconnaître le droit à l'existence d'Israël.

— Imagine que tu dises vrai, intervint Ron, et alors ?

— Alors ? Réfléchis un peu. Aujourd'hui, il y a chez nous environ trois millions et demi de Palestiniens. Et vingt pour cent de notre population est composée d'Arabes détenteurs de la nationalité israélienne, mais des Arabes avant tout. Et dans dix ans ? Dans trente ? Quarante ? Dans le meilleur des cas, nous serons devant une population partagée en deux parts plus ou moins égales dont chacune aura évolué avec la même idée fixe : éradiquer l'autre. Sauf que ce sera impossible. Alors quoi ? Nous allons installer deux mille check-points de plus ? D'autres murs ? D'autres miradors ? D'autres horreurs ? Des vies perdues encore et encore dans les deux camps ?

Aux interrogations de Rasha, répondit le silence. Elle poursuivit :

— Deux rêves sont morts et enterrés. Celui des premiers temps ; le temps des kibboutzim où égalité et partage se voulaient la seule ambition. Cette époque des pionniers qui, par leur ténacité, leur courage, suscitèrent l'admiration du monde. Et le rêve des Palestiniens. À jamais privés de leur État.

Un sourire forcé anima les lèvres de son époux.

— Conclusion ?

— Conclusion ? Un État binational. Un Premier ministre palestinien, un président israélien.

Ron poussa un cri.

— Tu déraisonnes ! C'est impensable !

— Impensable, dis-tu ? Impensable ? Détrompe-toi. Tu sais bien que cela s'est produit dans un pays qui, lui aussi, vivait sous la loi du Talion : l'Afrique du Sud. Impensable ? Non. En mars 1963, trois cent mille Afro-Américains menés par un certain Martin Luther King marchaient sur Washington pour réclamer la fin de la discrimination. Aujourd'hui, c'est un président black qui occupe la Maison-Blanche. Impensable ? Une nuit de novembre 1989, le mur de Berlin est tombé. On le disait figé jusqu'à la fin des temps. Impensable ? En moins de vingt-quatre heures, on a vu s'écrouler l'Empire soviétique après plus de soixante-dix ans de règne sans partage. Et sais-tu pourquoi cela a été rendu possible ?

Ron croisa ses bras dans une posture ironique.

— Tu vas nous le dire, je suppose.

— Parce qu'il existe un acteur invisible qui œuvre dans le silence, à l'insu de nous tous. Cet acteur s'appelle l'Histoire. Et l'Histoire se moque du temps et des hommes. Elle a son propre chrono. Elle œuvre tapie dans les coulisses. L'Histoire se fout des politiciens, des extrémistes et de leurs aveugles certitudes, car elle possède un avantage absolu sur eux : l'éternité lui appartient. Un jour, demain, naîtra dans cette région un Mandela palestinien, un de Klerk israélien. Peut-être d'ailleurs sont-ils déjà là. Et ils n'auront pas d'autre choix que de transformer l'impensable en réalité.

Le silence retomba.

La vision d'un tel avenir leur parut aussi inouïe que celle du Messie commandant un MacDo.

Avram, lui, pensa... le cygne noir...

101

France, Paris, juin 2005

Nous étions le 5 juin 2005. Trois semaines, puis quatre s'étaient écoulées, et Mme Berthelot n'avait pas rappelé. Elle ne rappellerait sans doute jamais. Après tout, qu'en avait-elle à faire d'une Irakienne exilée, sans papiers, et à peine croisée.

Souheil en avait conclu qu'elle ne devait plus compter que sur elle-même.

Le concierge de l'hôtel s'était pris de sympathie pour elle et pour cause, il était d'origine marocaine. Elle prit sa douche, s'habilla, recommanda au petit Hussein de l'attendre sagement et se rendit à la réception.

— Amine, dis-moi, est-ce que tu connais quelqu'un qui me louerait un appartement ? Oh, rien de somptueux. Mais confortable et surtout propre.

Amine caressa sa barbe.

— Difficile. Tu n'as pas de carte de séjour, pas de fiche de salaire…

— Fiche de salaire ?

— Une preuve que tu travailles, que tu gagnes ta vie.

— J'ai de l'argent. N'est-ce pas l'essentiel ?

— Bien sûr, mais ici les loueurs se méfient. Ils ont besoin de garanties.

Souheil répéta avec force :

— J'ai de l'argent. Beaucoup ! Je peux payer un an d'avance. Ce serait une assurance, non ?

Amine se frotta derechef la barbe, puis.

— Un an ? Tu es sûre ?

Elle confirma.

— Cash ?

— Cash.

— Ok. Laisse-moi passer un coup de fil.

Il composa un numéro et entama une discussion en arabe marocain auquel elle ne comprit que des bribes. Lorsqu'il raccrocha, un sourire éclairait ses traits.

— C'est bon. Tu as de la chance. Je t'ai trouvé quelque chose porte de la Chapelle, dans le XVIIIe arrondissement. Un trois-pièces meublé, au quatrième étage sans ascenseur. Ça t'ira ?

Souheil faillit lui sauter au cou.

— Quand puis-je emménager ?

— Dès demain, si tu le souhaites.

— Merci, Amine, qu'Allah te bénisse.

— C'est normal, entre sunnites nous devons nous serrer les coudes.

XXI

102

Égypte, Le Caire, 25 février 2011

— *Erhal !* Dégage !

Ce n'était pas un cri, mais plutôt un grondement sorti de dizaines de milliers de poitrines. Et c'était un être vivant d'une nouvelle sorte que Gamil Sadek découvrait là. Un être constitué d'une myriade d'humains rassemblés pour crier leur soif de dignité et de respect.

Il s'était hissé sur l'appui d'une fenêtre d'un rez-de-chaussée afin d'avoir une vue plus ample de la place Tahrir, la place de la Libération, au centre du Caire, et fut frappé par le nombre de femmes.

Gamil s'était joint spontanément à son premier grand rassemblement, se souvenant des propos de son père : « Un autre monde est en train de naître, où l'être humain ne sera pas traité comme un objet de plus, un objet dont le seul destin est d'enrichir par sa consommation quelques milliardaires ! Tu dois prendre ta place dans l'armée invisible qui se forme ! »

Amal avait refusé catégoriquement de l'accompagner : trop dangereux ! Mais lui était venu. Et une joie indicible le soulevait.

Soudain, des cris jaillirent, puis des détonations de bombes lacrymogènes. La foule refluait vers les rues avoisinantes. Gamil crut quelques instants que sa position sur l'appui de la fenêtre le mettrait à l'abri du déferlement de fuyards, erreur, on s'accrochait à ses jambes. Il risquait de perdre l'équilibre, d'être piétiné… Alors, il se laissa entraîner.

Haletant, résistant à la panique, il aperçut une porte cochère entrouverte et s'y glissa. Il voulut la refermer, mais un obstacle la bloquait. Il se retrouva dans un vestibule au fond duquel s'élevait un escalier poussiéreux. Il pouvait entrevoir ce qui se passait à l'extérieur : des manifestants hoquetant, hagards, l'épouvante peinte sur le visage. Puis, un jeune homme pantelant, ensanglanté qui s'étala sur le trottoir, juste devant lui. Il allait mourir écrasé. Sans réfléchir, Gamil s'élança, saisit le jeune homme par le torse, le traîna à l'intérieur, et l'assit contre un mur.

— Ça va ?

Bouche ouverte, essayant de reprendre son souffle, l'autre hocha imperceptiblement la tête. Le sang coulant d'une blessure au front commençait à cailler autour de son œil qui, vous regardant du fond d'un trou ensanglanté, s'avérait effrayant. Gamil lui tendit son mouchoir. L'autre essuya sa bouche baveuse et tamponna l'œil sanglant.

À genoux devant lui, Gamil le dévisagea et perdit contenance. Rêvait-il ? Ce garçon… Il l'avait déjà vu, et à plusieurs reprises, lors des réunions organisées par les Frères. La première fois, dans ce cinéma, il lui avait même déconseillé de fumer. Il demeura médusé un temps.

— Nous nous connaissons, dit-il enfin. Nous nous sommes côtoyés chez El-Baltagui… Je ne me souviens plus de ton nom.

L'autre bégaya.

— Tarek El-Husseini. Toi aussi, tu fais partie des Frères ?

Gamil fit non de la tête.

— Disons que je m'y suis intéressé. Il faut te soigner. Tu as besoin de points de suture. Viens. Je vais t'emmener à l'hôpital. Tu peux te tenir debout ?

— Je crois…

Soutenu par Gamil, Tarek fit un premier pas. Un second.

À l'extérieur la foule était toujours aussi compacte, et l'on entendait toujours le même cri : *Erhal !* Dégage !

103

France, Paris, février 2011

Thierry Sarment n'en revenait toujours pas.

Tout avait commencé en Tunisie, à Sidi Bouzid, en décembre 2010. Devant un bâtiment officiel, un jeune vendeur ambulant de primeurs s'était donné la mort en s'immolant par le feu. Étincelle sacrificielle qui embraserait tout un peuple. Le matin même, faute de licence en règle, les autorités lui avaient confisqué sa marchandise, et il avait été humilié par une femme agent municipal. Au fil des jours, les rassemblements s'étaient amplifiés.

Deux semaines plus tard, des avocats par milliers s'étaient mis en grève pour protester contre les violences policières. Un commerçant âgé de cinquante ans s'immolait à son tour.

Le président Ben Ali avait alors décidé de prendre la parole pour dénoncer des « voyous cagoulés, aux actes terroristes impardonnables, à la solde de l'étranger ». Non-sens. De toute façon, le peuple n'entendait plus et la tempête devint ouragan. Dos au mur, confronté à la désobéissance de l'armée qui refusait de sévir, le potentat tunisien n'avait eu d'autre choix que de détaler pour l'Arabie saoudite. Ce fut la « Révolution du Jasmin ».

*

Dans le même temps que la Tunisie brisait ses chaînes, à Alexandrie un jeune homme tombait sous les coups de policiers en civil. Après lui avoir défoncé le crâne, ses tortionnaires l'avaient laissé agoniser sur les dalles de ciment. Au lendemain de sa mort, les photos de son visage supplicié circulaient sur Internet. Diffusées par la presse nationale, elles avaient provoqué un sursaut de dégoût et une indignation qui s'étaient répandus bien au-delà des cercles traditionnels de la contestation.

Un mouvement nommé le « Mouvement de la jeunesse du 6 avril », ainsi que d'autres organisations, avait appelé à manifester le 25 janvier 2011, *via* Facebook – cette nouvelle arme de destruction massive, bien réelle celle-là – pour une journée de revendications politiques baptisée « journée de la colère ». La date ne devait rien au hasard. Elle commémorait l'insurrection de la police égyptienne qui, en 1952, avait abouti au départ des Britanniques. D'où son nom : « Fête de la police ».

Jour après jour, place Tahrir, une foule plus dense que les fois précédentes continua à braver les interdits. Sur des panneaux on pouvait lire les slogans déjà entrevus en Tunisie : « Dégage ! » ; « Moubarak, l'Arabie saoudite t'attend ! »

Jusque-là, jamais Thierry n'aurait imaginé le peuple égyptien capable de s'éveiller. Erreur. Une fois de plus, il s'était fourvoyé.

Même mouvement à Alexandrie, aux portes de la Méditerranée ; à Suez, sur les bords du canal et à Assouan, antichambre de l'Afrique. Combien étaient-ils ? Au regard des quatre-vingts millions d'habitants qui peuplaient le pays, la mobilisation paraissait dérisoire, pourtant elle était de loin la plus importante que le pays ait connue depuis les manifestations contre la guerre d'Irak. La foule était disparate, professeurs d'université, étudiants, mères de famille, et aussi des Coptes.

Tout comme en Tunisie, les autorités avaient tenté de mater l'insurrection à coups de lances à eau, de grenades lacrymogènes et même de balles réelles. En vain.

Et voilà que, ce soir, la télévision annonçait la démission de Hosni Moubarak. Après trente ans de règne, la Vache était renvoyée dans le pré qu'elle n'aurait jamais dû quitter.

104

France, Paris, porte de la Chapelle, février 2011

Le bruit métallique du métro aérien, surplombant le boulevard, était assourdissant. À chaque passage – toutes les deux minutes environ –, les conversations cessaient. Combien étaient-ils, venus d'Irak, d'Afghanistan, du Kurdistan ? Et depuis peu, de Syrie.

Souheil, qui depuis six ans vivait à deux pas, au 15, rue Louis-Blanc, connaissait certains de ces visages par cœur. Des agents de police patrouillaient par deux ou trois à proximité de ces exilés assis, le regard éperdu, devant des tentes bleues. Presque toutes les femmes avaient serré des turbans autour de leur tête, peut-être par tradition, mais surtout pour se protéger du froid humide. Les hommes étaient pareillement emmitouflés dans des châles et des lainages de toutes sortes. Souheil résista à l'envie d'aller étreindre une fillette qui lui souriait.

Elle remercia le Très-Haut pour la chance qu'elle avait eue. Elle aussi aurait pu faire partie de ces malheureux, jetés en pâture à l'absurdité du monde. Non seulement elle avait réussi à trouver un emploi (au noir bien entendu) comme traductrice pour un avocat irakien, mais aussi une école pour le petit Hussein. Ce dernier venait d'entrer en CE2 et s'en tirait admirablement.

Elle longea un groupe d'individus et se dirigea vers la bouche de métro. Elle allait s'y engouffrer lorsque le temps se figea.

Un regard venait de la transformer en une statue de pierre.
Un homme. Il bredouilla en arabe :

— Souheil ? Tu es Souheil ?

Elle tituba.

— Foufou ?

Ce n'étaient plus deux êtres humains qui se faisaient face, mais deux formes sans âge, au-delà du temps.

Elle répéta :

— Foufou ?

Il hocha la tête. Elle tendit les mains. Il les saisit et les posa contre sa poitrine.

— Comment... Que fais-tu ici ?

Sans tenir compte des policiers qui les scrutaient, elle s'agenouilla devant lui.

— Raconte, supplia-t-elle, presque. Raconte.

Il lui expliqua son départ d'Irak, les heures de marche, la Syrie, Lattaquié. De là, il avait cherché à embarquer comme de nombreux autres vers la Grèce, mais le prix qu'on lui réclamait était exorbitant. « Essaie avec les pêcheurs », lui avait suggéré en guise d'adieu l'un de ses compagnons de route.

Il était allé d'un pêcheur à l'autre, jusqu'à ce que quelqu'un lui propose : « Donnant, donnant. Si tu travailles pour moi pendant deux semaines, je t'emmènerai à Chypre. »

Il avait accepté.

Une fois à Chypre, ce fut le même scénario, mais cette fois, il avait dû porter des cageots sur le port de Larnaca pendant des jours et des jours avant de pouvoir régler la traversée jusqu'en Grèce. Là, nouvelle impasse. Il se trouva coincé sur l'île pendant près d'un an ; le temps nécessaire pour réunir de quoi payer un passeur. Ensuite, ce fut la Macédoine. À la gare de Gevgelija, comble du comble, un recruteur le prenant pour un Syrien lui avait offert de le payer grassement pour aller combattre... en Irak contre les mécréants ! Drôle de gare que celle-là. Il n'avait pas tardé à repérer deux énergumènes qui allaient de groupe en groupe, proposant de conduire les migrants à la destination de leur choix moyennant finances. Mille cinq cents dollars par personne pour l'Angleterre !

Il ne possédait évidemment pas mille cinq cents dollars et n'avait nullement envie de se rendre à Londres. Il est donc resté en Macédoine, à Skopje, où il vécut de tout et de rien, de rien surtout. Deux, trois ans, il ne savait plus. Et puis, un jour quelqu'un, un Afghan, lui avait fait savoir qu'il s'apprêtait à monter clandestinement dans un wagon à bestiaux en partance pour Vienne. Quand le train s'était mis en marche, Foufou avait essayé de se rappeler les quelques mots glanés pendant son errance : *endaxi*, « ça va » en grec ; *bok yé*, « va manger de la merde » en turc ; *nema problema*, « pas de problème » en serbe. Et il s'était endormi.

Foufou se tut avant de reprendre, essoufflé :

— Comment j'ai atterri ici est une autre histoire. Un jour, peut-être, je te la raconterai. En attendant...

— En attendant, enchaîna Souheil, tu viens avec moi. Il est hors de question que tu continues à croupir ici.

— Mais je n'ai pas de papiers, on va m'arrêter.

— Alors on nous arrêtera tous les deux.

Elle l'invita à le suivre.

— Viens... Ensemble nous serons plus forts.

La rencontre, non, la découverte de Foufou, hâve, sale et perdu sous cette ligne de métro de Paris, avait réveillé chez Souheil des émotions enfouies. Non seulement parce qu'il avait été l'ami fidèle d'Ismaïl, mais parce qu'il représentait un pan entier de sa vie, maintenant jeté dans les gravats de l'Histoire.

Et lui se souvint qu'il avait longtemps rêvé d'elle...

105

France, Paris, mars 2011

Souheil était en train de préparer le dîner, lorsque le téléphone sonna. Ce fut Foufou qui répondit.

Au bout de quelques secondes, il annonça :

— Une certaine Mme Barthalot ou Berthelot, je n'ai pas très bien saisi, veut te parler.

Souheil lâcha la casserole qu'elle tenait et manqua de se brûler.

Berthelot ? Mais comment était-ce possible ? De quelle manière avait-elle pu trouver son numéro ? Cinq ans plus tard ?

Elle se précipita dans le living.

— Madame Berthelot ?

— Oh, ma petite ! Que je suis heureuse de vous entendre ! Je suis tellement confuse, tellement désolée. Nos vies sont si imprévisibles. Si vous saviez comme ce fut douloureux. Il a tellement souffert... un vrai cauchemar.

Mais de qui, de quoi parlait-elle ?

— Pardonnez-moi, madame, je ne comprends pas très bien. Je...

— Bien sûr, suis-je sotte ! Attendez, je vais vous expliquer...

Foufou l'avait rejointe dans la pièce et lui faisait de grands gestes interrogatifs qui voulaient dire : « Qui est-ce ? »

Elle secoua la tête et lui intima de la laisser tranquille.

À l'autre bout du fil, Francine Berthelot livrait son récit. Trois jours après l'échange téléphonique qu'elle avait eu avec Souheil, Arnaud, son époux, avait été victime d'un AVC... Un AVC ? Un accident vasculaire cérébral, une attaque au cerveau. N'était-ce la promptitude des secours, il serait probablement mort. Il avait survécu mais, hélas, en raison des dégâts occasionnés par l'hémorragie, il s'était retrouvé paralysé du côté droit, jambe et bras, et ne s'exprimait plus qu'avec peine. Dès cet instant, Francine avait passé ses jours et ses nuits au chevet de son époux. Quarante-deux ans de mariage ! Une vie. Des amis lui avaient bien conseillé de placer Arnaud dans un établissement de soins spécialisés, mais elle avait refusé tout net : il n'en était pas question. Quarante-deux ans ! On ne jette pas un homme avec qui on a vécu quarante-deux ans comme on abandonnerait un chien sous prétexte qu'il n'est plus le diplomate fringant que l'on a connu.

Francine Berthelot se tut.
Souheil attendit la suite. Et comme le silence se prolongeait, elle s'informa :
— Et maintenant ? Comment va-t-il ?
— Malheureusement, il est décédé il y a deux mois.
— Je suis désolée, madame. Je...
— Il ne faut pas. Pour employer une expression commune, je vous dirais « Il ne souffre plus », car ce fut un véritable calvaire. Pour lui...
Et elle dit encore sur un ton presque inaudible :
— Et pour moi.
Puis, se ressaisissant :
— Je n'ai retrouvé mes esprits qu'il y a peu. J'ai recommencé à sortir, à revoir mes amis, à reparaître dans le monde. Pas plus tard que ce matin, figurez-vous, je suis tombée sur le numéro de téléphone que vous m'aviez communiqué. Je me suis dit que vous aviez dû croire que j'étais vraiment une personne sans éducation, et...
— Mais non, madame, pas du tout, protesta Souheil. Comme vous dites, nos vies sont si imprévisibles. Mais

comment avez-vous pu me joindre à ce numéro ? Vous n'aviez que celui de l'hôtel où j'habitais alors...

— C'est le concierge qui me l'a donné. Apparemment, il vous connaissait bien. Il m'a expliqué que vous aviez déménagé, mais que vous étiez restés en contact.

Souheil acquiesça silencieusement. Elle avait conservé des liens d'amitié avec Amine, le Marocain. Après tout, n'était-ce pas grâce à lui si elle vivait dans cet appartement ?

— Nous allons rattraper le temps perdu, reprit Francine. Ce dîner que nous devions faire il y a cinq ans, je vous propose de le reprogrammer. Que diriez-vous de samedi prochain ? Je me souviens que vous aviez un petit garçon. Il est aussi le bienvenu, évidemment.

Souheil sourit.

— Il a grandi. Il a eu huit ans en décembre. Mais, depuis notre conversation, des choses ont changé dans ma vie aussi. Je me suis mariée.

— Toutes mes félicitations ! Vous m'en voyez ravie. Je serais enchantée de faire la connaissance de votre époux. Je vous attends donc tous les trois ! Nous serons en petit comité. Entre Orientaux, enfin presque ! Il y aura un couple. Une Égyptienne et son mari. Lui est franco-égyptien, né au Caire. Des gens charmants. Il est écrivain et sur le point d'achever un ouvrage qui traite précisément du Moyen-Orient. Un gros travail. Je pense que vous aurez plein de choses à vous dire ! Alors, je compte donc sur vous pour samedi. Vous voulez bien noter l'adresse ?

106

France, Paris, place Vauban, vingt-deux heures

On en était au dessert.

Avec ses parquets, ses moulures, ses hauts plafonds, l'appartement de Mme Berthelot possédait le charme ineffable de l'ancien.

À travers les grandes fenêtres de la salle à manger, on avait une vue imprenable sur les Invalides. Et lorsque la maîtresse de maison expliqua à Foufou que l'empereur Napoléon en personne était enterré juste sous le dôme, il posa cette étrange question qui surprit tout le monde : « Vous êtes sûre qu'il est là ? »

Puis, quelque peu intimidé en début de soirée, il avait quasiment monopolisé la discussion ; le BTS en communication qu'il venait tout juste de décrocher ne devait pas être totalement étranger à cette verve, jusque-là insoupçonnée.

Lorsque le café fut servi, Thierry Sarment demanda l'autorisation de quitter la table et invita Souheil à le suivre à l'écart.

Il l'avait beaucoup observée durant le dîner, en proie à mille réflexions. Samia, elle, Foufou, lui-même… combien de vies aujourd'hui éparpillées de par le monde, combien de destins fracassés à cause de quelques politiciens qui jouaient avec le destin des peuples comme on joue aux échecs. Mais ils jouaient sur le sable. On ne joue pas aux échecs sur le sable.

Les pions deviennent innombrables et les joueurs, aussi nombreux que les grains.

Un jour, un autre homme que Thierry avait établi ce même parallèle. Il s'appelait Ayman El-Zawahiri, le terroriste le plus recherché du monde après Ben Laden. Mais Thierry n'aurait pas pu le savoir.

Il se pencha vers Souheil.

— Il y a encore de nombreuses informations qui me manquent. Êtes-vous toujours d'accord pour me confier votre histoire ? Ainsi, je pourrais enfin écrire le mot fin.

— Bien sûr. Avez-vous déjà le titre de votre livre ?

Il secoua la tête.

Elle sourit.

— Alors, je peux vous en suggérer un : *Les Cinq Quartiers de la Lune*.

Il plissa le front.

— Mais la Lune n'a que quatre quartiers !

— Dans un cycle normal, bien sûr. Quand la nature n'est pas contrariée, quand des mains barbares ne bousculent pas les pièces de l'univers, quand on n'inverse pas la course des saisons, quand on ne met pas la mer à la place du ciel, et le ciel à la place de la terre. Quand on n'impose pas au soleil de se lever à l'Ouest. Oui, monsieur Sarment. Dans un cycle normal.

FIN

REMERCIEMENTS

Ma gratitude va à ma documentaliste préférée, Tyma Daoudy, qui m'avait déjà tant apporté dans *Le Souffle du jasmin* et *Le Cri des pierres*.

Un grand merci à mon cher éditeur, Thierry Billard, mon souffre-douleur depuis bien des années, et à Gerald Messadié pour sa connaissance infinie des coulisses de la Maison-Blanche et ses précieux conseils.

TABLE

PARTIE V

PARTIE VI

PARTIE VII

PARTIE VIII

Partie IX

Partie X

Partie XI

Partie XII

Partie XIII

Partie XIV

PARTIE XIX

PARTIE XX

PARTIE XXI

Mise en page par Meta-systems
59100 Roubaix

CET OUVRAGE
A ÉTÉ ACHEVÉ D'IMPRIMER
SUR ROTO-PAGE
PAR L'IMPRIMERIE FLOCH
À MAYENNE EN FÉVRIER 2016

N° d'édition : L.01ELIN000156.N001. N° d'impression : 89313
Dépôt légal : février 2016
Imprimé en France